The Duke

De la même auteure dans la collection

addictives POCHE

Kiss Me I'm Famous

De la même auteure dans la collection

Luv

Mon insupportable boss

CHARLIE LAZLO

The Duke

addictives POCHE

Londres,
8 avril 1806

Ma chère Georgia,

Je dois commencer cette missive en vous sermonnant : lorsque nous nous sommes quittées, à la fin de l'hiver, vous aviez promis de m'écrire chaque semaine. Or voilà presque un mois que je n'ai plus de vos nouvelles !

Je suppose que vous profitez des premiers jours de beau temps... D'ailleurs, fait-il beau à Chester Coldfield ? J'ai à présent du mal à me rappeler les vertes prairies ensoleillées, traversées des ruisseaux au doux bruissement.

À Londres, ce n'est qu'agitation et bruit ! Certains quartiers de la ville semblent plongés dans un perpétuel brouillard qui vous prend à la gorge dès que vous mettez le nez dehors. Nous avons été contraints de les parcourir lundi dernier et Mère a dû nous montrer comment porter un mouchoir de soie à notre bouche pour éviter de respirer les miasmes.

Heureusement, c'est bientôt le début de la saison ! Êtes-vous toujours décidée à ne pas gagner Londres ? Vous allez manquer tous les événements mondains ! J'aurais tant aimé que vous soyez à mes côtés. Imaginez-nous en train de valser, comme le maître de danse nous l'a appris, dans les bras de beaux cavaliers.

Quoique je ne sois pas sûre que vous auriez apprécié les interminables séances chez la modiste que Mère m'a imposées. Elle a commandé pas moins de treize toilettes différentes en prévision des prochains bals, et a assuré que nous devrions en faire confectionner d'autres. Il a également fallu que la couturière rallonge toutes les robes que je portais à la campagne. Mère prétend que la longueur de mes jupes n'était pas convenable pour une jeune fille qui fait son entrée dans le monde.

À la seule pensée de vous imaginer en train de trépigner devant le miroir, puis de fuir, la modiste vous poursuivant la bouche pleine d'épingles, j'ai manqué d'éclater de rire ! Car c'est bien ainsi que vous auriez réagi, non ? Je ne peux songer que vous auriez pris le moindre plaisir à la confection d'un tel trousseau.

Puis-je au moins espérer vous apercevoir à Epsom, pour le Derby[1]*, à la fin du mois prochain ? Cela ne peut que vous plaire, une course de pur-sang réunissant les meilleurs cavaliers du pays, même si je me doute que vous piafferiez de ne pouvoir monter à votre tour.*

Comme j'envie votre liberté ! Vous allez pouvoir continuer à courir tel un garçon à travers notre si belle campagne lorsque je vais devoir repousser des hommes de peu de vertu que Mère considérera comme « tout à fait convenables » à leur seul titre.

À propos d'homme de peu de vertu, les rumeurs bruissent dans tout Londres au sujet du retour des Amériques du duc de Kingsberry. Si j'ai bien retenu tout ce qui s'en dit, il est également comte, mais aussi duc d'Elbany dans la pairie d'Écosse et duc de Newcastle-under-Lyne dans la pairie irlandaise. Pouvez-vous l'imaginer ? Selon Mère, vos domaines sont voisins. Avez-vous déjà été présentés ? La réputation de libertin de Julian Langley est véritablement désastreuse et cependant, il est si riche et proche de notre roi que la moitié des filles de Londres se pâment juste en entendant prononcer son nom. Pourtant, il n'aurait jamais dû être un si bon parti puisque son frère aîné devait récolter tous les titres que je viens de vous énoncer. Mais la disparition tragique et prématurée de ce dernier, sans héritier, a consacré Julian Langley comme seul légataire, et l'on raconte qu'il était fort peu préparé à ses responsabilités. Pour ma part, vous vous en doutez, je n'ai même aucune envie de lui adresser la parole et espère bien ne pas être amenée à le croiser.

J'ai aperçu votre belle-mère à Hyde Park dimanche. Cela

1. Course hippique qui représente un événement mondain où il faut être vu, et dont la première édition a eu lieu en 1780.

signifie-t-il qu'Hortense fera son entrée dans le monde, elle ? Êtes-vous seule à la campagne ? Vous connaissant, vous ne devez que vous en réjouir…

Chère Georgia, donnez de vos nouvelles, je vous en implore ! Votre très chère Philomena.

***

Chester Coldfield,
5 mai 1806

Chère Philomena,

Je vous prie d'accepter toutes mes excuses pour ne pas avoir tenu mes engagements de vous donner de mes nouvelles au moins une fois par semaine. En fouillant une vieille malle qui appartenait à Père, j'ai déniché un livre qui traitait des travaux de sir William Herschel et ai été complètement absorbée par sa lecture.

Savez-vous qu'il a découvert une nouvelle planète, baptisée Uranus, grâce à un télescope de pas moins de sept pieds ? J'ai passé mes nuits dans la tour du pigeonnier à essayer de retrouver toutes les étoiles qu'il a identifiées et nommées.

Je suppose que vous allez sûrement me gourmander en me répétant qu'il ne s'agit pas d'une activité appropriée pour une jeune fille. Pourtant, sir William Herschel a été aidé dans sa tâche par sa sœur Caroline, qui fut même la première femme à recevoir une dotation de cinquante livres de la part de notre bon roi George pour ses travaux scientifiques !

Je vous confirme bénéficier d'une totale liberté puisque ma belle-mère et Hortense sont parties depuis déjà des semaines. Je ne me suis guère intéressée à leur sort, pas plus qu'elles ne s'intéressent au mien. Vous m'apprenez qu'elles se trouvent à Londres… Voilà une raison de plus pour moi de demeurer à Chester Coldfield.

Je n'ai pas vu l'ombre de votre duc. Je réalise d'ailleurs que bien que nous soyons effectivement voisins depuis toujours, je ne crois pas l'avoir jamais aperçu, ou alors j'étais trop petite pour me le rappeler. L'on raconte ici qu'il possède des dizaines de propriétés, sans compter celles qu'il détient aux Amériques. Je n'imagine pas qu'il demeure un jour au château de Bancraft qui est administré par un régisseur depuis le décès de son frère aîné. Je me suis trouvée tout près il y a quelques jours, car le cours d'eau qui sépare nos domaines est, comme vous vous en souvenez peut-être, très poissonneux et bien agréable pour se baigner, et n'y ai remarqué aucune activité particulière. Si le duc devait y séjourner, l'annonce aurait déjà fait le tour des domestiques et même la tête dans les étoiles, je crois que je serais avertie !

Je promets de me montrer plus constante pour vous donner des nouvelles, à l'avenir, car je suppose que lorsque vous aurez accordé votre main à un richissime comte et que vous serez mariée, vous n'aurez plus de temps à consacrer à votre cousine et plus vieille amie.

Votre très fidèle Georgia.

1

Julian

Du talon de mes bottes, j'incite mon cheval à accélérer encore son allure pour parcourir au grand galop la prairie clairsemée de rares bosquets qui s'étend à perte de vue devant moi. Après l'immensité sauvage de la côte est américaine ou celle du Nouveau-Brunswick canadien, la campagne anglaise de mon enfance me fait l'effet d'une décoction de feuilles de verveine et de camomille après un verre de whisky. Calmante, apaisante.

Et sans doute un peu fade.

À l'image des jeunes aristocrates anglaises dont j'ai réussi à fuir la présence depuis que je suis rentré de la mission diplomatique et commerciale confiée par George III.

Jouissant de la liberté procurée par ma course, je m'efforce de ne pas penser à ce que je ne pourrai cependant plus éviter longtemps : la saison londonienne, les bals, l'oisiveté de la majorité de mes pairs. Et surtout : les ambitions des mères bien décidées à me voir prendre leur fille pour épouse, peu leur important ma réputation de libertin cosmopolite et d'homme à femmes tant qu'il y a un titre de duchesse à la clé.

Grand bien leur fasse à toutes ! Je n'ai aucune intention de m'encombrer d'une oie blanche dont les seules activités sont de broder, dessiner ou chanter et battre des cils entre deux changements de tenue pour assister aux manifestations mondaines typiques de l'aristocratie londonienne.

Que ferait-elle avec un mari qui ne cesse de voyager, pour son roi ou pour le développement de ses affaires, comme cette participation financière que je viens de prendre dans les premières filatures de Samuel Slater à Rhode Island appelées, je le sens, à connaître un beau succès ?

Je suis bien conscient que toutes ces jeunes filles ne peuvent pas grand-chose à l'inanité de leur éducation et au vide abyssal de leur existence. Mais il se trouve que j'ai trop peu de temps libre pour le consacrer à l'éducation sentimentale d'une jeune épouse, alors que je pourrais le passer agréablement avec les femmes que je respecte le plus : celles que toutes les autres méprisent parce qu'elles sont obligées de travailler pour survivre, qu'elles soient actrices, cantatrices ou danseuses. Ou couturières d'ailleurs, comme la jolie Miss Bloomsbury que j'ai côtoyée avant mon départ pour la côte est américaine il y a quasiment un an de cela désormais.

Je permets à Thunder, manifestement fatigué, de ralentir son allure alors que nous nous engageons sur le chemin qui borde le petit bois menant au château de Bancraft. J'ai laissé mon équipage dans un relais de poste, à plusieurs lieues d'ici. D'abord parce que ma suite, même réduite à son plus strict nécessaire, était épuisée par le rythme de voyage que je lui ai imposé. Et ensuite parce que, grisé par un sentiment trompeur de liberté, je n'ai pas pu résister à l'appel de chevaucher Thunder en solitaire et en tout anonymat.

À croire que j'ai vraiment besoin de me dépenser physiquement.

La perspective de retrouver le joli corps souple de la piquante Irlandaise me fait sourire après les huit semaines passées en mer avant d'accoster en Europe. L'escale à Londres fut brève afin de rejoindre mes domaines aussi rapidement que possible après mon entrevue avec le roi George. Je suis bercé par le pas régulier de Thunder et de manière tout à fait inhabituelle chez moi, mon esprit vagabonde de façon fort agréable.

Soudain j'aperçois sur ma droite les buissons s'agiter alors qu'il ne souffle pas le moindre vent.

Tout d'un coup, trois hommes dépenaillés surgissent du couvert des arbres. Ils bondissent en travers de mon chemin, me coupant subitement la route. D'une main ferme et d'une pression des genoux, je maîtrise la fébrilité de ma monture, sans quitter des yeux les hommes qui affichent une expression hostile et sans équivoque.

Un sentiment que je ne connais que trop bien déferle dans mes veines, mélange d'excitation face au danger et de nervosité qui aiguise mes sens.

Deux gredins adoptent aussitôt une attitude menaçante. L'un des brigands, aux cheveux blond filasse, brandit un pistolet dans ma direction, et l'autre, un petit brun râblé comme un sanglier, sort de sous son manteau rapiécé un fusil. Sans sommation, il tire soudain une balle entre les pattes de mon cheval. Thunder hennit de terreur et cherche à se cabrer. Je dois user de toute mon expérience de cavalier pour le maintenir entre mes cuisses sans l'affoler davantage.

La peste soit de mon insouciance ce matin, lorsque j'ai songé que je n'avais pas besoin d'arme pour inspecter discrètement mon propre domaine !

Pourtant, je ne ressens aucune peur, juste un brin de lassitude. Je soupire intérieurement en conservant un masque aussi imperturbable que possible. J'estime m'être assez battu dans les dernières années, que ce soit sur le champ de bataille pour mon roi ou plus récemment dans les tavernes américaines, pour mériter un peu de paix et de repos. Surtout chez moi. Mais il faut croire que la campagne anglaise m'a entendu me plaindre de son calme lénifiant et qu'elle a décidé de me jouer un tour à sa façon…

Bien joué, la verveine.

Je toise les gueux sans descendre de ma monture et leur lance :

– Je n'ai pas pour habitude de me laisser menacer. A fortiori sur ma propriété. Aussi je vous suggère de lâcher vos armes et de décamper avant que je ne vous retrouve pour vous envoyer sur les premières galères prêtes à embarquer !

Le plus grand des trois idiots, celui qui brandit le pistolet, me fixe de ses yeux malins et se met à ricaner, guère impressionné.

– On ne va pas décamper tant qu'on ne t'aura pas délesté de ta bourse, ta belle montre et ton cheval ! Et nous aussi, on est généreux : on te laisse nous donner tout ça volontairement plutôt que de te percer le crâne avec nos armes pour récupérer ton or tranquillement quand tu seras fumé !

Je retiens un rire. D'abord parce que je ris rarement. Ensuite parce qu'il n'est pas question que je livre quoi que ce soit de mes émotions ou de mes biens à ces trois idiots. Seul le souci de voir Thunder blessé par leur maladresse me retient encore de leur filer une raclée. Car pour le reste, je n'ai pas beaucoup de doute sur l'issue de la rixe inévitable qui s'annonce.

Agacé, je prends une profonde respiration avant de sauter prestement de ma selle. J'entends leurs exclamations de surprise et profite de cet effet. Un premier coup de pied dans la main du petit brun fait s'envoler son fusil. Adroitement, je lui balance un deuxième coup dans l'abdomen. Un ultime uppercut ferme dans la mâchoire le fait gémir et chuter.

Grâce soit rendue aux combats sur paris dans les docks de la Nouvelle York qui m'ont permis d'acquérir cette dextérité.

Je ne perds pas une seconde avant de m'attaquer à son acolyte au pistolet qui semble bien moins déterminé maintenant qu'il s'agit vraiment de me « percer le crâne ». Je le sais par expérience : il n'est jamais évident de prendre une vie humaine, et il y a un monde entre la menace et le passage à l'acte. Mon plan ? Oublier toute créativité et suivre le même cheminement pour Numéro Deux : un coup de botte bien planté. Je m'apprête à le mettre à exécution lorsque surgit soudain du petit bois un cavalier portant un chapeau mou de paysan et… un arc ?

Oui, un arc, sans aucun doute possible ! Une flèche en fuse aussitôt et se fiche dans l'épaule de l'homme au pistolet qui lâche son arme en hurlant de douleur.

Par tous les diables…

Je décide que j'éluciderai plus tard le mystère de cet homme des bois et m'empresse de ramasser le pistolet tombé au sol, juste à temps pour tirer une balle dans l'épaule de Numéro Un qui cherchait à se redresser. Sauf que pour cela, je dois un instant relâcher ma surveillance à l'égard du troisième malandrin désarmé, et qui me paraissait le plus inoffensif avec sa silhouette dégingandée.

– Attention, sur votre droite ! hurle Robin des Bois d'une voix de fausset qui me laisse penser qu'il est loin d'avoir mué.

Je n'ai que le temps de me déporter sur ma gauche pour éviter un coup probable. Le jeune homme saute lestement de son cheval alezan et profite de son élan pour se ruer sur le dos du troisième larron et le faire chuter au sol.

Manœuvre couronnée de succès à la plus grande incrédulité de mon serviteur occupé à maintenir à terre Numéro Deux, une flèche toujours fichée dans l'épaule. Jusqu'à ce que Numéro Un, décidément solide comme un cochon des bois, parvienne à se précipiter sur mon nouvel allié malgré la blessure que je lui ai infligée. D'un coup du fusil qu'il a récupéré Dieu sait comment, il renverse l'archer, avant de s'écrouler au sol, emportant le jeune homme dans sa lourde chute.

J'entends avec effroi partir une détonation tandis que les deux gémissent de concert.

J'embrasse la situation du regard : Thunder m'attend quelques mètres plus loin, oreilles pointées dans notre direction, museau écumant. Le cheval du garçon a fui au grand galop, sans doute en direction de son écurie. Au sol gisent les deux hommes désarmés, l'un manifestement encore sonné, le second l'œil à peine plus vif et l'expression hagarde. Je décide qu'ils ne représentent plus de danger immédiat, mais récupère tout de même le fusil pour éviter une seconde fois de pécher par excès de confiance. D'un coup de pied, je dégage le brigand du corps de mon mystérieux sauveteur. Je réprime un juron qui aurait probablement fait frémir l'abbé du village – et le village avec – en découvrant la chemise ensanglantée du jeune homme. Nul doute que la balle tirée lorsqu'il a combattu contre Numéro Deux est partie se ficher dans sa poitrine.

– Quel imbécile ! pesté-je entre mes dents, passablement irrité par sa témérité qui va peut-être lui coûter la vie. Quelle idée tu as eu de te lancer dans la bataille sans réfléchir ! Si tu t'en relèves, je t'apprendrai le premier principe de tout combat : toujours embrasser la situation avant de se jeter dans la mêlée !

Je n'ai aucune envie de célébrer mon retour sur mes terres en annonçant à l'un de mes fermiers la mort de son fils à peine pubère. Mais je n'ai rien ici pour arrêter l'hémorragie, sans compter que je ne puis maîtriser seul trois hommes tout en soignant un adolescent ensanglanté. Je n'hésite qu'une seconde avant d'abandonner le blessé pour récupérer au sol les rênes de mon cheval. D'une main sûre, je relève le jeune évanoui pour le hisser en travers de la selle de Thunder, puis monte lestement derrière lui. Je n'ai aucun mal à ensuite le soulever pour le plaquer contre mon torse, tant il est filiforme, presque aussi menu qu'un enfant. Ce n'est pas encore un homme, même s'il a voulu se comporter comme tel.

– Mais quel âge tu peux bien avoir, petit faune ?

Ma question n'est que purement rhétorique et dictée par l'inquiétude plus que par la colère, puisque le jeune garçon est évanoui. Sa tête ballotte contre mon torse et il n'est maintenu en selle que par mon bras puissant enroulé autour de sa taille mince.

Nous chevauchons à peine une lieue, le temps de rejoindre l'artère principale. Le château est trop éloigné, mais si mes souvenirs du pays sont encore vivaces, il existe une auberge, au croisement des quatre routes.

Notre équipage ne passe pas inaperçu lorsque je descends enfin de selle, le garçon sur mon épaule, tout en tonnant des ordres au tenancier venu m'accueillir sur le seuil de son établissement. L'intérieur est assez sale, le plafond bas est jauni de graisse et il stagne dans la salle quasi vide une odeur tenace de rance, mais je n'en ai cure. J'avise l'escalier qui, je l'espère, mène à un étage qui dessert quelques chambres. Une femme, que je suppose être celle de l'aubergiste, à la poitrine opulente comprimée dans une blouse grise tachée d'auréoles, me devance et m'ouvre une porte avec déférence.

Je dépose mon fardeau sur un lit étroit et saisis la chandelle que me tend la femme. La lumière apportée par l'unique et exiguë fenêtre aux carreaux opacifiés de crasse ne suffira pas à l'opération que je m'apprête à mener.

– Apportez-moi de l'eau et des linges !

Sans me préoccuper de savoir si mes ordres seront suivis, je m'empresse d'écarter les pans de la redingote du jeune garçon toujours inconscient pour déchirer sa chemise ensanglantée.

Ses vêtements sont gorgés de sang, cependant sa respiration semble paisible. Sa poitrine, que je découvre, se soulève de mouvements réguliers, mais je ne distingue pas la source de l'hémorragie. Je repousse le tissu d'un geste impatient et me fige, étonné.

Un épais bandage, lui aussi rougi d'un sang encore vif, ceint son torse.

Je redresse aussi délicatement que possible le jeune homme pour dégager veste et chemise, étonné de le trouver si léger même pour un garçon de son âge. Sa peau, sèche et chaude, est d'une douceur étonnante sous mes doigts agiles. J'observe ses traits d'une finesse extrême, ses paupières bistre, sa peau pâle qui contraste avec une bouche curieusement charnue pour un garçon et ses courtes boucles d'un roux foncé et intense.

Peut-être ne mange-t-il pas à sa faim ? Même s'il s'est montré téméraire, je me dois de le récompenser comme il le mérite s'il s'en sort, en lui faisant porter une somme assez conséquente pour qu'il puisse subsister durant les années à venir.

Je commence vivement à dérouler les bandes ensanglantées, le jeune homme oscillant entre mes mains comme un pantin désarticulé.

Un tour, deux tours, trois tours, quatre tours de tissu avant de constater plusieurs choses. La dernière bande de cotonnade est immaculée, ce qui me laisse penser que c'était le sang de son agresseur qui entachait le buste de mon mystérieux archer. Sa peau a décidément la douceur de la soie, observation qui pourrait être fort gênante puisque je ne ressens aucune attirance pour mes congénères s'il n'y avait pas la dernière constatation…

Ce sont bien deux magnifiques tétons rose foncé et tout ce qu'il y a de plus féminins qui pointent vers moi avec l'arrogance de ceux qui retrouvent enfin la liberté et reprennent vie à l'air libre.

Interdit, j'observe l'arrondi de la poitrine aussi juvénile que splendide qui s'offre à mes yeux incrédules. En l'absence de blessure manifeste, je n'ai plus aucune raison de vérifier si son cœur bat. Aucune à part le désir brutal que m'inspire soudain cette inconnue inanimée qui me pousse à tendre la main vers les seins superbes et provocants.

J'hésite quelques instants avant de frôler du bout des doigts le sein gauche de celle qu'il me faut bien désormais désigner comme une jeune femme.

Un toussotement me fait légèrement tourner la tête et je repère sur le seuil de la porte l'aubergiste qui porte une bassine d'eau, les yeux lui sortant presque des globes oculaires fixés pleinement sur mes *découvertes*.

– Fermez cette porte ! tonné-je d'une voix contrariée qui ne souffre aucune désobéissance.

L'ordre, à ma grande satisfaction, est immédiatement suivi d'effet. Le battant se referme vivement sur la scène que son ouverture vient d'interrompre.

Et exactement une seconde plus tard, une main s'abat sur ma joue. Main leste et témoignant de la parfaite santé de l'heureuse propriétaire des seins les plus beaux qu'il m'ait été donné de voir. Tandis qu'un regard gris furieux se pose sur moi, s'élève sa voix, vibrante d'indignation.

– Bas les pattes, espèce de pervers ! Pour qui vous prenez-vous ?

2

Georgia

J'avoue que les événements qui se sont déroulés depuis que le coup de fusil a résonné à mes oreilles me demeurent particulièrement nébuleux. Je me souviens de ma tête sonnant du bruit de la détonation, de mes yeux peinant à rester ouverts, du poids du brigand sur moi, d'un liquide tiède et poisseux imbibant ma chemise.

Et de l'odeur de la poudre et du sang.

J'ai dû perdre connaissance puisque je reprends conscience avec l'impression tenace d'être une poupée de chiffon entre les mains d'un propriétaire possessif. Des mains puissantes et chaudes. Un peu calleuses. Des mains telles que je n'en ai jamais connu. Des mains qui me touchent à des endroits tout à fait inappropriés. Sans compter cette sensation d'air frais sur des parties de mon corps qui devraient être entièrement recouvertes.

Mon cœur bondit dans ma poitrine lorsque je reviens totalement à la vie, en réalisant plusieurs choses : je suis allongée sur un lit. Très loin de ma propre chambre. Et surtout, à moitié dévêtue.

Je soulève une paupière, aperçois le profil d'un homme à demi tourné, ses deux bras appuyés sur le matelas de chaque côté de mon buste… dénudé. Mon buste, pas l'homme.

J'écarquille les yeux, tout à fait réveillée, et détaille rapidement mon agresseur. Des cheveux sombres, presque noirs, un nez droit et masculin, une mâchoire puissante et aux lignes dures. Des iris perçants du même bleu profond, transparent et lumineux que ce saphir de Ceylan que Père m'a offert pour mes 15 ans. Troublée par ce regard scrutateur, je lève la main par réflexe, l'abattant sur une joue inhabituellement glabre.

– Bas les pattes, espèce de pervers ! Pour qui vous prenez-vous ?

Sitôt ces mots lâchés d'une voix tremblante d'indignation, je recouvre ma poitrine de mes bras. Ma paume me cuit comme si je l'avais apposée contre un fer chauffé à blanc et pourtant, lorsque l'homme ramène lentement son visage malmené par ma gifle vers moi, ses yeux n'ont pas changé d'expression. Ils sont à la fois glacials et ardents.

Ce qui est totalement absurde ! Ces deux états chimiques sont tout à fait opposés ! Cependant, c'est bien un long frisson qui me traverse alors qu'il me détaille sans ciller, tandis qu'une lave incandescente se met à couler dans mes veines, embrasant mon ventre.

– Sans doute pour celui qui vient de vous sauver la vie et qui examinait votre blessure afin de vous prodiguer les premiers soins ?

La voix cassante mais profonde qui s'élève est à l'image de celui qui me fait toujours face et ne paraît guère décidé à bouger.

Face à une telle mauvaise foi, mon trouble s'évanouit, et alors que les événements me reviennent avec netteté, je rétorque, indignée :

– Permettez-moi d'objecter que c'est moi qui vous ai sauvé la mise alors que vous sembliez être en bien mauvaise posture ! Et j'imagine qu'il ne faut pas avoir lu les travaux des frères Hunter [1] pour savoir que vous n'aviez absolument pas à vous autoriser de telles privautés et que rien ne justifiait que vous me touchiez les… la…

Retour du trouble, qui n'était que masqué derrière un paravent de colère. Je tâche de ne pas balbutier ni rougir sous le regard décidément trop bleu de l'inconnu…

---

1. William Hunter (1718-1783) et John Hunter (1728-1793) sont des médecins britanniques illustres.

– Que vous me touchiez là, achevé-je, en essayant de dissimuler mon émoi, puisque je ne suis PAS blessée.

Mon interlocuteur semble un peu décontenancé par ma référence aux deux célèbres médecins britanniques. J'ai l'habitude de susciter ce genre de réactions, et je n'en ai cure. Encore un de ces idiots confits de certitudes qui pensent qu'une femme possède à peine un demi-cerveau et qu'ils peuvent en disposer à leur convenance.

Ma conviction se renforce lorsque ses lèvres pleines s'incurvent en un sourire ironique et que ses yeux quittent les miens pour redescendre plus bas. Vers mes seins, toujours offerts, malgré le maigre rempart de mes bras, et avec une indécence incontestable, à sa concupiscence.

– Je ne pouvais pas le savoir avant de vous défaire de vos effets ensanglantés. J'avoue que la surprise a été…

Les yeux de l'homme retrouvent les miens et j'ai l'impression étrange qu'à cet instant précis, le cerveau que je cherche tant à nourrir m'a totalement abandonnée pour me livrer au bon vouloir des passions de ce démon au sourire sensuel.

– … de taille.

La fureur me vole ce qu'il me reste de souffle. Ma main s'élève pour administrer au faquin qui ose me parler ainsi une deuxième gifle bien méritée, qui l'éloignera enfin de moi. Mais à l'instant où nos peaux vont entrer en contact, une poigne de fer s'interpose.

Mon poignet se retrouve enserré dans un étau implacable.

– À votre place, je n'y songerais même pas.

Le ton est aussi impitoyable que la pression de ses doigts. Par réflexe, je cherche à me dégager, en vain.

– Écartez-vous de moi et laissez-moi me couvrir au lieu de me reluquer comme si vous n'aviez jamais vu une femme nue de votre vie !

Mon poignet est toujours entravé par la grande main de mon interlocuteur qui m'observe de son regard étrangement assombri. Je devrais avoir peur et hurler sans doute – si je ne craignais pas que cette tache supplémentaire à ma réputation ne froisse encore davantage ma chère belle-mère –, mais je ne fais rien. Bien pire, je constate avec désarroi que le contact de la peau de ce malappris me donne l'impression que la foudre parcourt tout mon corps pour venir lourdement se concentrer dans mes deux seins encore exposés et dans mon bas-ventre subitement trop pesant.

Que peut-il bien m'arriver ?

Je ne suis pas superstitieuse ni crédule, mais si je l'étais, croyez que j'affirmerais dur comme fer que mon interlocuteur est un émissaire du diable. Voire Lucifer lui-même, pour réussir à me perturber à ce point, moi qui me targue d'appliquer en tout point la méthode raisonnée de M. Descartes.

Haletante, j'essaie de contenir les mouvements saccadés de ma poitrine oppressée, guettant la réponse de l'homme.

Mais rien ne vient, et sans doute en suis-je un peu désappointée.

Sa poigne chaude libère enfin mon bras, me laissant l'impression troublante d'être encore plus nue que je ne le suis déjà.

L'homme s'écarte pour s'éloigner du lit et se rapprocher de la porte close, non sans avoir insolemment jeté un dernier regard appréciateur au spectacle lamentable et bien impudique que je lui offre malgré moi. Je me redresse pour retrouver une position assise et tente de me couvrir tant bien que mal avec ma redingote déchirée.

Lorsque je relève la tête en direction de l'individu, c'est pour constater avec effarement qu'il est en train de se défaire de sa veste pour s'attaquer ensuite à sa propre chemise dont il sort les pans de ses pantalons, qu'il porte très ajustés sur ses cuisses puissantes.

– Que faites-vous ? le questionné-je d'une voix tremblante malgré mes efforts pour cacher l'onde de panique qui me gagne.

Pourtant, si cet individu en veut à ma vertu, le mieux serait de lui laisser penser que je ne suis pas *déjà* en train de réfléchir à la meilleure manière de sauter par la fenêtre qui jouxte mon lit.

– Je vous aide à vous rhabiller pour pouvoir quitter cette auberge sans que tous ses occupants ne puissent constater comme moi que vous n'avez rien d'un garçon.

– Croyez-moi, ils le savent déjà. J'ai grandi ici ! En revanche, puisque vous semblez attacher quelque considération à la bienséance, je préférerais qu'ils ne me découvrent pas dans cette chambre avec un individu aussi peu recommandable que vous, et à demi vêtu en plus ! Gardez vos vêtements, je me débrouillerai pour récupérer mon cheval et rentrer.

Le grand brun qui s'apprêtait visiblement à passer sa chemise par-dessus sa tête s'interrompt et me détaille avec intérêt. Mais pas le même intérêt que tout à l'heure.

– Parce que vous êtes coutumière de ce genre d'extravagances ?

– Appelez ça comme bon vous semble, votre jugement m'importe peu. Et encore une fois, ce genre d'extravagances vous a sauvé la vie, rétorqué-je en me relevant, les pans de ma redingote serrés dans ma main gauche crispée.

Cette fois, l'homme me toise, visiblement amusé.

– Vous ne m'avez pas sauvé la vie, *chérie*. Je me serais très bien débrouillé sans vous, dommage que vous n'ayez pas pris le temps de le vérifier. Et il conviendrait peut-être à l'avenir d'éviter de confondre bravoure et stupidité manifeste, surtout lorsque l'on se bat avec des jouets pour enfants.

S'il y a une chose que je ne supporte pas, c'est bien que l'on fasse injure à mon intelligence. Ma réplique ne se fait pas attendre tandis que je me dirige vers la porte de la chambre auprès de laquelle il se tient toujours.

– Croyez que votre avis m'importe peu et que je vous trouve bien arrogant et vaniteux de penser que vous puissiez vous ériger en arbitre des capacités du cerveau de vos contemporains.

Un rire bas échappe à l'homme dont les yeux bleus pétillent pour la première fois en m'observant.

– Vous ne vous arrêtez jamais, petite furie… N'est-ce pas ? Cela tombe bien, moi non plus…

Et comme s'il n'avait rien entendu de ce que je viens de lui demander, il passe sa chemise d'un geste fluide par-dessus sa chevelure sombre.

Je décide de l'ignorer de manière ostensible, même si je bloque mon inspiration lorsque le torse de l'homme se dévoile à moi, sans aucune gêne. Une vive chaleur gagne mes joues, sans doute accompagnée d'une rougeur caractéristique. Je devrais baisser les yeux, et les garder rivés au sol, jusqu'à ce que je sois sortie de cette pièce, mais je songe soudain à tout ce qu'*il* a vu de moi. Au diable la bienséance, j'ai droit à une revanche, non ?!

Menton haut, je découvre un torse d'homme comme je n'en ai jamais contemplé. Certes, j'ai déjà observé, cachée derrière un bosquet d'arbres, les garçons de ferme lorsque, après la fenaison, ils vont se baigner en culottes à la rivière qui borde le petit pré. Je ne crois rien ignorer de l'anatomie masculine, enfin au-dessus de la ceinture. Pourtant, aucun de ces hommes ne peut rivaliser avec le spécimen qui s'offre à mes yeux. Le dessin de ses muscles est si parfait que je pourrais tous les nommer un par un. Ses épaules sont larges, mais sa taille est bien prise. Juste sous son abdomen bosselé, une fine ligne de poils courts, jusque…

– Vous en profitez autant que moi tout à l'heure ? me demande-t-il tout à fait tranquillement.

Je sursaute, le rouge aux joues.

– La différence, Monsieur, est que le spectacle que vous m'offrez est offert, justement… et non volé ! Je n'y engage donc aucunement mon honneur, contrairement à vous !

Goguenard, et guère touché par l'offense que je lui fais en remettant en cause son honneur, il me tend sa chemise.

– Enfilez ceci, vos vêtements déchirés couvrent à peine ce que vous souhaitez si ardemment dissimuler…

Pas question de…

– … surtout lorsque vous relâchez comme vous le faites en cet instant la prise que vous avez sur les pans de votre camisole, termine-t-il avec un sourire sarcastique.

J'attrape d'un geste vif ce qu'il me propose, et son sourire s'agrandit. Entre mes doigts, l'étoffe est curieusement douce pour un vêtement masculin. Le tissu me semble d'une excellente facture.

– Tournez-vous !

Le grand brun hausse un sourcil mi-circonspect, mi-moqueur, mais finalement, il pivote sur lui-même et se plonge dans la contemplation du mur, sans répliquer.

Pour plus de sûreté, je me tourne aussi puis enfile rapidement la chemise d'homme. Une suave odeur de linge propre, mêlée à des effluves masculins, m'entoure d'un nuage déroutant. Je pose enfin la main sur la poignée de la porte, prête à déguerpir. Sa voix basse et grave me stoppe dans mon élan.

– Vous devriez me laisser vous ramener chez vous.

Je pivote pour affronter mon étrange sauveur agresseur, maintenant que je suis couverte et à armes égales avec lui. Il ne s'est pas départi de son attitude assurée frôlant l'arrogance, et même s'il me fixe désormais droit dans les yeux, j'ai toujours cette sensation que ses prunelles caressent ma peau nue. Par réflexe, je croise les bras sur ma poitrine et le défie, menton haut.

– Et pourquoi je ferais une chose pareille ? Je peux très bien rentrer seule, je n'ai en aucun cas besoin d'une protection.

– Je ne comptais pas vous servir de garde du corps, mais uniquement vous signifier qu'à cette heure, votre cheval doit déjà être de retour à l'écurie. Je ne sais où vous demeurez, mais je n'entends pas vous laisser errer à pied et ainsi accoutrée dans un pays manifestement mal fréquenté. Sans compter que si quelqu'un a vu votre monture revenir sans cavalier, on doit s'inquiéter de votre sort.

Une brève bouffée de tristesse me serre le cœur à la pensée du bureau vide de Père, seul lieu du château dans lequel j'aimais me tenir, depuis son remariage. Mon refuge, déserté depuis bientôt un an.

– Non, Monsieur, personne ne s'inquiète pour moi…

L'inconnu accueille ma réflexion amère d'un regard perçant. Désirant fuir au plus vite cette chambre, j'ouvre d'un large geste la porte… pour me trouver nez à nez avec Glenn Matheson, l'aubergiste. Et plus grande pipelette à dix lieues à la ronde. Il me détaille rapidement, des pieds à la tête, et une grimace déforme sa laide figure, comme s'il regrettait de me voir totalement habillée.

– Miss Georgia, me salue-t-il avec ironie. J'apporte la bassine d'eau réclamée par votre… ami.

Je ne peux ignorer la lubricité crasse qui ponctue chacun de ses mots. D'un pas, je m'avance, l'obligeant à reculer pour me céder le passage.

– Je ne sais ce qui peut vous laisser supposer que ce monsieur puisse être, de quelque façon que ce soit, un ami pour moi… Quant au broc, je vous propose de vous le verser sur la tête, monsieur Matheson, cela refroidira vos idées et vos ardeurs !

Poussée par la colère et troublée bien plus que je ne veux l'admettre, j'entreprends de dévaler les escaliers sans plus attendre. Je suis presque sûre d'entendre un rire franc saluer ma sortie. Loin de me ralentir, ce son ne fait qu'accélérer un peu plus mon pas.

Londres,
le 16 mai 1806

Ma chère Georgia,

Je sais que je vous ai déjà écrit cette semaine une longue missive dans laquelle je vous décrivais notre promenade aux Vauxhall Gardens. Sans doute d'ailleurs avez-vous lu le récit de cette déambulation d'un œil distrait... Mais s'il vous plaît, prêtez cette fois une grande attention à mes mots !

Ne dédaignez pas mes révélations en pensant qu'il s'agit d'une simple rumeur ! Tout ce que je vous relate n'est que pure vérité. Croyez-le, j'ai assisté à tout cela en personne.

Lors du bal donné samedi par lady Chickythurn, prise d'un essoufflement après avoir accordé plusieurs danses à divers gentlemen, je me suis trouvée sur la terrasse pour me rafraîchir. Tout près de là se tenait votre belle-mère, avec le vicomte de Beshington-and-Twickham. L'éclairage était chiche et je ne crois pas que ma présence ait été remarquée. Je sais qu'il ne sied pas à une jeune fille d'espionner les conversations, mais lorsque j'ai entendu prononcer votre nom, je n'ai pu m'empêcher de tendre l'oreille.

Ce que j'ai appris m'a stupéfiée ! Le vicomte a demandé votre main à votre belle-mère, qui a accepté ! J'ignorais même que vous l'appréciiez, ou à tout le moins le respectiez, à vrai dire. Et tolérez, au nom de notre vieille amitié, que je vous dise que votre choix m'étonne quelque peu...

Sans doute que la réponse que vous apporterez sans faute à ma lettre me permettra de mieux le comprendre, mais quoi qu'il en soit, je vous adresse mes plus sincères félicitations. J'ai cru entendre que votre belle-mère et le vicomte se mettaient aussitôt en route pour Chester Coldfield afin de régler les derniers préparatifs.

La vie est étrange ! Peut-être serez-vous mariée avant moi, finalement...

Votre très chère Philomena.

***

Londres,
le 18 mai 1806

Votre Grâce,

Je me permets respectueusement de revenir vers vous, car je ne sais si les deux précédentes missives que je vous ai fait parvenir à destination des Amériques sont arrivées jusqu'à vous.

En tant que votre très dévoué homme de loi, je me dois de vous rappeler la clause portée à son testament par le très regretté duc, votre frère aîné, qui m'avait fait le grand honneur de me confier la gestion de ses affaires juridiques. L'accident de chasse durant lequel il a été mortellement blessé a été un choc pour votre famille, comme je ne peux que l'imaginer. Cependant, vous avez au moins pu avoir le modeste réconfort de savoir que votre frère, dans son agonie, a eu le temps de me faire quérir pour recueillir ses dernières volontés.

Je sais que nous avons déjà évoqué la délicate question dont je dois aujourd'hui vous entretenir à nouveau, mais il ne me semble pas, sans offenser votre grande clairvoyance, que vous en ayez perçu tous les enjeux. Je me dois de vous les rappeler, en application de mon devoir de conseil et en souvenir de l'amitié que me portait monsieur le duc, votre père.

Les dernières volontés de votre frère, qui nous a quittés il y a maintenant plus de trois années, étaient clairement exprimées : il souhaitait plus que tout que le nom de Langley perdure, mais il désirait également vous voir établi et conscient de vos responsabilités.

Aussi a-t-il inséré dans son testament une clause intangible : à défaut pour vous d'être marié à vos 30 ans, une grande partie de vos biens reviendront à votre cousin, lui-même chef de famille et déjà père de quatre garçons, bien que désormais veuf, le comte de Workington.

Or la date de votre anniversaire approche à grands pas, si je ne me trompe pas. Je dois rapidement prendre différentes dispositions pour mettre en œuvre le legs au profit de monsieur le comte si vous n'entendez pas faire évoluer votre état matrimonial. Je vous remercie donc de bien vouloir me faire part de vos volontés.

Veuillez recevoir, Votre Grâce, l'expression de mes sentiments respectueux et dévoués.

Paul Glenmoor, avoué.

3

Georgia

– Il n'est pas question que j'épouse qui que ce soit, Mère. Le vicomte de Beshington-and-Twickham pas plus que quiconque !

Je regarde Mary, ma belle-mère, comme si elle avait abusé de la liqueur de mirabelle entreposée dans nos caves.

L'étincelle de colère familière que je retrouve dans ses yeux calculateurs me confirme qu'elle n'a pas bu la moindre goutte d'alcool. Ni a fortiori goûté à cette pâte de haschisch dont les effets sur la lucidité de ceux qui en ingurgitent semblent parfois assez drôles si j'en crois les témoignages de ces messieurs de la Compagnie des Indes.

Il n'est malheureusement pas question de rire une fois de plus. Ma marâtre entend bien que je me marie, et à son air résolu et buté, je comprends que le plus tôt sera le mieux. Lorsqu'elle a épousé mon père au décès de ma mère après avoir été sa gouvernante, elle y a vu une opportunité inespérée de pouvoir intégrer l'aristocratie. Et avec elle la fille qu'elle avait eue de son mariage avant que son propre époux ne perde la vie au combat.

Depuis la mort de Père et bien que moi seule puisse apporter Chester Coldfield en dot, elle n'a pas changé d'idée : plus vite je serai mariée, plus vite elle pourra songer à établir enfin la prunelle de ses yeux, ma quasi-sœur, Hortense. Plus mon mariage sera avantageux, plus cette dernière pourra espérer avoir un mari haut placé dans la hiérarchie sociale.

Plan parfaitement ficelé.

Si l'on excepte le fait qu'il ne me convient absolument pas et que je n'ai aucunement l'intention de m'y conformer.

– Je n'ai nul désir de me marier et je ne sais que trop à quelle vie de misère intellectuelle sont contraintes les jeunes femmes de ma génération. À plus forte raison aux côtés d'un idiot lubrique comme le vicomte de Beshington-and-Twickham. Tout ce à quoi j'aspire est de demeurer ici, chez moi, et de pouvoir y poursuivre mes recherches.

L'expression de ma belle-mère se fait rusée tandis qu'elle affiche un sourire satisfait.

– J'entends bien, jeune fille… Mais il se trouve que c'est moi qui décide jusqu'à ce que vous ayez atteint vos 21 ans. Bien que ne prétendant nullement être aussi savante que vous, je sais encore calculer. Et vous n'atteindrez pas cet âge avant l'année prochaine…

Si seulement Père n'était pas décédé si soudainement… Lui qui m'avait à dessein élevée comme il l'aurait fait avec un fils, m'enseignant tout ce qu'il avait appris au cours de ses voyages et expéditions dans nos colonies, m'invitant à toujours me montrer curieuse et avide de comprendre pour rester un esprit libre et éclairé… Jamais il n'aurait laissé faire pareille chose me concernant.

Ni mariage forcé.

Ni mari stupide.

– Vous comprenez, poursuit ma belle-mère, en interrompant mes pensées chagrines, que les extravagances qui pouvaient être tolérées du vivant de votre père lorsque vous étiez plus jeune ne sont absolument plus admissibles aujourd'hui. Elles pourraient contrevenir durablement à votre avenir ainsi qu'à celui de votre sœur Hortense.

Hortense est une gentille fille, même si elle est loin d'avoir inventé la roue – encore faudrait-il qu'elle sache en reconnaître une au demeurant –, mais j'avoue que je peine à saisir pour quelle raison je devrais me sacrifier à son profit. Mon avenir contre son avenir. Qu'elle s'occupe seule du sien, le mien m'appartiendra, quoi que puisse en penser sa mère.

– Nous avons déjà parlé à loisir ce matin de votre présence scandaleuse dans l'auberge des Matheson avec cet homme inconnu. Il est manifeste que vous venez de dépasser une fois de plus toutes les bornes de la bienséance ! C'est pourquoi vous épouserez le vicomte puisqu'il semble prêt à passer outre votre attitude inconvenante, ce qui est une chance pour le moins inespérée.

Ce n'est ni une chance, ni inespérée : le vicomte a besoin d'argent, c'est de notoriété publique. Il suffit de se promener devant son manoir familial pour le comprendre. Or nous sommes toujours très riches malgré la volonté manifeste de Mary de dépenser des sommes extravagantes en toilettes luxueuses pour la première saison d'Hortense. Ou plutôt, pour être tout à fait précise, *je* suis toujours très riche…

Sans parler du fait que Alistair de Beshington-and-Twickham me poursuivait déjà de ses assiduités lorsque nous étions adolescents. Assiduités auxquelles je me suis bien évidemment gardée de répondre d'une manière qui pouvait laisser accroire que j'aurais pu être intéressée…

– Il m'a officiellement fait sa demande lorsque nous nous sommes vus à Londres au bal de lady Chickythurn et je l'ai bien entendu acceptée, en sorte qu'avec une requête de dispense de bans, vous pourriez être son heureuse épouse d'ici trois petites semaines. Il est d'ailleurs temps pour nous de le recevoir, il me semble qu'il a assez supporté votre caprice de ce jour ! achève-t-elle, triomphante – et m'achovant, littéralement, tandis que je prends conscience de ce qu'elle vient de m'annoncer.

Médusée et pour une fois sans voix, je l'observe faire un signe au valet qui se tient à côté de la grande porte du salon. Celle-ci s'ouvre sur un homme de taille moyenne que je ne connais que trop puisque nos domaines sont proches, que je lui ai refusé au moins trois baisers lorsque nous étions plus jeunes et que je ne parvenais que difficilement à lui échapper. Rien que le souvenir de ses lèvres molles et par trop persévérantes me soulève le cœur.

Si l'on ajoute à cela qu'il est suffisamment bien fait de sa personne pour se penser irrésistible et que je n'ai jamais décelé la moindre lueur d'intelligence dans son regard, il est aisé de comprendre que jamais je ne me résoudrai à consentir à ce projet.

Je suis bien obligée toutefois d'accepter qu'il s'incline sur ma main qu'il ne retient que trop longtemps.

Je saisis maintenant pourquoi ma belle-mère a insisté pour que je revête une tenue qu'elle qualifie de décente (et donc avec exigence pour moi d'enfiler un corset) avant de descendre au salon, pour y recevoir un visiteur. Comment n'ai-je pas songé à la missive de Philomena ? Même si je m'en défends, mes aventures de la semaine passée à l'auberge continuent à occuper bien trop souvent mon esprit.

Mes aventures, et celui qui en était le principal protagoniste...

La seule pensée de son sourire arrogant et de ses yeux... ses yeux qu'il a promenés sur tout mon corps... soulève en moi des sentiments étranges desquels surnage toujours la brûlure cuisante de l'humiliation.

Le sourire du vicomte, lui, est aussi triomphant que celui de Mary il y a quelques instants.

Le mien est plus crispé, mais je n'ai pas dit mon dernier mot. Et je compte bien faire fi des usages tant que je le peux. Y compris et surtout si cela revient à agacer ma belle-mère et mon... promis.

Rien que de songer au terme, j'en sens ma peau qui se hérisse.

– Quelle joie de vous revoir, Georgia ! Croyez que je vais compter les jours jusqu'à notre mariage.

À quel moment m'a-t-il entendu lui répondre que j'avais accepté sa proposition ?

Il me considère avec un air de propriétaire, s'attardant sur le petit décolleté de ma robe de jour pour terminer sur mes boucles courtes.

– Il faudra que vous reveniez à des dispositions un peu plus féminines lorsque vous serez mienne, mais je suis ravi de vous trouver en forme. Vous êtes resplendissante.

Je n'ai pas la force d'esquisser le sourire hypocrite que les usages voudraient que je lui adresse. Encore moins de me réjouir à la perspective que dans moins d'un mois je pourrais être sa femme. Et donc sa *chose*.

Je déplie mon petit éventail en ivoire, accessoire, paraît-il, indispensable à ma toilette, et dont je découvre pour la première fois l'utilité, et l'agite devant mon visage avec exagération.

– Vous m'excuserez, mais je ne me sens pas très bien. Il fait une chaleur de tous les diables pour un mois de mai, non ? Prendre l'air me fera le plus grand bien. Ici, l'atmosphère me semble un peu…

J'adresse un regard qui englobe ma belle-mère et mon prétendant.

– … viciée.

Et sans attendre leur réaction, je m'empresse de les contourner pour quitter la pièce au plus vite. J'entends ma belle-mère qui glapit en éructant mon prénom. J'ignore ses appels et accélère pour grimper quatre à quatre le grand escalier. Martha, ma femme de chambre, occupée à broder dans la lingerie, me regarde passer avec des yeux ronds, puis me rejoint dans ma chambre.

– Miss ? Que se passe-t-il ?

– Aide-moi, Martha ! l'imploré-je en tentant de délacer ma robe dans le dos. Aide-moi à me débarrasser de cette prison d'étoffe !

Elle s'exécute en riant, et je peux prendre une grande inspiration dès que l'étau du corset se relâche. Je revêts mes habits usuels, culottes resserrées à la taille et camisole, sous son regard à la fois désapprobateur et teinté de convoitise.

– Vous allez encore courir la campagne, miss ?

Je mesure ma chance à son seul ton. Certes elle désapprouve sans aucun doute mes fâcheuses habitudes de me comporter comme un garçon manqué, mais quelque part, je sais aussi qu'elle envie la liberté dont je dispose, et dont peu de personnes de mon sexe bénéficient.

Enfin, liberté devenue toute provisoire, si j'en crois ce que je viens d'apprendre…

Je réprime un frisson d'horreur et repars en direction de la cour, toujours au trot. Je dévale les marches du perron quand j'entends un lourd pas derrière moi. Je n'ai nul besoin de me retourner pour découvrir mon suiveur. Il me suffit de humer l'air autour de moi, comme si j'étais dotée du flair d'un foxhound. Une odeur bien trop suave et un peu écœurante me prend à la gorge.

Alistair…

Autant qu'il sache, après tout, quelle scandaleuse extravagante il prétend précisément épouser.

– Ma chère, j'avoue que je m'attendais à un peu plus d'enthousiasme de votre part, me lance-t-il en se portant à ma hauteur.

– Vous m'en voyez surprise, rétorqué-je en accélérant autant pour sortir de cette demeure étouffante que pour lui échapper, d'un pas vif que ma belle-mère désapprouverait à coup sûr. Je ne crois pas avoir jamais laissé entendre que vous m'intéressiez. Et auriez-vous pris la peine de me demander ma main, vous auriez pu avoir la confirmation que ce n'était toujours pas le cas, conclus-je sèchement en me dirigeant vers Polly, ma jument favorite.

Comme ce satané inconnu – comment l'appeler autrement puisque je ne connais même pas son nom ! – l'avait prédit, elle est rentrée seule aux écuries, l'autre jour. Elle ne semble pas m'en avoir gardé rancœur puisqu'elle patiente comme toujours au pied du grand escalier dans la cour pour que je l'emmène en promenade.

Elle est sellée, car je comptais la monter et profiter de ce magnifique après-midi quasi estival. Certainement pas le gâcher en compagnie d'une femme que je méprise et dont les manigances me soulèvent le cœur ou avec un freluquet libidineux que je fuis depuis l'enfance. Aussi, sans un regard supplémentaire pour mon encombrant interlocuteur dont le cheval doit attendre aux écuries pour être rafraîchi et nourri avant qu'il ne reparte, je place un pied dans l'étrier pour me hisser sur ma monture.

L'idée qu'il en profite nécessairement pour me reluquer me déplaît, mais, entre deux maux, il faut choisir le moindre : je préfère lui livrer un spectacle de peu de prix que supporter de devoir passer une minute de plus en sa compagnie.

J'enfourche Polly et feins de ne pas remarquer les sourcils froncés de désapprobation et les prunelles bien trop brillantes d'Alistair. J'ai besoin de m'éloigner pour réfléchir et essayer de trouver une solution pour échapper à ce destin qui m'horrifie.

– Dois-je comprendre que vous vous enfuyez alors que votre futur époux est venu vous rendre visite ?

– Vous comprenez parfaitement et pour une fois étonnamment vite… répliqué-je en m'apprêtant à diriger Polly en direction du petit bois qui borde le parc.

Mais avant que je n'aie le temps de décamper, Alistair se saisit des rênes sous les naseaux de ma jument et la stoppe net.

– Vous savez sans doute, Georgia, qu'il en sera fini de toutes ces excentricités lorsque nous serons… unis, me lance-t-il avec un sourire froid, en insistant sur le dernier adjectif.

Je tente de dégager Polly, qui trépigne, de son emprise.

– Je n'ai aucune envie de changer de mode de vie, Alistair. Aussi, pour nous éviter tout désagrément, j'ai la solution : nous ne nous marierons pas !

Je talonne Polly sans attendre sa réponse, et enfin, je peux m'enfuir en direction de la rivière qui sépare Chester Coldfield du domaine de Bancraft. C'est le premier endroit qui me vient à l'esprit, alors que mon cœur cogne trop fort dans ma poitrine, à la seule évocation de l'avenir sinistre qui se dessine devant moi.

Encore une fois, et comme lorsque Père est mort, mon monde est chamboulé alors que je n'aspire qu'à la tranquillité et à la solitude. Encore une fois, mon sort est remis entre les mains de personnes que je n'estime guère, alors que je veux être maîtresse de mon destin !

Seule l'eau limpide de la rivière pourra apaiser mes tourments. Depuis l'enfance, quand mon père m'y a appris à nager et à pêcher, elle est un peu mon fleuve du Gange à moi, apte à me purifier, me ressourcer et me permettre d'y voir plus clair lorsque je suis perturbée ou qu'une solution m'échappe.

Bien que la situation me semble aujourd'hui hautement plus problématique que lorsque je planchais sur une équation difficile posée par mon père, je ne doute pas que s'il y a une solution, c'est là-bas que je la trouverai.

Sur les rives, l'herbe tendre est d'un vert éclatant. Çà et là, les fleurs du printemps parsèment la prairie de taches de couleur pastel. Je mène Polly jusqu'à mon coin habituel, où la rivière fait un coude, tout près d'un bosquet d'arbres dont le point d'orgue est un majestueux saule pleureur qui me dissimule aux regards.

J'attache Polly à un petit tronc proche, en lui laissant suffisamment de longe pour qu'elle puisse brouter, puis j'ôte rapidement mes habits, sans vraiment craindre l'intrusion d'étrangers, grâce à la protection du saule.

Pour autant, la chance semble se jouer de moi aujourd'hui, car à peine ai-je commencé à pénétrer dans les eaux fraîches et revigorantes de la rivière que j'entends le galop d'un cheval. Son maître pousse jusqu'à l'arbre devant lequel j'ai soigneusement rassemblé mes vêtements, à l'exception de la fine chemise que je porte toujours.

– Vous pensiez peut-être pouvoir me semer après m'avoir craché votre dédain au visage ?

Alistair est descendu de son cheval et se dirige vers moi d'un pas lourd. Il ne cherche pas à dissimuler sa colère, ni la convoitise avec laquelle il fixe chaque parcelle encore non immergée de mon corps. Ses yeux avides se promènent de mes cuisses sur lesquelles se plaque la chemise humide à mon buste qui se devine sous la transparence de la mince étoffe.

D'un regard, j'embrasse la situation. Et je dois repousser l'attaque de panique qui verrouille mes genoux. Pourtant, aussi rapidement, la colère reprend le dessus. C'est Alistair, par tous les diables ! Il n'a rien d'un bandit de grand chemin et j'en ai affronté trois, il n'y a pas si longtemps !

– Je ne vous ai rien craché au visage, Alistair. Je vous ai signifié la réponse à une question que vous n'avez même pas eu la décence de me poser, répliqué-je, en haussant le menton, sans faillir. En revanche, si vous avez de l'honneur et un minimum de considération pour moi, vous ferez demi-tour et retournerez au château pour me laisser regagner la rive et me rhabiller.

Nous nous affrontons quelques secondes, mais je sais que la partie est déjà remportée. J'ai fait appel à ce que tout gentleman défend avec la plus grande ferveur : son honneur. Il ne va pas avoir d'autre choix que de se retirer.

Pourtant, Alistair ne bouge pas. Et ses lèvres se tordent dans un rictus froid.

– De l'honneur et de la considération pour vous ? Vous vous surestimez, très chère ! Et vous vous êtes décidément largement trompée sur mon compte. Car il faut croire, Georgia, que je n'ai ni l'un ni l'autre.

Je crains de ne pas comprendre et mon ton demeure affirmé :

– Aucun gentleman n'accepterait de laisser une femme honorable dans ma position…

Alistair, toujours campé sur la rive un peu au-dessus de moi, ne me détaille qu'une seconde, avant de m'interrompre en éclatant d'un rire sans joie qui s'éternise.

– Une femme honorable ? Vous vous habillez en garçon comme une catin de bordel ! Vous montez à cheval, jambes écartées, sans risquer de perdre une vertu que vous ne possédez plus, car vous l'avez bradée à un quelconque garçon de ferme ! Vous vous compromettez avec des hommes dans les auberges, Georgia ! Et vous refuseriez à votre futur mari ce que vous donnez sans coup férir à d'autres ?

L'indignation et la fureur débloquent les paroles que la stupeur avait verrouillées dans ma gorge.

– Je n'ai rien à vous refuser, car je n'ai rien à vous offrir Alistair ! Je ne suis pas à vendre, et encore moins à marier !

Sans prêter aucun crédit à mes mots, Alistair s'avance soudain jusqu'à pénétrer dans l'eau, et j'en suis si surprise que je recule par réflexe et trébuche sur l'une des pierres qui gisent dans le lit de la rivière. Je perds l'équilibre au moment où Alistair m'agrippe par le coude. Sa figure se matérialise à quelques centimètres de moi, tandis que sa main enserre mon bras dans un étau d'acier.

– Ne vous méprenez pas sur ce que sera notre mariage, Georgia. Je serai votre seigneur et maître. Je vous ferai plier, dussé-je employer la manière forte, me souffle-t-il au visage de son haleine fétide.

Je n'ai pas le temps de me débattre. Ses lèvres s'abattent sur les miennes, les meurtrissent, les forcent. Ses mains me contraignent et courent sur mon corps si peu protégé. Je veux me défaire de son étreinte, mais elle demeure implacable. Jamais je n'aurais soupçonné chez cet être fat une telle force. Il m'entraîne vers la rive et je redouble de hargne lorsque je comprends ce qu'il va faire.

Cette fois, le saule va abriter le plus horrible des crimes. Et j'en serai la victime si je ne parviens pas à m'échapper.

Par désespoir, je plante de toutes mes forces mes dents dans le premier endroit à ma portée. Même si je suis à demi aveuglée par la panique, je crois discerner qu'il s'agit de l'épaule d'Alistair. Peu importe, cela fonctionne !

Il me relâche et je retombe lourdement dans l'eau. Je n'ai pas le loisir de savourer ma victoire qu'une violente gifle m'étourdit. Je bois la tasse et suffoque, mais à l'instant où je tente de me relcver, pour me battre jusqu'à mon dernier souffle plutôt que de céder quoi que ce soit à ce malotru, j'entends des grognements, puis un cri rauque. Des éclaboussures cinglent la peau de mes joues. Lorsque je parviens à chasser l'eau qui perle à mes paupières et me brouille la vue, je crois distinguer une haute silhouette devant moi, et en arrière-plan, Alistair qui fuit à grands pas.

Je ne comprends pas ce qui…

Je laisse échapper un hoquet de stupeur lorsque deux bras forts me relèvent et que je me retrouve nichée contre un torse puissant.

– C'est une habitude de vous retrouver dans des situations impossibles en petite tenue, *chérie* ?

4

Julian

Mon trait d'esprit ne semble pas atteindre la curieuse petite créature que j'ai sortie de la rivière. Serait-ce une nymphe finalement, plutôt qu'un faune ? Sans doute pas, car elle ne paraît guère à son aise dans l'eau.

Elle frissonne dans mes bras, mais ne me repousse pas. Ce manque de combativité ne ressemble guère à ce qu'elle m'a montré lors de notre première rencontre et m'inquiète assez, je dois le reconnaître. Je l'écarte un peu, suffisamment pour pouvoir étudier son singulier minois triangulaire. Elle m'observe de son regard clair par-dessous ses longs cils baissés. Ses lèvres cerise sont bleuies et tremblent. De froid ? De peur ?

Du bout des doigts, je repousse une boucle rousse humide collée à sa joue, et une vague de colère me submerge quand je distingue la rougeur qui marque sa peau diaphane.

Mes yeux ne m'ont donc pas trompé et je regrette à cet instant de ne pas avoir poursuivi le rustre qui lui a infligé cela pour lui faire tâter de ma botte. Sur le moment, il m'apparaissait plus important de m'occuper de sa malheureuse victime… Et cette volonté est devenue encore plus prégnante lorsque j'ai reconnu ses traits. J'en appelle à ma mémoire pour tenter de retrouver son prénom. Comment cet aubergiste l'a-t-il nommée, déjà ?

– Vous vous sentez bien… Georgia ?

Je ne sais si c'est ma familiarité ou ma question qui la fait réagir, mais sa riposte est immédiate. Elle se raidit et ses prunelles grises se plantent droit dans les miennes, alimentées non plus par la peur, mais bien par une colère curieusement dirigée contre moi.

– En quoi cela peut-il bien vous préoccuper, Monsieur ? Tout ceci ne relève que de votre faute après tout ! Par vos privautés, vous avez permis que tout ceci arrive !

Je ne comprends pas un traître mot de ce qu'elle me raconte. Certes notre première rencontre s'est faite dans des conditions étranges, mais cette fille arpente les bois, montée sur un cheval, habillée tel un garçon, et se baigne à demi nue dans les cours d'eau. À cet instant encore, sa fine chemise trempée ne laisse guère de place à l'imagination. Quoique la mienne se remette aussitôt en branle, d'autant qu'elle est alimentée par des souvenirs bien réels.

Je chasse ces pensées de mon esprit et ne puis m'empêcher de lever un sourcil perplexe, tandis que je la tiens toujours à bout de bras.

– Ma faute ? Serais-je celui qui vous a entraînée dans cette rivière et vous a marquée ?

Elle frémit à ce mot, comme si véritablement je l'avais frappée.

– Peut-être devriez-vous commencer par perdre cette détestable habitude de vous promener en pleine journée accoutrée d'une simple chemise ? déclaré-je avec calme. Car si j'en crois vos vêtements soigneusement pliés sous le saule, vous les avez retirés volontairement, non ?

Ses yeux s'illuminent de fureur, et elle se dégage avec une brusquerie insoupçonnée avant de me contourner.

– Bien sûr, Monsieur ! Il est tellement plus simple pour vous de penser que je suis à l'origine de tout cela ! Moi et non l'individu incapable de contrôler ses pulsions et qui se comporte comme une bête dénuée de raison et de tout sens moral !

Je m'adoucis au souvenir de la scène que j'ai heureusement interrompue. Quelles que soient les mœurs particulières de cette fille, elle n'était manifestement pas consentante. Et je ne saurais tolérer ce genre de comportement. En aucun cas.

Planté au milieu de la rivière, je pivote à demi pour l'observer regagner la rive à pas malhabiles. Sa chemise trop courte colle à des cuisses pâles, fines, mais charnues. Elle me jette un dernier regard furibond avant d'entreprendre l'escalade du coteau herbeux.

– Tournez-vous !

J'ai déjà entendu cela, non ? Je réprime un léger sourire et m'exécute lentement. Mes bottes sont emplies d'eau et mes chausses alourdies entravent mes mouvements.

– Nos conversations tournent un peu en rond, non ? Quoi qu'il en soit, je n'avais pas l'intention de vous vexer en laissant supposer que vous auriez pu encourager le comportement de ce faquin.

– Encore heureux !

Sa voix est légèrement essoufflée et j'entends des froissements d'étoffe, comme si elle se rhabillait, puis le hennissement de sa monture.

– Cependant, Georgia…

J'insiste sur son prénom, par pur jeu.

– … j'attendais simplement les remerciements que vous n'allez pas manquer de m'adresser, puisque je vous ai tirée d'un très mauvais pas…

Un rire dépourvu de joie s'élève dans mon dos.

– Sans vous, Monsieur, il n'y aurait pas eu de mauvais pas !

Cette fois-ci, je cesse de jouer et me raidis. Que veut-elle dire par là ?

– J'avoue avoir quelque peu du mal à vous suivre. En quoi serais-je responsable de l'agression dont vous venez d'être la victime ?

J'entends ses pas résolus qui se rapprochent de moi et décide que je peux me retourner. Elle me fait face en effet, les yeux étincelant de colère dans sa tenue de garçon.

– Cela fait des semaines que je lutte contre les tentatives de ma marâtre de me voir mariée. Jusqu'à présent, j'y parvenais encore et je ne désespérais pas de pouvoir échapper au mariage et conserver une liberté intellectuelle relativement inespérée pour une fille. Mais depuis que ma présence inconvenante dans une chambre de l'auberge locale avec un homme plus âgé que moi et qui n'était ni médecin ni abbé est arrivée à ses oreilles au bal auquel elle assistait à Londres, il semblerait que mon déshonneur soit si grand que je ne puisse plus me permettre de lui résister.

Ses yeux brillent de colère, mais je vois bien à la façon qu'elle a de contracter les muscles de sa mâchoire qu'elle est dévastée par son impuissance. Qui peut bien être cette fille qui s'habille comme un valet de ferme, mais dont la belle-mère fréquente les bals londoniens ?

Je l'observe qui caresse désormais doucement l'encolure de son cheval qu'elle entreprend de détacher alors qu'elle poursuit d'une voix assourdie, sans me regarder :

– Il semblerait que je doive me féliciter que le vicomte de Beshington-and-Twickham soit suffisamment intéressé par tout ce que j'ai à lui apporter pour m'épouser malgré le scandale. Vous l'avez certes éloigné aujourd'hui, Monsieur, mais notre mariage aura lieu sous trois semaines et cette vermine aura ensuite tous les droits sur moi. Y compris, conclut-elle avec une tristesse amère, celui de poursuivre légalement ce que vous avez interrompu.

Je ne connais pas cette fille, mais j'exècre ces usages désolants qui consistent à donner des jeunes femmes sans expérience et au mépris de leur consentement à la première bête venue au seul prétexte que les familles y trouvent leur compte et que la bienséance le requiert.

Le mariage devrait être un choix, jamais une contrainte. Ma conviction est si forte sur ce sujet que je m'entends répondre avant même d'avoir pris le temps d'y réfléchir.

– Je vais vous aider.

Décidément, tout ce qui sort de ma bouche ce jour semble être de la plus haute drôlerie puisque le rire désenchanté de la jeune femme s'élève à nouveau tandis qu'elle me fixe de son regard implacable.

– Croyez, Monsieur, que je salue cette tentative bien tardive de réparer votre erreur. Mais ma belle-mère est résolue à m'unir au vicomte et je doute qu'elle accorde une quelconque audience à un étranger dont elle ne connaît que la seule conduite au moins aussi inconvenante que la mienne.

Elle glisse un pied dans l'étrier, se hisse sur son cheval depuis lequel elle darde désormais sur moi ses yeux gris.

Avec son visage aux traits si fins, ses boucles rousses qui folâtrent au gré de la légère brise et l'arrogance qu'elle affiche en me toisant depuis sa monture, elle réussit à conjuguer attendrissante joliesse et morgue altière. À cet instant, je ne peux que la contempler avec une admiration réelle alors pourtant qu'elle conclut d'un ton cinglant.

– Restez loin de moi, Monsieur. Vous en avez largement assez fait ! me jette-t-elle avant de talonner son cheval.

***

– Je ne comprends pas ce que tu fais encore à la campagne, m'assène mon plus vieil ami, James Egerton, ses longues jambes étendues devant lui, une moue dubitative déformant son visage avenant. Rentre avec moi à Londres !

Je hausse les épaules sans lui répondre, à la fois heureux qu'il soit là et impatient qu'il reparte. Un sentiment que j'éprouve très souvent avec James. À Eton, nous avons partagé le même dortoir durant de nombreuses nuits. Plus qu'un ami, c'est un quasi-frère pour moi, et comme tel, il fait preuve à mon égard d'une franchise que personne d'autre que lui ne s'autorise avec moi.

– Pourquoi être venu jusqu'ici, si tu détestes tant la campagne, James ?

Il se redresse sur son siège comme s'il attendait cette question, si brusquement que quelques gouttes de cognac s'échappent du verre ballon qu'il réchauffe entre ses doigts.

– Je voulais voir de mes yeux celle qui te retenait dans cette contrée perdue ! Car il n'y a qu'une femme pour expliquer ta réclusion volontaire, n'est-ce pas ? Alors, raconte-moi tout !

La vision fugitive d'un ravissant minois surmonté d'une tignasse de boucles rousses s'imprime durablement dans mon esprit.

– Il n'y a absolument personne, rétorqué-je en riant. Je chéris bien trop ma liberté pour accepter de me laisser emprisonner par une femme et tu le sais !

– Une liberté qui va te coûter très cher, mon frère, déplore James en mettant sur le tapis la conversation que j'essaie d'éviter depuis qu'il a débarqué à Bancraft.

Je comprends mieux maintenant sa venue soudaine et inattendue. Je me carre dans mon fauteuil, les épaules crispées, et m'abîme dans la contemplation du jardin aujourd'hui battu par la pluie, à travers les grandes fenêtres à la française.

– Où veux-tu en venir, James ? Crache le morceau !

– Tu sais très bien où je veux en venir ! Tu vas fêter tes 30 ans dans à peine un mois. Et à la date fatidique, tu vas tout perdre ! Y compris cette propriété que tu sembles tellement apprécier tout à coup. Tout cela parce que tu refuses de te marier et que tu es presque devenu un Américain ? Rentre dans le rang, Julian. Trouve-toi une gentille femme, docile et dévouée. Tu as l'embarras du choix, la quasi-totalité des marieuses de la capitale rêvent de t'alpaguer. Et une fois ton choix fait, ton devoir accompli et un héritier en route, tu retrouveras ta liberté adorée et tes ambitions de conquérir la baie de l'Hudson tandis que ton épouse élèvera la marmaille !

– Ta vision du bonheur conjugal donne réellement envie de s'y plonger les yeux fermés, grommelé-je, guère satisfait de la tournure de la conversation. Tu sais parfaitement, James, que je ne goûte guère les ingénues. Que veux-tu que je fasse d'une jeune vierge tremblante à peine sortie de l'enfance à laquelle sa mère n'aura pas appris ce qu'un homme et une femme font une fois dans le même lit ? La seule pensée de la nuit de noces me dégoûte. Je n'ai aucune envie d'arracher son innocence à une gamine mal dégrossie frémissant de peur…

James éclate d'un rire sonore. Cette discussion, nous l'avons eue des dizaines de fois. Contrairement à la majorité de mes pairs, je ne rêve aucunement d'une jeune épousée totalement ignorante qui se donnera à moi avec une vocation quasi sacrificielle et dont la pureté tachera les draps au lendemain de notre mariage. Dans un lit, j'aime l'expérience et j'approuve l'audace.

– Notre roi ne semble pas partager ton avis, Julian. Admettons que tu te fiches d'abandonner tous les biens familiaux à ton idiot de cousin… Accepterais-tu de désobéir à notre souverain, alors qu'il te porte une affection toute particulière en mémoire de ton père ?

Cette fois, mon ami a touché un point sensible. Je me renfrogne un peu plus, et laisse ma main caresser distraitement la tête du saint-hubert allongé à mes pieds.

– Lui désobéir ? Comme tu y vas, ronchonné-je. Le roi ne s'inquiète guère de ma destinée, je suppose. Il doit avoir tellement d'autres préoccupations bien plus importantes…

– Ne crois pas ça, mon frère ! Au contraire, il est particulièrement attentif à ton sort…

James se penche en avant, coudes sur ses genoux, et adopte le ton de la confidence.

– Je ne voulais pas en arriver là, Julian, car je pensais que mes supplications suffiraient, mais notre roi m'a spécialement demandé de te ramener à Londres. Et il compte bien lui-même approuver ton union prochaine. Tu as déjà de la chance qu'il te permette de choisir l'heureuse élue. Enfin presque… Parce que si tu ne te décides pas, il pourrait bien ne pas te laisser cette dernière opportunité…

Bon sang...

La situation est encore plus catastrophique que je ne l'avais imaginé. Car nul ne s'oppose à la volonté du roi, et moi moins que les autres. George III était un ami de collège de Père. Eux aussi ont partagé les mêmes bancs à Eton. Mes malheureux parents ont tous deux disparu alors que j'étais très jeune, emportés par la maladie. Et c'est Hugh, mon frère aîné, qui a hérité du titre... et d'un jeune cadet trop insouciant pour lui. Si j'ai pensé être débarrassé de sa tutelle autoritaire lorsqu'il est décédé il y a trois ans, en réalité, j'y ai gagné une attention toute particulière du roi en personne, désireux de faire respecter les dernières volontés du fils chéri de son ami.

Je ne m'y trompe pas. Si je suis demeuré si longtemps ici, alors que je ne trouve aucun attrait à ce pays, c'est que je faisais exactement comme cet oiseau géant des Terres australes. J'ai enterré profondément la tête dans le sable, en songeant bêtement que si je ne voyais pas le monde extérieur, celui-ci m'oublierait. J'avais omis que le reste de mon corps dépassait largement du sol...

– J'ai une dernière obligation à honorer avant de repartir... Un bal, demain soir, donné par une propriétaire d'un domaine voisin, la comtesse de Bomsworth. Je n'ai pu refuser. Et ensuite, je rejoins Londres, soupiré-je. Tu restes ? Tu pourrais m'accompagner pour cette corvée : j'y passerai tôt et m'éclipserai rapidement.

James se lève avec entrain, sourire aux lèvres, visiblement satisfait de lui-même.

– Aucune chance que je demeure une minute de plus ici, surtout pour assister à un bal provincial ! Ma mission est accomplie, je te quitte. Et je te retrouve dans trois jours sans faute à Londres.

Il s'approche de mon siège, pose une main amicale sur mon épaule.

– Toutes tes prétendantes se presseront au bal de la duchesse de Bedford. Je te conseille d'y faire rapidement ton choix et ensuite, dès que tu auras annoncé tes fiançailles, je vais m'occuper de remplir très largement tes dernières semaines de liberté !

Je lui offre un sourire sans joie, accablé par l'avenir qui se dresse devant moi, tel un chemin de croix menant tout droit à l'enfer conjugal.

– J'ai vraiment hâte, ironisé-je avec amertume.

5

Georgia

– J'ai tellement hâte d'aller à ce bal ! soupire pour la énième fois ma quasi-sœur Hortense tandis que sa camériste [1] achève d'arranger la passementerie de son corsage.

– Il me semble en effet que vous me l'avez dit, réponds-je d'un ton neutre tandis qu'elle se met à battre des mains comme il convient à une jeune femme bienséante lorsqu'elle entend manifester son enthousiasme.

Attitude qu'une enfant de 8 ans de nos campagnes n'adopterait jamais spontanément, mais aucun adulte ne semble s'offusquer du fait que plus l'attitude d'une jeune fille témoigne du vide de son cerveau, plus cela confirme sa parfaite éducation.

Je ravale sans peine un soupir. D'une part, parce qu'il ne me sert plus à rien de soupirer puisque je ne pourrai pas échapper à ce bal auquel Mary a exigé que j'assiste pour me faire pardonner mes dernières frasques. D'autre part, parce que le corset que je suis contrainte de porter ce soir m'empêche tout bonnement de le faire.

J'aimerais tant qu'un jour les hommes soient à leur tour obligés, même pour une petite heure, de supporter ce type de torture. Je parie qu'ils trouveraient beaucoup moins séduisant les corps féminins qui sont martyrisés par les baleines et les liens afin de satisfaire à leur bon plaisir visuel.

– Et puis je me demande tellement à quoi peut bien ressembler le duc de Kingsberry !

1. Femme de chambre.

Je retiens entre mes dents un nouveau « Il me semble que vous me l'avez déjà dit » et fixe le miroir de la coiffeuse qui me fait face et me renvoie le reflet de mon visage aux trop grands yeux gris. J'ai l'air de ce que je suis : une bête traquée qui n'a aucun moyen de s'échapper et se sait acculée. Même si je ne désespère pas de trouver encore une solution pour fuir avant mes noces annoncées avec l'immonde Alistair.

Curieusement, ce dernier s'est bien gardé de donner le moindre signe de vie depuis que mon mystérieux sauveur lui a enjoint de décamper. À tel point que je me suis prise à espérer qu'il avait retiré sa proposition de m'épouser. Ce soir, hélas, Mary m'a fait porter une très belle robe de mousseline bleu glacier accompagnée d'un petit mot. Celui-ci indiquait que mon « fiancé » serait présent, flanqué de ses parents, et que j'étais priée de leur faire honneur en me tenant, « une fois n'est pas coutume », correctement.

– Figurez-vous que tout Londres ne bruisse que de sa venue ! continue de babiller ma quasi-sœur. Ces dames qui l'avaient croisé avant son départ pour les Amériques ne tarissent pas d'éloges sur sa prestance et son physique avantageux. Les autres sont comme moi : impatientes de le rencontrer enfin, car il est toujours célibataire malgré toutes ses qualités ! C'est tout de même une incroyable aubaine que nous soyons amenées à le voir ce soir chez lady Bomsworth avant même qu'il n'assiste au bal de la duchesse de Bedford et que toutes ces dames ne l'assaillent ! Finalement, c'est heureux que Mère ait voulu revenir à Chester Coldfield pour organiser vos fiançailles. Oh, Georgia ! Imaginez que je lui sois présentée ! Pensez-vous qu'il m'invitera à danser et que je pourrais lui plaire ?

Mon cerveau est rarement inactif. Pourtant ce type de conversations me donne immuablement envie de découvrir l'état quasi inerte des mollusques que j'ai étudiés la semaine dernière.

Je jette pour la forme un regard à Hortense. C'est une charmante brunette dont la ravissante robe jaune pâle met en valeur une peau sans reproche et des épaules à la rondeur sensuelle. Elle me dévisage de ses yeux de biche, pleine d'espoir. Moi qui me garde de sortir, j'imagine volontiers qu'elle doit plaire aux hommes qu'elle est amenée à croiser lors d'événements mondains. Si j'en crois ce qu'Hortense ou Philomena me rapportent de leurs sorties, les hommes ne semblent guère chercher au-delà d'une jolie enveloppe, si possible titrée et bien dotée, lorsqu'il s'agit de trouver une épouse.

– Vous êtes très en beauté ce soir, ma chère. Il me semble toutefois que vous ne devriez pas nourrir trop d'espoir quant à une union éventuelle avec le duc de Kingsberry. Ce genre d'individu doit avoir pour le choix de sa future femme des exigences quasi royales, qu'il s'agisse de la fortune ou des titres de noblesse. Aussi jolie êtes-vous, Hortense, je doute que cela puisse suffire…

Je me garde d'ajouter que je ne lui souhaite pas un viveur libertin comme époux. Je crains que ce type de réputation ne soit nullement rédhibitoire pour Hortense et sa mère tant que les armoiries sont en bonne place sur la voiture.

***

Quelques heures plus tard, alors que le majordome annonce d'une voix de stentor notre entrée à lady Bomsworth et ses invités déjà présents dans le salon magnifiquement éclairé par deux dizaines de lourds lustres de cristal de Bohême, Hortense n'a pas perdu l'espoir de croiser le regard d'un duc qu'elle n'a pourtant jamais vu.

Pour ma part, je me contente pour l'heure de nourrir un seul espoir : celui de ne pas retrouver trop vite mon répugnant fiancé. Aussi, alors que j'exécute une révérence parfaite devant notre hôtesse – j'ai beau détester ce monde et ses usages absurdes, j'ai toutefois admirablement assimilé les leçons reçues comme mon rang de fille de comte l'exigeait –, j'embrasse la salle d'un regard que je souhaite discret, afin de m'assurer qu'Alistair et ses parents ne sont pas arrivés. Je constate avec soulagement qu'il n'est pas présent et me redresse lentement, destinant à mon hôtesse un sourire factice, mais poli, avant de me décaler sur ma droite, pour céder ma place aux invités suivants.

C'est alors que je croise un regard que je ne connais que trop. Bleu comme les saphirs de Ceylan. Et étrangement intense.

Appuyé à un pilier, cerné par deux dames relativement âgées et des jeunes femmes qui doivent être leurs filles et me cachent pour partie ses vêtements sombres, l'inconnu de l'auberge – et de la rivière – me dévisage avec un sourire amusé. Sans égard pour son entourage, il lève lentement sa coupe de vin de Champagne dans ma direction, opinant imperceptiblement du chef, comme s'il me saluait.

Médusée, je déplie une fois de plus mon éventail qui m'a jamais autant servi que ces derniers jours et observe l'aisance avec laquelle il semble converser avec ces dames tout en les maintenant à distance respectable.

Je reconnais la marquise de Benchmark et sa fille Katherine ainsi qu'une de nos lointaines parentes, la vicomtesse Sophia de Lyne-under-Park et ses deux filles Grace et Eleanor.

Que diable ces vénérables dames en quête de gendres dignes du rang de leur progéniture viennent-elles s'empresser auprès de cet individu peu recommandable ?

Je n'ai guère le temps de trouver les réponses à ces questions ni, une fois n'est pas coutume, de m'en ouvrir à Hortense qui continue de bavasser avec sa mère en consultant son carnet de bal. Car déjà ce dernier semble prier ses interlocutrices de l'excuser et s'en éloigne pour fendre la foule avec une aisance décidément déconcertante pour un vaurien dans son genre. Médusée, alors que je sais que je ne devrais pas le fixer de la sorte et que Mary ne manquera pas de venir me reprocher mon inconvenance, je constate que les invités lèvent des visages respectueux et souriants à son approche, semblant même rechercher sa compagnie. Pourtant, moyennant un sourire à l'un, un propos rapide à l'autre qu'il salue avec familiarité, un baisemain à une duchesse douairière dont le titre m'échappe, mon mystérieux sauvé-sauveur ne s'attarde jamais, continuant à grandes enjambées son chemin sur le parquet à chevrons.

Un chemin qui semble le mener droit dans ma direction. Si Mary me voit discuter avec lui et apprend qu'il s'agit de celui même auprès duquel elle me reproche de m'être compromise, c'en est fini de mes derniers après-midi de liberté et de ma fuite éventuelle pour la France ou les Amériques.

Hélas, le voici déjà qui me fait face et s'incline devant moi. Immense, sombre et si j'osais, impérial malgré cet insupportable demi-sourire bien trop entendu à mon goût.

– Qui aurait cru que vous porteriez aussi bien la robe que le costume de garçon ?

– Et qui aurait pu penser qu'un goujat dans votre genre parviendrait à se faire inviter par la respectable comtesse de Bomsworth ?

Mon inconnu laisse échapper ce rire viril, franc et tellement agaçant dont il m'a déjà gratifiée. Fascinée bien malgré moi, j'observe ses dents blanches et parfaitement alignées, le jeu des muscles de son cou puissant et les mouvements de sa pomme d'Adam.

Qui aurait cru qu'un rire puisse sembler si libre, si… indécent ? Comme tout chez cet individu d'ailleurs !

Sur la piste de danse, les couples se défont alors que s'élèvent les premiers accords d'une valse. Nouvelle danse venue de la cour de Vienne, que je n'ai jamais encore dansée avec quiconque en dehors de M. Smith, notre sémillant, mais fort peu séduisant professeur de danse.

– Je crains fort de ne pas pouvoir danser avec vous, Monsieur. Ma marâtre me surveille et goûtera peu de me voir si proche d'un individu aussi peu recommandable que celui avec lequel elle me reproche encore de m'être compromise.

En face de moi, le grand brun semble manifestement imperméable à mes arguments. Bien au contraire, son amusement est toujours plus grand alors qu'il tend vers moi une main dont le gant de fine soie écrue ne parvient à dissimuler la largeur et la longueur si masculines.

– Faites-moi confiance, Georgia, votre belle-mère ne vous en tiendra aucune rigueur. Consentez-moi cette danse, car je vous garantis que le scandale sera plus conséquent si nos amis ce soir qui paraissent accorder tant d'importance à notre échange vous voient décliner mon invitation.

Aussi discrètement que possible, je jette un regard circulaire pour constater avec surprise qu'en effet, notre conversation semble fasciner les convives. À commencer par Mary et Hortense qui me dévisagent, médusées. Je ne suis manifestement pas la seule à penser que mon inconnu est aussi peu à sa place dans cette salle de bal qu'un indigène du Nouveau Monde à Buckingham Palace.

J'envisage donc de réitérer mon refus lorsque j'aperçois Alistair, accompagné de ses parents, qui franchit l'entrée principale de la salle de bal. Son regard malsain est déjà tourné vers moi, et je ne doute pas qu'il s'empressera de venir me trouver une fois les politesses d'usage échangées avec notre hôtesse.

Ai-je vraiment le choix des armes ce soir ? Vaincue comme seule peut l'être une jeune femme de 20 ans promise à un mariage dans l'aristocratie anglaise, je me résigne à tendre ma main droite à l'horripilant inconnu.

– Croyez que si j'accepte, ce n'est certainement pas en raison de votre sourire suffisant, Monsieur. Mais uniquement parce que mon fiancé vient d'arriver et que je prends votre invitation comme une dernière opportunité de pouvoir m'éloigner de lui avant que nos vœux soient prononcés.

Pour la première fois depuis qu'il m'a adressé la parole, j'ai l'impression d'avoir quelque peu ébranlé la confiance affichée par mon interlocuteur. Pourtant il tend sa main gauche pour s'emparer fermement de celle que je lui offre tandis que sa main droite se place d'autorité au creux de mon dos.

Je suis immédiatement gagnée par un trouble que je ne m'explique pas. Et alors que je place comme il se doit ma main gauche sur son épaule droite, je suis déstabilisée par la puissance qui en émane. J'ai beau avoir observé les garçons de ferme pour approfondir mes leçons d'anatomie, c'est la première fois que je me retrouve aussi proche d'un homme qui n'est pas M. Smith et que j'ai l'occasion de découvrir la fermeté d'une musculature masculine.

Si l'on omet bien sûr notre brève étreinte quelques jours plus tôt, dans une eau glacée et alors que je venais d'être agressée par celui-là même auquel je vais lier mon destin dans trop peu de temps. Pourtant, la proximité de mon inconnu parviendrait presque à me faire oublier le dégoût de la gent masculine qu'Alistair a implanté en moi par sa brutalité. Peut-être parce que je n'avais pas eu le loisir, ce jour-là, ébranlée que j'étais, d'éprouver ce parfum raffiné, à la fois masculin et discret, qui m'enveloppe tandis que mon cavalier me fait virevolter.

Sa stature et cette force latente qui émane de toute sa personne me perturbent alors que je voudrais au contraire rester maîtresse de mes pensées pour mieux affronter Alistair et les siens ce soir.

– Vous évoquiez la présence de votre fiancé, me murmure sa voix grave à l'oreille. Ne me dites pas…

– … qu'il s'agit de l'affreux pervers avec lequel vous m'avez découverte au bord de la rivière, poursuis-je avec amertume. Si, Monsieur, je vous le dis, bien que je ne désespère pas de trouver un moyen d'échapper à cette sinistre perspective et de m'enfuir.

Ses doigts se déplacent et étreignent ma taille, presque tendrement, ai-je l'impression. Alors qu'il n'y a pas une once de tendresse chez cet homme, et que donc, je ne peux que me tromper.

– Et où iriez-vous si vous parveniez à échafauder un tel plan ? reprend-il, comme s'il se montrait réellement intéressé par mon sort. L'Angleterre ne goûte guère que ses héritières échappent à leurs devoirs.

– Aux Amériques ! répliqué-je immédiatement, avec tout l'enthousiasme que ce plan me procure à chaque fois que j'y songe. Je suis certaine qu'il y aura de la place dans un si vaste territoire pour une femme de bonne volonté, prête à travailler et éprise de liberté. Il faut que je parvienne jusqu'au port de Liverpool pour trouver un capitaine de navire acceptant de m'embarquer !

Alors que je me mordrais la langue d'avoir aussi naïvement révélé mes pensées à un individu dont le sourire en coin semble en permanence rivé aux lèvres, je m'attends à une réponse caustique. D'autant que même en me voilant outrageusement la face, je ne peux ignorer la couleur quasi désespérée qu'arborent mes plans, et que trahit ma voix, en se cassant sur les derniers mots. Face à moi cependant, les yeux aux profondeurs marine me fixent avec intérêt. Si je ne commençais pas à savoir que tout n'est qu'ironie et sarcasme chez celui qui me fait danser, je croirais même qu'il me dévisage enfin avec sérieux. Comme s'il me voyait vraiment pour la première fois depuis que nous ferraillons par la parole ou les actes à chacune de nos rencontres.

Pourtant il ne réagit pas à mon propos, probablement parce que je me suis fourvoyée en lui prêtant une largeur d'esprit qu'il n'a pas. Parce que les voyages et les horizons lointains l'intéressent moins que les commérages du soir. Et parce que mes plans doivent lui paraître terriblement enfantins. Dignes de la simple femme que je suis à ses yeux sans doute…

– Vous ne pouvez pas épouser ce type.

L'expression, triviale à souhait, ne départ pas dans la bouche du voyou qui me serre contre lui bien plus fort que ce que tolérerait ce brave Smith. Je cille, surprise de cette déclaration à l'emporte-pièce assénée d'un ton bien trop assuré, avant de me reprendre.

– Je ne veux pas l'épouser, mais il semblerait hélas que cela ne suffise pas ! Nous devons nous marier dans treize jours.

La main posée au creux de mon dos me rapproche encore un peu de mon cavalier. Le nez à hauteur de son épaule, je tente de refouler mon malaise en laissant des pensées idiotes traverser mon esprit. Par exemple, le fait que l'étoffe de la veste qui tombe en queue-de-pie qu'a revêtue mon inconnu ce soir est d'une excellente facture. De même que la coupe de son pantalon qui souligne ses jambes aux muscles nerveux. Sa cravate de soie blanche, elle, est impeccablement nouée.

Mais qui est cet homme ?

Ses manières diffèrent tellement d'une rencontre à l'autre !

Je lève la tête vers celui-ci, semblant plongé dans une réflexion intense.

– Que voulez-vous, Monsieur… Nous évoluons dans un monde dans lequel les femmes sont muselées, mais qui reçoit sans sourciller les hommes sans jamais les juger, y compris pour l'inconvenance de leur conduite dans les auberges locales. Que faites-vous là d'ailleurs, Monsieur ? Et qui êtes-vous ?

Nous tournoyons sous les lustres de cristal entre les couples dont je ne distingue plus les visages et j'ai l'impression de voler sur le parquet. Mon cavalier est sans doute un voyou de la pire espèce qui a réussi Dieu sait comment à duper la bonne société de notre province. Mais même s'il se garde bien de répondre à ma question, je connais désormais au moins deux choses supplémentaires à son égard : il sait danser.

Et il sait tenir une femme entre ses bras.

Je chasse cette pensée totalement inopportune de mon esprit au moment où s'élève à nouveau la voix grave de mon quidam.

– Si je vous disais que je peux vous tirer de ce mauvais pas sans que votre réputation en sorte le moins du monde entachée, bien au contraire, et que vous auriez peut-être même la perspective, à terme, de découvrir les Amériques, vous accepteriez de me donner carte blanche pour écarter définitivement votre prétendant ?

De surprise, j'en perds le compte de mes pas, mais mon cavalier me guide avec tant d'assurance que je retrouve la cadence sans même m'en apercevoir. Je suis déstabilisée parce qu'une telle proposition était bien la dernière chose à laquelle je m'attendais de la part de celui qui s'est plus distingué jusqu'à présent par son arrogance et ses moqueries. Mais surtout je ne comprends absolument pas où il veut en venir. Alors je garde prudemment le silence, en proie à une bataille intérieure entre témérité et raison.

Pourtant au fond de moi, je sais déjà combien j'ai envie de répondre par l'affirmative. Comme si un saut dans l'inconnu – ou *avec* un inconnu ? – me paraissait préférable au destin tout tracé qui m'attend. Tout plutôt que de finir violentée entre les mains d'un pervers cruel doublé d'un idiot, et à devoir me consacrer à la broderie pour le restant de mes jours.

Chaque chose en son temps, me dis-je en étudiant le visage concentré du grand brun dont les doigts emprisonnent les miens avec fermeté, mais aussi, étrangement, avec douceur. D'abord écarter Alistair et cette union épouvantable. Ensuite... j'aviserai. Est-ce la voix de la sagesse ou celle de la témérité ? Je ne saurais le dire...

– Pour une raison qui m'échappe et sans doute parce que je suis accablée, je vous donne carte blanche. J'espère,

Monsieur, que je ne me repentirai pas de vous avoir fait confiance après vous avoir livré mes rêves de liberté.

La valse se termine et mon cavalier laisse lentement glisser sa main droite le long de mes reins avant de la retirer. Mon corps semble s'embraser alors qu'il se penche vers moi pour murmurer à mon oreille :

– Vous ne le regretterez pas, Georgia.

C'est alors que je perçois une odeur familière, bien loin de celle boisée et légèrement citronnée de l'inconnu aux yeux marine. Non ! Celle-ci est écœurante, sucrée, douceâtre. Ostentatoire et méphitique, comme celui qui la porte et qui me toise à présent de son regard délavé.

– J'aurais pensé que vous réserveriez vos danses à votre fiancé, Georgia, déclare Alistair en guise de salutations.

Je m'apprête à répliquer aussi sèchement que l'espoir que je place désormais en mon cavalier inconnu me le permet lorsque la voix de ce dernier me prend de court.

– C'est exactement ce qu'elle a fait.

La réponse a claqué. Cinglante. Et sans une formule de politesse préalable.

Abasourdie, je demeure muette, le cœur battant à tout rompre dans ma poitrine oppressée. À contempler les yeux arrondis d'Alistair et la rougeur immédiate de ses pommettes, je comprends pourtant que je ne suis pas victime d'une hallucination auditive, et qu'il apprécie peu l'affront.

Autour de nous, les danseurs cessent de converser ou baissent d'un ton, avides d'entendre la suite de cet échange.

Dire que j'avais fait confiance à mon cavalier pour échapper au scandale et à l'inconvenance.

Quelle idiote je suis !

– Il me semble qu'il y a là une erreur fâcheuse, poursuit calmement mon cavalier, à voix suffisamment intelligible pour que les curieux n'aient plus à tendre l'oreille. J'ai demandé à lady Georgia de m'épouser, et elle a accepté. Sans doute attendait-elle que je m'en ouvre à sa belle-mère pour divulguer cette information ? Mais je n'ai pas eu connaissance d'un accord quelconque qu'elle aurait donné à un autre prétendant.

Il se penche vers moi, un sourire tendre sur le visage.

– N'est-ce pas, ma chérie ?

Médusée, je reste figée, incapable de proférer le moindre son.

Tel n'est pas le cas d'Alistair qui saisit mon bras nu, entre ma manche courte et le bord de mon gant montant, d'une main de propriétaire. Ce seul contact me répugne, mais Alistair n'en a cure. Il tourne vers mon cavalier un regard étincelant de colère.

– Nous n'avons pas eu l'honneur d'être présentés, Monsieur, si tant est que l'on puisse parler d'honneur…

– Concernant des scélérats dans votre genre ? En effet, l'expression semble peu appropriée et je ne peux que vous féliciter pour votre lucidité retrouvée. Julian Langley, duc de Kingsberry, filleul de Sa Majesté le roi George, si cette précision vous importe. Et bien entendu heureux fiancé de Sa Future Grâce…

Il insiste sur ce titre en toisant Alistair.

– … la comtesse Georgia de Chester-Coldfield dont j'apprécierais que vous enleviez votre main. Immédiatement, cingle-t-il.

Je ne suis pas du genre à m'évanouir, mais je reconnais qu'à cet instant, je ne serais pas contre réclamer des sels. Incrédule, je fixe celui que je dois désormais identifier non plus comme un vaurien sans usage ni scrupule, mais comme Sa Grâce, le (fameux) duc de Kingsberry et, si mon cerveau n'a pas complètement cessé de fonctionner, mon promis.

Alistair laisse glisser sa main moite de mon bras et semble se racornir sous l'œil implacable de Langley.

Autour de nous, je n'entends que chuchotements et exclamations étouffées tandis que je croise le regard lourd de reproches d'Hortense et celui, bien plus haineux, de sa mère.

Preuve, si besoin en était encore, que je n'ai pas rêvé cette scène invraisemblable.

Soudain, l'air me manque. Mon éventail tombe au sol et je porte une main à ma gorge. Impossible de prendre la grande inspiration qui me fait nécessité, corsetée comme je le suis. Ai-je évoqué les sels, un peu plus tôt ? C'est d'air dont j'ai besoin, désespérément, et non de carbonates d'ammonium. Sans même que je ne le conçoive consciemment, je me dirige à grands pas vers les portes-fenêtres entrouvertes les plus proches.

Je ne prête attention ni à mon nom prononcé d'une voix plaintive par Alistair, ni aux murmures curieux qui saluent ma sortie.

6

Julian

La dernière chose à laquelle je m'attendais, en mettant les pieds dans ce bal terriblement provincial, avec toutes ces femmes engoncées dans leur corset alors qu'à Londres, les débutantes ne jurent que par les robes Empire, c'est d'y retrouver ma petite sauvageonne.

Beaucoup moins sauvageonne, d'ailleurs, habillée de mousseline bleue qui souligne sa silhouette définitivement féminine et aux attraits bien réels maintenant qu'ils ne sont plus dissimulés.

Et beaucoup plus attirante.

Quoique j'imaginais sans doute encore moins la demander en mariage après seulement une danse…

Je suis surpris des mots qui sont sortis de ma bouche, presque contre ma volonté, mais je le suis davantage de n'en regretter aucun. Je ne pouvais décemment laisser la destinée de cette fille au pouvoir de ce rustre. Il m'a suffi de lire la résignation qui a un instant affadi son regard perle, et ma résolution était prise. Elle semble tant goûter la liberté qu'elle ne peut se retrouver entravée par un mariage qui l'obligera à se comporter comme une simple reproductrice. Et elle paraît assez libérée pour accepter le marché que j'entends lui proposer.

Pourtant, à cet instant, c'en est trop pour Georgia. Et lorsque je contrains son pleutre de fiancé à la lâcher, elle s'échappe par la première porte ouverte, tel un oiseau affolé que l'on aurait délivré de sa cage.

D'un regard noir, j'arrête Alistair qui s'apprêtait à s'élancer à sa suite, et j'emboîte le pas à ma – désormais – promise. À l'extérieur, la fraîcheur de la nuit me frappe. Il faut reconnaître une chose à la campagne : la beauté de la nature, même domptée par la main humaine, est sans nulle autre pareille. Jamais les chiches jardins londoniens ne remplaceront les havres de paix éclairés comme ce soir par une lune pleine et ronde.

Je n'ai pas de mal à retrouver Georgia, qui a déjà délaissé la terrasse et sa rambarde ouvragée pour emprunter un petit escalier, sur le côté, qui descend vers un kiosque à demi masqué par un bosquet.

Maintenant que je sais où s'est réfugiée ma belle, je ralentis le pas, pour lui laisser le temps d'appréhender ma venue. Le cœur étrangement battant, je gravis les quelques marches de bois et je la découvre. De trois quarts, sa silhouette se découpe devant moi sur fond de nuit bleutée. Les deux mains accrochées au parapet comme si elle se tenait sur un navire en pleine tempête, les yeux fixés vers l'obscurité, sa poitrine se soulève bien trop vite. Elle ne se tourne pas vers moi alors que je m'approche, mais je devine qu'elle n'ignore rien de ma présence. D'ailleurs, sa voix un peu éraillée par l'émotion me cueille quand j'atteins le centre du kiosque.

– Vous ne devriez pas vous trouver ici, Monsieur…

Je ne sais si elle évoque ce moment précis ou le bal. Elle baisse la tête, et expire un souffle dont je ne puis déterminer s'il est las ou excédé.

– Ou plutôt, je ne devrais pas me trouver seule ici avec vous, Monsieur. Ma réputation pourrait en être sérieusement entachée. Encore… Surtout après la scène que vous venez de me jouer devant toutes les personnes qui constituent l'unique société que je côtoie dans ma vie !

– Elle semble bien étriquée, votre vie, pour une jeune femme qui rêve de voyager et de parcourir le monde…

Cette fois, elle pivote brusquement pour m'affronter. Et je découvre la réponse à ma précédente question. Son soupir était excédé, si j'en crois la flamme qui brûle dans ses iris.

– Donc vous vous êtes dit que vous feriez œuvre sociale en me proposant de m'épouser ? Et ensuite, poursuit-elle, sarcastique, vous allez vous donner quelle mission ? Celle d'élargir mes horizons ?

Son sous-entendu tendancieux ne m'échappe pas. Pourtant, loin de me mettre mal à l'aise, c'est une envie de rire inattendue qui me chatouille le ventre. Cette fille est décidément une fine mouche, à mille lieues de la passivité trop fade des débutantes que les mères poussent habituellement dans mes bras.

Avant de me laisser le temps de répliquer, Georgia soupire à nouveau.

– Vous rendez-vous compte des propos que vous avez tenus devant cette assemblée, et le fiancé qui m'était affecté ? Voilà qui est bien extravagant et assez peu respectueux du qu'en-dira-t-on, Votre Grâce…

Je retrouve immédiatement mon sérieux.

– Je me fiche du qu'en-dira-t-on, surtout quand cela peut me permettre d'éviter à une jeune femme de tomber dans les griffes d'un prédateur indigne.

– M'en empêcher ? me questionne aussitôt Georgia, ses mignons sourcils froncés au-dessus de son front lisse. Mais jusqu'à quand ? Que ferai-je quand vous repartirez à Londres en me laissant derrière vous, après avoir joué les héros d'un soir, et que tout ceci ne constituera plus qu'une anecdote amusante que vous raconterez à votre club ?

– Vous faites insulte à mon honneur, répliqué-je avec calme. La demande que je vous ai faite ne sera pas retirée. Si vous l'acceptez, nous nous marierons. Et vous échapperez à une union avec un individu sans scrupule dont vous ne voulez manifestement pas.

Georgia m'affronte, le menton haut, les poings raidis le long de ses hanches. Ce n'est pas forcément ainsi que j'attendais que cette demande soit accueillie. Un peu d'enthousiasme, peut-être quelques remerciements ? Certainement pas cette agressivité latente teintée d'amertume.

– Magnifique tirade, Monsieur. Croyez que je vous suis reconnaissante de m'avoir évité une union qui me révoltait et me désespérait. Mais une fois ceci acté, n'est-ce pas pour moi tomber de Charybde en Scylla ? Vous m'avez tendu un piège en me dupant et vous me proposez exactement ce que je cherche à fuir ! Comment pouvez-vous vous imaginer une seule seconde que je pourrais approuver notre union ? Elle est tout aussi contrainte que la précédente et si je suis obligée d'admettre que vous n'avez pas manifesté le moindre geste violent envers moi, je n'y vois guère de différence !

En deux pas, j'ai franchi la distance qui nous séparait encore. Elle ne recule pas, mais à sa poitrine qui s'immobilise, je sais qu'elle retient sa respiration. Je suis maintenant si proche que je pourrais presque la toucher, me rappeler sa peau douce et crémeuse. Mais je n'en fais rien. Bien au contraire, j'ancre mes yeux dans les siens.

– Il y a une différence primordiale entre celui que vous alliez être obligée d'épouser et moi. Une différence que je vous remercie de bien vouloir ne pas oublier : je ne force pas les femmes, miss. Jamais.

Elle cille, mais ne dévie pas son regard.

– Êtes-vous en train de me dire que ce mariage pourrait ne pas être consommé ? Que si je vous ferme la porte au nez durant notre nuit de noces, vous n'allez pas l'enfoncer ?

À nouveau mon ego est piqué, même si je comprends ses manœuvres : elle négocie et établit les termes du contrat avant de signer, ce qui dénote encore une fois sa vivacité d'esprit.

– Je vous l'affirme, Georgia. Et vous apprendrez que votre porte ou votre vertu ne risquent rien avec moi. Je n'ai guère de goût pour l'inexpérience ou, pire que celle-ci encore, l'absence de sensualité.

– Cela vous va bien, Monsieur, de supposer que si l'on ne veut pas de vous c'est par inexpérience ou manque de sensualité ! Croyez, Votre Grâce, que j'ai toute l'expérience et la sensualité requises pour savoir que je n'ai simplement pas envie de vous et aucune envie de voir consommer notre mariage. En aucun cas. Libre à vous de choisir de revenir sur votre proposition, je le comprendrais parfaitement.

J'examine ma petite sauvageonne apprivoisée avec un intérêt nouveau. Elle serait donc moins innocente que ce que j'avais cru percevoir quand je l'ai déshabillée, dans cette chambre d'auberge. Après tout, elle parcourt le pays à cheval et déguisée en homme. Et le tenancier ne paraissait pas étonné de la trouver là, à moitié nue, avec un homme inconnu. Loin de moi l'idée de la juger, comme elle semble le craindre. De mon côté, j'aime les plaisirs de la chair et ils n'en sont que meilleurs lorsqu'ils sont partagés. Ce qui suppose que les représentantes de l'autre sexe puissent elles aussi en jouir.

– Je suis un homme de parole et j'ai promis que votre réputation ne serait pas entachée. Cela implique que nous allions jusqu'au bout de cet engagement au mariage, peu m'important qu'il soit consommé ou pas.

Georgia ne manifeste toujours aucun enthousiasme, malgré les assurances que je viens de lui donner. Une brise tiède la fait frissonner et faute de châle, qu'elle a dû laisser dans la salle de bal, elle entoure ses bras nus, sans doute sans y penser. Je suis pris d'une envie subite de retirer ma veste pour la placer sur ses épaules étroites et rondes, mais je n'en fais rien, car je pressens que mon geste serait mal interprété. Je décide d'adopter une autre stratégie.

Je désigne d'un mouvement large le bâtiment éclairé qui se découpe derrière moi.

– La plupart des femmes présentes dans cette assemblée, sans compter celles qui se trouvent à Londres, rêveraient de m'épouser et vous, vous tergiversez sans fin, alors que ma proposition vous sauverait d'une union avec un malotru sans honneur. Dois-je en être vexé ? Suis-je si repoussant ?

Cela fonctionne immédiatement, et Georgia s'exclame derechef :

– Non, vous n'êtes pas…

Elle s'interrompt devant le demi-sourire qui vient ourler mes lèvres, et une charmante rougeur enflamme son cou, tandis qu'elle se reprend.

– Vous êtes cependant extrêmement présomptueux, Monsieur ! Oui, j'hésite, parce que votre prestance ne saurait suffire à mes yeux. Je dois vous confier ma vie sur votre parole, alors que je ne vous connais pas et rien de tout ceci, m'assène-t-elle en me désignant depuis mes pieds jusqu'à ma tête, en agitant ses doigts fins comme si elle chassait l'air, ne me garantit que vous l'honorerez !

Cela suffit. Je franchis la distance respectable qui nous séparait encore et je dois résister à l'envie qui fourmille dans mes doigts de repousser la petite boucle que ses emportements ont détachée de sa coiffure aujourd'hui si disciplinée.

Je me penche à son oreille. Ma voix n'est plus qu'un murmure dont elle ne peut que saisir les moindres intonations, tant nous sommes proches.

– Je ne peux que vous assurer d'une chose, Georgia : je ne vous épouse pas pour vous emprisonner, je vous épouse parce que vous êtes libre et que je souhaite que vous le restiez.

Elle hoche doucement la tête et la chair de poule recouvre sa peau diaphane. Je suis presque certain cette fois que le froid n'en est pas la cause. Loin de moi l'idée de briser la promesse que je viens juste de lui faire que nos rapports ne seront jamais charnels. Enfin, loin de moi…

Après tout, une seule personne peut renoncer à ce serment, et à l'instant, je jurerais, à scruter les prunelles grises de cette personne, que…

– Monsieur ! J'ai peine à croire que vous soyez celui que vous prétendez être, tant vos manières me paraissent si peu conformes à votre rang !

La voix criarde de la femme dans mon dos interrompt le flot de mes agréables pensées. Aussitôt, Georgia se crispe, mais elle ne peut s'éloigner de moi, coincée entre la rambarde et mon corps. Je prends tout mon temps pour me retourner et affronter la mégère.

– Si vous semblez parfaitement connaître mon nom, il n'en est rien de mon côté. Madame ?

– Lady de Chester-Coldfield. Je suis la veuve du défunt comte de Chester-Coldfield. Et la belle-mère et tutrice de la jeune femme que vous avez aujourd'hui déshonorée par votre conduite ce soir. Et même bien avant, si je crains de comprendre…

Je dois admettre être intérieurement soulagé que cette femme ne soit pas la mère de Georgia. Surtout si j'en crois l'adage de James selon lequel, pour deviner à quoi ressemblera une femme dans quelques années, il faut regarder sa mère.

– La moralité de votre belle-fille ne souffre aucun déshonneur, Madame, contrairement à ce que vous vous plaisez à considérer. Soyez-en rassurée. Sachez en revanche que le prétendant que vous lui aviez choisi n'avait pas autant de scrupules à respecter les volontés de Georgia.

Vous vous préoccupez de ses volontés, mais je ne crois pas avoir entendu Georgia énoncer le moindre consentement à votre demande. Et mon accord sur cette union n'a pas davantage été sollicité, que je sache, ajoute la belle-mère de Georgia d'un ton acerbe [1].

– Je ne pensais pas que mon consentement pouvait revêtir une quelconque importance pour vous, Mère, grommelle une petite voix derrière moi. Cela ne semblait pas si primordial

1. Jusqu'à 21 ans, âge de la majorité, l'accord des parents ou responsables légaux devait être recueilli même en cas d'union consentie.

quand il s'agissait de m'unir à ce maudit vicomte ! Mais s'il faut l'exprimer, alors ma réponse est oui ! Je veux épouser le duc de Kingsberry !

Une curieuse chaleur envahit ma poitrine tandis que la marâtre manque de s'étouffer d'indignation simulée. Je décide de mettre fin à toute cette mascarade.

– Puisque les choses sont éclaircies, nous n'attendrons pas et j'ose croire, Madame, que vous ne vous opposerez pas à une union consentie et impliquant un pair du royaume et filleul de Sa Majesté. Je peux avec aisance obtenir une dispense de bans de l'évêque de Canterbury, et la chapelle de mon château sera appropriée à la célébration de la cérémonie religieuse. Je vous propose de fixer une date dans deux semaines à mon retour de Londres où j'aurai à faire ces prochains jours.

Même si mon ton semble redevenu accort, il ne souffre aucune discussion. D'ailleurs, la belle-mère ne s'y risque pas. Je me penche vers Georgia et saisis sa main gantée que je porte à mes lèvres. Je la découvre un peu tremblante, malgré son assurance de façade.

– N'oubliez pas que je tiens toujours mes promesses, Georgia, lui murmuré-je avant de reprendre, plus fort. Il se fait tard, ma chère, et vous paraissez épuisée. Je vous propose donc de vous raccompagner à votre voiture, puis que nous nous revoyions très bientôt pour régler les derniers préparatifs.

Nos regards se croisent un instant, et Georgia accepte le bras que je lui offre. Nous regagnons la salle de bal, suivis par la belle-mère, prêts à affronter de concert la curiosité du monde extérieur.

Et si je n'en laisse rien paraître, je ressens une certaine fierté à avoir réussi à convaincre la ravissante impétueuse qui chemine à mes côtés.

Chester Coldfied, le 1er juin 1806

Sa Grâce Julian Henry George Langley,
duc de Kingsberry, d'Elbany et de Newcastle-under-Lyne
Et la très honorable Georgia Olivia Jane,
fille du comte de Chester-Coldfield
Seraient honorés de votre présence
à la célébration de leur mariage
Et vous prient de bien vouloir assister
à la cérémonie religieuse qui leur sera donnée
Le 17 juin 1806
En la chapelle du château de Bancraft,
domaine de Sa Grâce

P.-S. : Il faut que vous soyez là, Philomena !
J'ai conscience du caractère précipité et tardif
de cette invitation et je ne sais même pas
si ce faire-part vous parviendra avant la date
fatidique, mais je le souhaite de toute mon âme.
Oui, j'ai beaucoup de choses à vous relater !
Affectueusement,
Votre très chère Georgia.

7

Georgia

Assise dans la voiture qui me mène à la chapelle du domaine de Bancraft, je contemple une fois de plus avec incrédulité ma jupe de dentelle de Honiton et satin de Spitalfields qui prend la majeure partie de la banquette. Il s'agit de celle que portait ma propre mère lorsqu'elle a épousé mon père. Elle est d'un beige clair presque écru, et rebrodée des mêmes fils d'or que ceux du décolleté de mon corsage… virginal. Même retravaillée par nos couturières pour s'adapter à notre époque et à ma silhouette, elle reste bien trop volumineuse pour répondre à mes exigences de confort.

Que ne puis-je comme mon futur époux me marier moi aussi en pantalon !

Nerveusement, je lisse une fois de plus de la main le tissu soyeux, comme si ma robe n'avait pas été repassée avec application par Martha, ma camériste, hier puis ce matin encore. Et je profite de ces dernières minutes de solitude dans la superbe berline, tirée par six magnifiques chevaux alezans, qui porte les armoiries de mon futur époux. C'est le duc qui m'a envoyé cet équipage alors que Martha venait juste d'ouvrir les lourdes tentures de ma chambre pour y laisser pénétrer un soleil déjà vif. Un geste prévenant pour m'éviter de parcourir dans l'une de nos voitures plus exiguës les quelques lieues inconfortables et bien mal carrossées qui séparent nos deux domaines.

Un geste très prévenant d'un futur époux très absent.

Car, même si je ne sais si je dois m'en réjouir ou le regretter, je ne l'ai pas revu depuis le soir de sa demande en mariage.

Bien sûr le duc m'avait informée des affaires qui l'appelaient à Londres, mais sans doute aurais-je néanmoins apprécié de recevoir un billet écrit de sa main me confirmant que je n'avais pas rêvé sa demande en mariage et qu'il allait effectivement honorer sa promesse en revenant à temps pour la cérémonie.

Rien.

Pas un signe de vie de sa part à l'exception, certes non négligeable, de la confirmation que les préparatifs avançaient à grands pas – et grands frais – au domaine de Bancraft afin que tout soit prêt à temps pour nos noces.

Cela a suffi à me faire réaliser que tout ceci n'était pas la résultante de mon imagination fertile. Et à faire grimper ma jauge de nervosité au plus haut. Car oui, une fois le trouble du bal dissipé, et la réalité acceptée – je vais me marier ! –, une sensation vertigineuse m'a saisie. Les deux semaines qui viennent de s'écouler sont passées à la vitesse de l'éclair qui zèbre le ciel des nuits d'été.

Je vais me marier. Aujourd'hui. Avec un homme que je ne connais pas. Avec un homme dont je ne comprends pas les motifs qui le poussent réellement à s'engager avec une parfaite inconnue, certes d'assez haut lignage et plutôt bien dotée, dans une union maritale pour le restant de ses jours.

Et un homme dont, surtout, je ne sais s'il tiendra sa parole.

Est-ce que j'échappe à un enfer pour tomber encore plus bas ?

Alors que la voiture ralentit, je croise brièvement le regard de Mary, installée face à moi, engoncée dans une robe d'un mauve éclatant, et qui se détourne immédiatement, lèvres pincées, sans montrer la moindre marque d'affection à mon égard. Hortense, elle, présente tous les signes d'une excitation extrême. Joues enflammées, elle trépigne sur son siège, jusqu'à ce que sa mère la rabroue à voix basse.

Si ma presque sœur s'est aussitôt réjouie de mon mariage, même si j'ai dû affronter moult questions et reproches pour ne lui avoir rien révélé de mon idylle qu'elle suppose cachée avec le duc – si elle savait ! –, ma belle-mère, elle, m'a clairement signifié sa désapprobation. Vu sa contrariété évidente, je présume qu'elle aurait rêvé s'opposer à notre union, bien trop prestigieuse à son goût pour sa belle-fille alors que sa propre fille n'a pas encore de fiancé. Manifestement, elle n'accepte que difficilement de ne pas avoir eu le courage de le faire, mais mon futur époux est puissant, suffisamment pour qu'une roturière vaguement anoblie par une brève union avec un comte décédé n'ose l'affronter.

– Miss ?

Le laquais me tend une main que je saisis en m'efforçant de contrôler mon léger tremblement. J'entends descendre à ma suite Mary et Hortense, mais je ne leur prête aucun intérêt.

Toute mon attention est dirigée vers la chapelle en pierres blanches et toit d'ardoises grises qui contraste avec l'océan céruléen en toile de fond, tandis que la croix qui la surplombe fend le ciel uniformément teinté d'un azur plus clair.

Et vers celui dont les yeux sont encore d'une nuance de bleu différente. Saphir pour être précise.

Il se tient à côté du pasteur et m'attend, avec son assurance tranquille. Comme s'il n'allait pas unir son destin au mien pour toujours, dans quelques minutes.

Sa redingote sombre et impeccablement coupée met en valeur ses épaules à la musculature discrète mais bien présente. Mes yeux parcourent son gilet ajusté et sa chemise blanche cravatée qui soulignent sa silhouette masculine, puis ses bottes noires parfaitement cirées qui dissimulent des jambes que je devine puissantes. La pensée fugace que je comprends à l'évidence son succès auprès de ces dames de Londres me traverse.

Lorsque je relève les yeux vers son visage, ses lèvres sont incurvées en un pli légèrement moqueur. Il n'a rien perdu de mon examen et comme l'idiote que je suis à cet instant, je me sens rougir sous son regard amusé.

Mains sur ma jupe pour éviter qu'elle ne soit souillée, je me redresse pour franchir aussi dignement que possible les quelques pas qui me séparent du duc de Kingsberry. Ce dernier cependant s'éloigne du pasteur pour venir à ma hauteur et s'incliner brièvement avant de me présenter son bras.

Ce faisant, je retrouve son parfum si masculin et qui me fait l'effet d'un point d'ancrage presque familier ce matin, mélange de cuir et d'un savon probablement citronné. Les battements de mon cœur s'accélèrent sans que je comprenne pourquoi alors que je dépose ma main gantée dans le creux de sa manche, à la naissance d'un biceps dense et ferme. Sentir le poids du regard de mon futur époux sur le profil que je lui présente, faute de me résoudre à me livrer à son regard scrutateur, ne m'aide pas à reprendre mes esprits aussi facilement que je l'avais espéré.

– Bonjour, Georgia, vous êtes particulièrement en beauté ce matin.

Comme son odeur il y a quelques secondes, sa voix, basse mais profonde, me semble proche, presque intime alors que j'ai l'impression étrange, un peu effrayante, d'être en train de perdre tous mes repères.

– En l'absence de votre père, permettez-moi de vous accompagner à l'autel. Si, bien entendu, vous êtes toujours prête à devenir ma femme ? s'enquiert-il de manière égale, comme si nous ne discutions pas de nos existences, mais simplement d'une énième pluie sur la lande.

– Et vous, Monsieur ?

Cette fois-ci, aussi déroutantes soient ses prunelles marine ou ses lèvres qui paraissent en permanence réprimer un sourire ironique, je parviens à le dévisager sans ciller et en maîtrisant mon trouble.

– Êtes-vous bien prêt à devenir mon mari ?

Après tout, nous sommes deux à nous engager et même si je n'ai aucun doute sur les libertés dont profitent les hommes mariés, il me semble que je me dois de lui offrir cette dernière échappatoire. Il ne faudrait pas que l'esprit somme toute plutôt chevaleresque qui l'a conduit à me soustraire à une union terrifiante ait pour conséquence son propre sacrifice. Je ne me le pardonnerais pas.

Un rire léger accueille ma question tandis que nous commençons d'un même pas à nous diriger vers le parvis de la chapelle fleurie de blanc qui nous fait face.

– Votre empathie vous honore, Madame. Mais sachez – le duc incline son visage pour plonger dans les miens ses iris d'un bleu si foncé et malgré tout si transparent qu'ils en deviennent déroutants – que je n'agis jamais par contrainte. Croyez que si je vous épouse vous plutôt que toute autre, c'est en toute lucidité et bien parce que je le veux, ma chère. Je ne peux qu'espérer qu'il en soit de même pour vous et que vous n'ayez pas changé d'avis.

Soulagée par sa constance, je ne peux m'empêcher de poursuivre notre échange. J'ai besoin de savoir que je n'échappe pas à Alistair pour me soumettre à un joug équivalent, voire pire.

– Et que diriez-vous, Monsieur, si je vous indiquais que je me suis en effet ravisée alors que votre demande est officielle et que vous avez quasi tous pouvoirs ?

– Je respecterais votre choix, en espérant qu'il ne vous soit pas fatal, et j'aurais été néanmoins honoré de vous conduire sur ces quelques mètres.

Un silence ponctue cette déclaration dont la sincérité me semble incontestable.

– Sans doute aussi me demanderais-je comment diable nous pourrions venir à bout de toutes les victuailles qui nous attendent pour fêter notre union, ajoute-t-il avec un petit rire plein de dérision alors que nous sommes arrivés devant les portes grandes ouvertes de la chapelle du duché. Alors,

Madame, poursuit-il en plongeant dans le mien son regard animé d'un pétillement espiègle, c'est oui ?

Cette fois-ci, je m'autorise enfin à expirer l'air que j'ai retenu sans m'en apercevoir depuis que nous avons commencé ce badinage. Je ne sais ce qui m'attend précisément, mais j'ai l'intime conviction que Julian Kingsley me respectera autant qu'une jeune femme de mon rang peut l'espérer de son époux. Je contemple brièvement les traits nets de son visage viril, la ligne rude de ses sourcils sombres, son nez droit, sa mâchoire déterminée, ses lèvres pleines, évidemment incurvées en un demi-sourire qui laisse penser que rien n'est jamais vraiment grave pour cet homme et que, de toute façon, il en viendra à bout.

Je ne sais pas précisément ce qui m'attend, certes. Mais je sais soudain que je veux lui faire confiance.

– C'est oui, Monsieur. Allons nous marier si déjà nous sommes là !

***

Le temps passé depuis le bal de la comtesse de Bomsworth m'a paru bien long, tandis que je me demandais si cette union serait bien consacrée. Les essayages de ma robe de mariée et l'heure que j'ai passée ce matin à l'enfiler m'ont quant à eux paru interminables.

La cérémonie me fait en revanche l'effet de n'avoir duré que quelques minutes à peine, jusqu'à ce que nous échangions nos consentements devant le pasteur et les deux témoins choisis par le duc.

Je serais bien incapable de savoir qui a assisté à la célébration et où Mary et Hortense avaient pris place dans l'assemblée de visages sans noms. Comme le veut l'usage, à l'invitation du pasteur, je tends mécaniquement ma main à Julian pour qu'il la serre en retour, confirmation publique que nous scellons notre union devant Dieu.

Pourtant lorsque le duc s'empare de ma main gantée, je suis soudain traversée par un fourmillement inexplicable. Bien que ferme et déterminée, la pression du pouce de celui qui est désormais mon époux reste douce sur ma paume, mais je la perçois dans tout mon corps, comme les ondes d'un ricochet sans fin. J'ai chaud subitement alors que mon ventre se fait pesant, ma poitrine trop lourde, ma respiration oppressée sous mon corsage trop serré. Mes yeux plongent dans ceux de Julian, avide de savoir s'il a lui aussi ressenti ce trouble incongru et inexplicable. Face à moi, mon époux n'a pas lâché ma main et me contemple, pensif, sans que je ne sache si c'est parce qu'il est en proie à la même réaction physiologique que la mienne ou si c'est tout bonnement parce qu'il cherche à s'expliquer ma soudaine tension.

Je me force à lui sourire, retirant ma main de la sienne avant que le pasteur ne nous prie de le faire par souci des convenances et je me recule légèrement pour échapper à cette emprise presque physique que je viens de ressentir.

Mes poumons parviennent heureusement à fonctionner à nouveau normalement tandis que le pasteur achève l'office.

Les cloches sonnent dix heures lorsque nous quittons la chapelle pour rejoindre à pied la demeure de famille de mon époux – la mienne aussi désormais.

Bien que l'usage ne soit pas en principe aux grandes cérémonies, a fortiori lorsque le mariage est précipité sans avoir eu le temps de lancer les invitations, Julian a tenu à régaler nos voisins et ceux de nos apparentés ou amis qui ont décidé de faire le déplacement depuis leurs domaines plus lointains. Ou même de Londres où la saison bat pourtant son plein.

Nos invités ont rejoint la noce dès la fin du culte. De notre côté, nous nous sommes entretenus quelques minutes supplémentaires avec les témoins choisis par Julian – deux jeunes hommes bien nés et fort bien faits de leurs personnes et que Philomena aurait certainement dévorés des yeux si elle avait été présente au lieu d'être déjà engagée par sa mère au bal de la marquise de Heavens – puis nous avons signé les registres d'état civil remis par le pasteur pour officialiser notre union.

Me voici désormais Georgia Langley, duchesse de Kingsberry, comtesse de Kellington dans la pairie britannique, duchesse d'Elbany dans la pairie d'Écosse et duchesse de Newcastle-under-Lyne dans la pairie irlandaise. Et surtout épouse d'un aventurier et libertin notoire, néanmoins capable de convoler sur un coup de tête avec une parfaite inconnue. Un époux que je ne connais absolument pas, mais dont la seule présence me fait aujourd'hui tourner la tête et bourdonner les tempes.

Des tables sont dressées et recouvertes de victuailles sous de vastes pavillons de bois, partiellement ouverts pour laisser l'air pénétrer. Manifestement, ils ont été bâtis spécialement pour cette occasion. Les charpentiers et ouvriers de son domaine n'ont pas chômé ces quinze derniers jours et j'observe avec intérêt les grumes finement poncées qui tiennent lieu de colonnades ainsi que les grandes toiles de lin fixées à leurs sommets pour préserver les convives des rayons printaniers du soleil bien présent ce matin.

L'effet est charmant, il faut le reconnaître, même si je me demande surtout comment les hauts tronçons de bois sont ancrés dans le plancher, plutôt élégant, qui a lui aussi été construit pour notre mariage.

– Quelque chose vous déplaît, Madame ?

Alors que je reste debout sans avancer au pied des marches de la chapelle pour contempler les jardins qui s'étendent à perte de vue, la voix profonde de mon mari s'élève à mes côtés. Elle est une fois de plus empreinte d'une prévenance qui ne manque pas de me surprendre, surtout lorsque je me souviens de la suffisance qui la caractérisait lors de nos premiers échanges.

– Absolument pas, Votre Grâce, bien au contraire. Je trouvais l'ouvrage de vos charpentiers remarquables puisqu'ils n'ont eu que peu de temps pour récolter les troncs, les écorcer et les façonner.

Le rire de plus en plus familier de Langley s'élève à mes côtés avant qu'il ne me sourie de toutes ses dents si blanches.

– Décidément, vous n'êtes pas commune, Madame. Après le tir à l'arc au grand galop, voilà que vous vous piquez d'études de structure et de travail du bois !

– Vous voulez dire : « Au lieu de me contenter de m'extasier sur les bonbonnières pleines à craquer de douceurs si féminines qui m'attendent au buffet ou de vous parler de l'avancée de mes travaux de broderie ? » Je vous avais prévenu, Votre Grâce. Je ne désirais pas me marier, afin de conserver mon indépendance intellectuelle puisque ma sécurité financière était assurée par mon père. Je ne compte pas cesser d'être curieuse et avide de comprendre parce que j'ai changé de titre et de patronyme ! Vous le saviez et avez persisté dans votre demande, et en connaissance de cause, il me semble !

– Ne prenez pas la mouche, mon ange.

À ces derniers mots, proférés avec désinvolture par le séducteur libertin qui me tient lieu de mari, je ne peux empêcher mon cœur de s'emballer un peu.

Ne sois pas stupide, Georgia. Il utilise ce type de surnoms intimes avec toutes les personnes qui portent un jupon.

– J'avoue au contraire que je trouve assez divertissant d'avoir une épouse qui manifeste son intérêt pour des sujets aussi variés !

– Vous me prenez pour un bas-bleu rébarbatif, n'est-ce pas ? l'accusé-je désormais, malgré la bonhomie amusée de sa réponse.

Il faut croire que j'ai envie d'en découdre pour éviter de m'appesantir sur l'effet que me fait à nouveau notre proximité, les inflexions caressantes de sa voix grave ou son parfum aux fragrances si viriles.

J'imagine qu'il doit y avoir une explication scientifique et parfaitement rationnelle à ce type de réactions. Pour commencer, sans doute n'ai-je pas assez été au contact de la gent masculine depuis le décès de mon père... Et même avant cela, je le crains.

Indifférent à mes tourments intérieurs, Julian poursuit avec, comme toujours, un semblant d'ironie.

– Alors que vous tirez à l'arc en portant aussi bien les costumes de garçon sur votre cheval ou que vous avez coupé vos boucles par commodité ? Certainement pas, Georgia, croyez-le. Je vous trouve intrigante, amusante et, puisque cela a l'air de vous importer...

Le cœur battant plus qu'il ne le devrait sans doute pour un simple badinage, j'attends, suspendue à ses lèvres, la suite de ce qui semble bien être des compliments.

« Intrigante, amusante et »... jolie ? Ravissante ? Séduisante ?

Ensorcelante ?

– ... j'ai envoyé des marins et charpentiers de la flotte commerciale d'un de mes amis, retenus à Londres pour quelque temps avant de repartir vers nos comptoirs, afin qu'ils épaulent les ouvriers du domaine. Certains ont aidé aux travaux de montage, d'autres, aguerris à la couture de nos voiles, ont découpé et ourlé les voilages.

Si ma curiosité est désormais assouvie, au moins s'agissant de la construction des pavillons sous lesquels se pressent les invités, mon amour-propre est sans doute un peu piqué. J'avoue que je m'attendais à d'autres compliments. Et je suis surprise de constater que j'aurais apprécié que mon mari me les délivre, alors que je suis supposée avoir conclu un simple pacte avec ce dernier.

« Je suis un homme de parole et j'ai promis que votre réputation ne serait pas entachée. Cela implique que nous allions jusqu'au bout de cet engagement au mariage, peu m'important qu'il soit consommé ou pas. »

Les propos de Julian chez la comtesse de Bomsworth me reviennent. Je n'ai pas le droit de me plaindre ou de déplorer son absence d'intérêt à mon encontre alors que c'est très précisément ce que j'ai exigé de lui avant d'accepter sa demande.

Je décide de chasser ces pensées ridicules et affiche un sourire qui se veut conciliant.

– Voilà qui est très intéressant, Votre Grâce, et je ne manquerai pas de vous questionner au sujet du fonctionnement des bateaux lorsque vous m'en laisserez l'opportunité. En attendant, que diriez-vous d'aller tout de même découvrir le contenu de ces bonbonnières ? Je ne suis qu'une faible femme après tout et bien peu de chose devant des sucreries…

Un rire salue ma demande tandis que mon mari me tend le bras. J'y dépose ma main et une fois de plus, alors que je cherchais à chasser toute pensée inconvenante, je suis traversée par un fourmillement incongru qui me trouble et me donne envie… Justement, j'ignore de quoi cela me donne envie ni comment assouvir cette curiosité. Je déteste autant mon ignorance que l'état dans lequel me plonge tout contact avec celui dont je vais pourtant devoir supporter la promiscuité dans les heures à venir.

Indifférent à mes élucubrations et tracasseries, Julian a commencé à avancer à pas mesurés vers le plus proche des pavillons. Il me fait l'effet d'un grand fauve qui se contient pour tenir le rôle d'un chat dans un salon bien trop étriqué pour lui.

– Allons goûter ces bonbons, Madame. Cela nous mettra d'aplomb pour la longue route qui nous attend et que nous ne devons pas tarder à prendre pour rejoindre l'auberge de Glorious Oak.

À la pensée que c'est dans cette auberge que je passerai ma nuit de noces dans le même lit que mon exaspérant, mais très séduisant mari, j'abandonne toute velléité de calmer les images, pulsions et autres fourmillements suscités manifestement par la présence de Julian.

Ce dernier a précisé qu'il respecterait mon choix et n'avait jamais forcé aucune femme.

Certes.

Mais que se passera-t-il si je décide d'assouvir ma curiosité dans une matière qui m'avait jusqu'à présent fort peu intéressée et qui implique un lit et un rapprochement voisin de celui des animaux lorsque les femelles sont en chaleur ?

« ... jusqu'au bout de cet engagement au mariage, peu m'important qu'il soit consommé ou pas. »

Cela veut bien dire qu'il ne me forcera pas, mais que nous pourrions consommer notre mariage, n'est-ce pas ?

Troublée par ces pensées que je ne sais plus comment accueillir, je décide que les bonbons ne me suffiront pas pour affronter le trajet et la nuit qui nous attend : c'est de vin de Champagne dont j'ai besoin !

8

Georgia

– Inspirez, Madame ! Tenez bon, j'y suis presque ! Mon Dieu que ce corset est serré, je ne sais comment vous avez fait pour arriver à respirer et ne pas vous évanouir durant cette longue journée !

J'agrippe plus fort le dossier de la chaise grâce auquel je conserve mon équilibre, et retiens mon souffle entre mes lèvres pincées pendant que Martha s'acharne sur les lacets dans mon dos. Manifestement en vain, si j'en crois la façon dont elle peste entre ses dents. Sur le sol de la chambre, près de l'âtre garni par l'aubergiste, gisent mes bagages ouverts dont le contenu se répand sur le plancher aux lattes grossièrement jointes. Toute ma vie réunie dans quelques malles en chêne recouvertes de cuir, aux serrures de fer forgé usées.

Jamais je n'aurais cru les remplir pour me rendre à Londres. Le seul voyage que je prévoyais était celui vers Plymouth ou Liverpool, puis les Amériques. Pourtant, c'est autre chose qui me trouble en cet instant. Je ne peux que remarquer la manière dont ma femme de chambre vient de m'interpeller, elle qui ne m'a jamais appelée que Miss Georgia. Sauf que je ne suis plus Miss Georgia… Et que je ne le serai plus jamais.

Mon Dieu, mais qu'ai-je fait ?

Martha s'attaque à mon corset avec un peu plus de rudesse et me secoue sans ménagement, m'extirpant de mes pensées. De surprise, j'expire un souffle heurté.

– Vous n'avez pourtant rien avalé aujourd'hui ! Même au dîner ce soir, je vous ai vu picorer, alors qu'il y avait de cette tarte aux pêches dont vous raffolez tant…

Il est vrai que passé ma conversation, que je souhaitais badine, avec le duc sur les sucreries et douceurs, malgré ma fausse assurance affichée, j'ai préféré boire plusieurs coupes de vin de Champagne, jusqu'à ce que la tête me tourne et que j'évolue dans une sorte de brume cotonneuse. C'est cette légère ivresse qui m'a permis d'affronter le départ de la demeure dans laquelle j'ai toujours vécu, pour une destination identifiée mais encore mystérieuse à mes yeux : la vie d'une femme mariée.

Avec un inconnu…

– Seriez-vous nerveuse ? glousse Martha derrière moi avec une pointe de grivoiserie, comme pour faire écho à mes tourments intérieurs.

Je sais parfaitement ce à quoi elle vient de faire allusion, avec si peu de subtilité, mais je décide d'ignorer le sous-entendu. La question pourrait sembler audacieuse, de la part d'une femme de chambre et à l'attention d'une duchesse, mais nous nous connaissons depuis toujours avec Martha. J'ai encouragé ses familiarités, il est vrai, tant j'ai manqué d'affection – surtout depuis la mort de Père – et de camarades féminines quand Philomena se trouve à Londres avec ses parents. C'est-à-dire la moitié de l'année.

J'ai beau vouloir ignorer l'interrogation de Martha, c'est trop tard, elle s'imprime en moi avec plus de force que si elle avait été appliquée sur mon corps au fer chaud. Je n'ai pas revu le duc depuis le dîner duquel je me suis éclipsée très tôt en prétextant la fatigue du voyage. Bien sûr, je n'ai pu que remarquer les regards et sourires convenus des autres convives qui ont accompagné ma sortie, après que le duc, avant de me permettre de me retirer, a saisi mon poignet, puis y a déposé un bref baiser tout en annonçant qu'il me rejoindrait plus tard. Me laissant décontenancée par ce contact qui m'a semblé si intime… et par sa promesse.

Je jette sans le vouloir un coup d'œil inquiet en direction du seul lit qui meuble la chambre. Immense, et au bois acajou superbement sculpté, il trône avec une ostentation outrageuse, comme pour rappeler les jeunes mariés à leurs devoirs. C'est sans doute la chambre la plus richement meublée de l'auberge. Et la plus onéreuse. La légère odeur de renfermé qui y flotte encore, même supplantée par la fumée âcre qui s'y est répandue lorsque l'hôtelier a allumé le feu, démontre qu'elle est peu retenue par les voyageurs.

Je n'ai aucune raison d'être « nerveuse » comme le suppose Martha, puisque je sais qu'il ne se passera rien cette nuit. Ni celles qui suivront. Ni dans ce lit ni dans aucun autre. Mais je ne peux occulter le fait qu'il va s'agir de la première fois que je partage ma couche avec un homme… *Mon époux.*

Je frissonne, malgré la chaleur dégagée par le foyer, car je ne suis plus vêtue que de mon corset lacé par-dessus ma chemise. Ma robe de mariée est déjà soigneusement pliée et rangée au fond de l'une des malles. J'examine distraitement mon reflet dans le miroir de la coiffeuse qui me fait face. Mes cheveux sont maintenant dénoués, et bien qu'encore sans doute trop courts pour les conventions londoniennes, ils encadrent joliment mon visage de boucles cuivrées. En revanche, je suis étonnée de la pâleur de mon teint, presque hâve. Peut-être aurais-je dû avaler un morceau finalement ?

– Je suis certaine que Sa Grâce saura parfaitement vous mettre en confiance, souffle ma camériste sur le ton de la confidence, tandis qu'elle abandonne mon corset toujours lié pour croiser mon regard dans le miroir.

Elle paraît hésiter, ses joues rosissent, puis elle me lance à voix basse :

– Vous n'auriez pu trouver de plus excellent guide pour les choses de l'amour. On le dit tellement… expérimenté.

Cette fois, c'en est trop ! J'arque un sourcil contrarié et m'apprête à demander à Martha de cesser cette conversation pour le moins inconvenante, quand le bruit de la porte qui s'ouvre stoppe mes résolutions.

Martha recule aussitôt avec un petit cri de stupeur et s'incline avec exagération, tandis que je dévisage par-dessus mon épaule l'arrivant qui s'avance dans la chambre. D'instinct, je porte une main à ma poitrine comprimée et rehaussée, et je jurerais que le duc, qui a surpris mon geste, réprime un de ces sourires habituels. – Laissez cela, Martha. Vous pouvez vous retirer, nous n'avons plus besoin de vous ce soir. Vous avez eu une longue journée de travail. Allez donc vous restaurer avec les autres en cuisine, j'ai demandé qu'on vous y serve tout ce que vous voulez, pour que les domestiques profitent à leur tour de la fête.

C'est une Martha balbutiante et rougissante qui s'apprête à quitter la pièce, pour répondre à l'injonction du duc, et aussitôt mon cœur se met à battre sur un rythme désordonné.

– Monsieur, lancé-je d'une voix un peu trop précipitée, je crains de requérir encore quelques minutes les services de ma femme de chambre. Je dois retirer ce corset et finir de me préparer pour la nuit. Si vous pouviez…

D'un geste qui démontre son habitude d'être obéi, le duc congédie Martha, sans prêter aucune attention à mes arguments.

– Votre camériste ne fera rien qu'un mari ne peut accomplir pour obliger sa nouvelle épousée… Si je puis vous offrir mon secours…

Quand le battant de bois se referme sur ma camériste, j'ai cette impression curieuse que l'aire de la chambre se rétrécit aussitôt. Ce qui est mathématiquement improbable, d'autant que le nombre de personnes qui l'habitent n'a pas changé ! Pourtant lorsque le duc quitte la proximité de la porte où il s'était cantonné, pour se rapprocher de moi de son pas tranquille, ma respiration se précipite à mesure que la distance se réduit entre nous. Comme si l'air se raréfiait. Comme si la présence magnétique de mon époux chamboulait à elle toute seule les lois de la physique.

Ce qui est impossible !

Reprends-toi, Georgia, et reste rationnelle !

– Monsieur ! tenté-je de le stopper.

– Madame ? réplique-t-il sans dissimuler ses inflexions moqueuses.

Du doigt, il trace un cercle imaginaire.

– Tournez-vous donc, si vous voulez que je vous débarrasse de votre vêtement. À moins que vous ne désiriez dormir avec cet instrument de torture ?

Je soutiens un instant son regard aux teintes fascinantes, de la couleur de l'océan au calme trompeur les jours de grand beau temps, puis pivote lentement pour retrouver ma position initiale. Sans vouloir reconnaître qu'il s'agit d'une défaite. Sans vouloir m'avouer qu'il est tellement plus simple de lui tourner le dos.

– Instrument de torture, dites-vous ? répliqué-je d'une voix que je souhaite ferme et assurée. C'est pourtant pour complaire aux personnes de votre sexe que celles du mien s'emprisonnent dans ce carcan, non ?

La présence du duc, derrière moi, est presque insupportable. Ses doigts reprennent la place abandonnée par Martha.

– Je ne peux porter l'opprobre pour tous mes pairs, j'imagine. Si vous me demandez mon avis, je n'ai jamais aimé voir les attraits d'une jolie femme malmenée par des épaisseurs de coutil et des baleines… Pas plus d'ailleurs que par des bandages trop ajustés destinés à les dissimuler, me dit-il en évoquant sciemment notre première rencontre. Il doit sans doute y avoir un juste milieu, ne croyez-vous pas ? Détendez-vous…

Un souffle chaud balaie ma nuque et toutes les injonctions qu'il pourrait me faire de me délasser. Un long frisson part de ce ténu et immatériel point de contact et dévale le long de mon échine, parsemant mon épiderme de chair de poule.

Un rire bas fait s'effondrer mes ultimes efforts de maîtrise.

– Charmant cette façon qu'a votre peau de réagir alors que j'ai à peine posé mes doigts sur elle. Je n'ose imaginer ce qu'il se passerait si je vous caressais… vraiment.

Je ferme brièvement les paupières pour chasser le trouble incertain qu'il fait naître au creux de mon ventre.

– Ne pourrions-nous en terminer rapidement ? rétorqué-je un peu trop vivement. Au pire, coupez donc le lacet ! C'est ce que Martha allait faire lorsque vous êtes entré. De toute façon je suppose qu'il me sera facile à Londres de remplacer ce corset et d'en acquérir des dizaines d'autres !

Le duc ne bouge pas d'un pouce. Je sens toujours ses doigts s'activer derrière moi comme si je n'avais prononcé aucune parole. Le dos de ses phalanges me frôle et chaque effleurement envoie des ondes tout à fait dérangeantes entre mes cuisses. Je n'ai qu'une envie : me tortiller comme un poisson hors de l'eau, sans savoir s'il s'agit uniquement de lui échapper ou plutôt de calmer le feu qui couve soudain dans mon bas-ventre. À défaut de pouvoir glisser telle une anguille entre les bras du duc pour aller me réfugier sous un rocher, j'agrippe plus fort le bois de la chaise.

– Au contraire, Georgia, vous allez pouvoir vous débarrasser de vos corsets dès que nous serons à Londres…

Je crois mal comprendre. Malgré ses déclarations d'intention, sa réponse m'intrigue, et me permet de fuir un instant son emprise troublante. Je lui présente mon profil.

– Vraiment ? Voulez-vous dire que je pourrai me vêtir comme je l'entends à Londres ?

Un murmure triomphant lui échappe au moment où la pression se desserre significativement autour de ma taille, à tel point que je peux prendre une grande inspiration et remplir mes poumons d'air.

– Je donnerais cher pour vous voir vous promener à Hyde Park parmi les élégantes, accoutrée tel un garçon et montée sur votre cheval, mais je crains que cela ne soit possible, surtout lorsque vous aurez été introduite à la cour du roi, rit-il doucement avant de poursuivre. Non, ce que je voulais dire, c'est que les femmes ne portent plus le corset à Londres.

Le mien, de corset, tombe à terre dans un froissement, et je me retrouve vêtue uniquement de ma chemise. Je suis libre. Et habillée de façon tout à fait indécente pour un tête-à-tête avec un homme.

Fut-il mon époux aux yeux de la loi.

Pourtant, le duc ne bouge pas. Dans mon dos, sa présence est encore plus brûlante maintenant que je n'ai plus la protection du tissu épais. Si l'on m'avait dit un jour que je considérerais cette parure rigide comme un bouclier !

Les doigts du duc effleurent ma clavicule et je réprime un sursaut. Je devrais me retourner, l'affronter, lui demander de cesser cela, mais j'en suis incapable. Alors, comme mon éducation me l'a appris, je converse, comme si de rien n'était, pour garder une bien piètre contenance.

– Que portent-elles alors ? l'interrogé-je, d'une voix un peu trop rauque.

L'instant de silence qui suit ma question me laisse supposer qu'il avait pratiquement oublié notre sujet de conversation de départ.

– Elles portent des robes, tout à fait légères, surtout maintenant que nous approchons du plein été, à la taille libre, et qui sont resserrées… ici.

Pour ponctuer ses propos, ses larges mains m'enserrent, juste sous ma poitrine, si haut que ses index frôlent son arrondi. Je reste stupéfaite, alors que la chaleur de ses paumes s'imprime sur mon épiderme, à travers le fin, trop fin coton de ma chemise. Puis il avance d'un pas et toute la dureté de son corps masculin se colle à moi. Mon cœur part en ruade, tandis qu'un brasier incendie tout ce qui se trouve sous mon nombril. Je ne sais où je déniche les ressources pour retrouver ma voix.

– Monsieur, je vous en prie !

Il ne bouge pas, indifférent à mes protestations. Un malaise bien réel se dispute à mon trouble. Et si finalement, il n'était pas un homme d'honneur… Et s'il ne tenait pas ses promesses ? Après tout, la seule chose que je connais de lui est sa réputation de libertin ! Pourtant, de manière tout à fait irraisonnée, quelque chose en moi veut lui accorder sa confiance.

– Monsieur ! répété-je, d'une intonation plus ferme.

– Julian, me corrige-t-il de sa voix calme, mais sans se reculer, ni retirer ses mains. Je suis votre mari, maintenant, ne l'oubliez pas. Tranquillisez-vous, Georgia, je ne vais pas faillir à mon engagement, même si ce n'est pas l'envie qui m'en manque, je dois l'avouer. Vous étendre sur ce lit, et vous donner tout le plaisir que vous pourriez recevoir, jusqu'à ce que vous me suppliiez de vous prendre, est un programme qui sonne très agréablement à mes oreilles.

Je ne comprends pas un traître mot des promesses qu'il me susurre d'une voix grave et traînante aux miennes, d'oreilles. Qui doivent être rouge écarlate tant elles chauffent et me brûlent.

Les mains de Julian se détachent lentement de moi, même s'il ne me laisse toujours pas m'échapper et durant un instant, la pensée totalement incongrue de les retenir pour les reposer où elles étaient – … voire plus haut – me traverse.

– Mais tels ne sont pas nos engagements. Et je les respecterai. Néanmoins, et même si j'admire votre numéro de la jeune vierge se livrant frémissante à son mari lors de la nuit de noces, il va falloir l'abandonner dès demain.

Je ne comprends toujours pas ses propos, mais je l'écoute avec attention, avide d'informations, intriguée par les notions qu'il évoque et qui me sont tout à fait étrangères.

– Car demain, poursuit-il, tout le monde sera persuadé que nous avons franchi ce cap et que je vous ai déflorée. Il va donc nous falloir jouer le rôle du couple qui s'est découvert sous les draps. Et cela implique que je vais devoir vous toucher en public, Georgia, et vous témoigner de l'affection. Autant vous y habituer. Au moins pendant les premières semaines, jusqu'à ce que vous ayez été présentée comme mon épouse à toute la bonne société. Ensuite nous pourrons stopper cette mascarade.

Comme pour ponctuer ses propos, il recule enfin.

– Donc, détendez-vous, Georgia… Et lâchez cette chaise, vous allez la briser entre vos doigts.

Je m'aperçois que j'agrippe si fort le barreau de bois sculpté que mes jointures en ont blanchi. Je m'oblige à desserrer ma prise et me retourne pour faire face au duc. S'il a fait quelques pas en arrière, il est encore proche. Ses yeux balaient sans aucune gêne mon corps, s'attardent sur ma poitrine dont le galbe est largement souligné par ma chemise ample. Je croise vivement mes bras, et lorsqu'il daigne enfin remonter jusqu'à mon visage, un sourire arrogant étire furtivement ses lèvres devant mes sourcils froncés.

– N'oubliez pas que j'ai déjà vu l'essentiel de ce que vous voulez me dissimuler, Georgia. Je vais me retirer quelques minutes pour vous laisser le temps de terminer vos ablutions avant de vous mettre au lit. Choisissez le côté qu'il vous plaira.

Lorsque sa haute silhouette franchit le seuil, et qu'il referme tranquillement le battant derrière lui, une somme de sentiments contradictoires viennent m'assaillir avec violence. Sans lui, la chambre me semble à nouveau immense… et bizarrement vide.

Je m'empresse de faire ma toilette, avant de me glisser dans le lit déjà chauffé par la bassinoire que Martha y avait placée lorsque nous étions seules.

Allongée sur le dos à l'extrême bord du lit opposé à la porte, je lisse les draps et couvertures sur ma poitrine avec fébrilité. Puis je manque d'éclater d'un rire nerveux devant le ridicule de la situation. Je mordille ma lèvre inférieure en réfrénant l'hilarité qui chatouille le creux de mon estomac.

Si j'en suis à ce point alors que nous n'allons pas… bref, que nous n'allons rien faire d'autre que dormir, que se serait-il passé si j'avais dû lui sacrifier ma virginité ?

À ce seul mot, un flot de sensations me submergent comme si une digue s'était rompue, après que le duc l'a assaillie. La pensée de Julian, repoussant les couvertures que j'étreins comme un bouclier protégeant ma vertu, de son corps penché sur le mien, de ses mains se glissant sous ma chemise de nuit, jusqu'à ce point névralgique qui semble palpiter dès qu'il me touche…

Le bruit désormais familier du pêne s'immisce brusquement dans mes fantasmes. D'un coup de reins, je me tourne avec vivacité face à la croisée close, et abaisse mes paupières pour feindre le sommeil. Mais simuler l'endormissement ne garantit en rien de le provoquer, surtout lorsque le fait d'entendre Julian évoluer dans la pièce sans voir ce qu'il fait devient tout à fait intolérable. D'autant que tous les sons et froissements qui me parviennent me sont étrangers, sauf celui du battement sourd de mes pulsations cardiaques.

Je n'y tiens plus !

Lentement, je pivote sur le dos, puis sur mon autre côté, tout en lâchant un léger soupir, comme si j'étais toujours plongée dans le sommeil. Je demeure ainsi quelques secondes, les yeux encore fermés, mais je ne décèle aucun changement dans l'atmosphère. Alors, je relève doucement les paupières… et ravale un hoquet.

À la lueur mouvante du feu qui jette sur son corps des ombres colorées, Julian retire ses vêtements. Non, en réalité, il les a déjà retirés, sauf son pantalon, qu'il a cependant retroussé sur ses hanches. Mes prunelles voraces enregistrent tout ce qu'elles captent : les muscles parfaitement dessinés de ses épaules larges et de son dos, jusqu'à sa taille mince ; les jambes puissantes que je devine sous le tissu maintenant débarrassé des bottes. Ma mémoire ne m'a pas joué des tours depuis que je l'avais vu torse nu lorsqu'il avait cherché à me secourir à l'auberge des Quatre Routes : il a toujours autant de charme et d'assurance. Pourtant, il n'est pas exagérément costaud. Non, il est à la fois fort et délié, un mélange enviable de finesse et de puissance.

– J'espère que vous appréciez le spectacle, Georgia.

– Il n'est pas tout à fait complet…

Je ne sais d'où sortent ces mots, je le jure ! J'ouvre des yeux immenses, puis rougis avec violence. À ma grande surprise, Julian éclate d'un rire franc, avant de se glisser sous les couvertures, tandis que je retrouve ma position sur le dos, à fixer le plafond pour essayer d'oublier l'énormité qui vient de sortir de ma bouche, et le fait qu'un impressionnant corps d'homme est à présent allongé à côté du mien.

– Vous comprendrez que je préfère garder mon pantalon si vous voulez que je respecte mes engagements. Vous êtes une femme très attirante, Georgia, vous ne l'ignorez pas. Maintenant, je vous conseille de dormir, puisqu'il nous faut rester sages. La route sera encore longue demain et vous aurez besoin de toutes vos forces.

Londres,
le 23 juin 1806

Ma très chère Philomena,

Ça y est ! Me voici non seulement mariée, mais aussi londonienne et autant je regrette encore votre absence à mon mariage, autant je me réjouis de pouvoir à l'avenir vous revoir bien plus aisément !

J'espère que cette soirée chez la marquise de Heavens que votre mère a préférée à un mariage certes campagnard et peut-être précipité, mais néanmoins très ducal, aura été fructueuse et que vous y aurez trouvé enfin cette âme sœur que vous appelez de vos vœux. Pour ma part, j'aurais adoré que vous rencontriez les deux témoins de mon mari (puisque c'est bien ainsi qu'il convient de le nommer désormais), Marcus Faithfull et James Egerton. Plus particulièrement ce dernier dont le physique athlétique et l'humour pince-sans-rire ne manqueraient probablement pas de vous plaire. J'ai toutefois bon espoir que cela ne sera que partie remise et que vous pourrez sous peu les connaître par mon entremise !

J'ai donc grand espoir de pouvoir bientôt vous convier dans notre hôtel particulier de… je vous le donne en mille… Kingsberry square ! Le croirez-vous, le nom de ce quartier si prisé de l'aristocratie n'est rien de moins qu'associé à la famille de Julian qui avait fait l'acquisition de deux cents hectares dont une quarantaine situés au sud d'Oxford Street et à l'est de Park Lane[1] *! Sans grande surprise – même si la mienne était de taille lorsque j'ai découvert tout ceci en discutant avec notre gouvernante –, notre résidence londonienne est de loin une des plus belles du quartier et je suis chaque heure un peu plus ébahie de devoir l'associer à mon mari. Qui eût cru qu'un individu habillé comme un chasseur*

1. Il est tout à fait possible que les autrices aient pris quelques libertés avec l'histoire de l'urbanisme londonien et se soient fortement inspirées ici de la création de Grosvenor Square et du célèbre quartier de Mayfair au XVIIIe siècle.

de nos campagnes, arrogant et fort peu galant de prime abord, dont la peau hâlée et la musculature avantageuse évoquent davantage les activités de plein air et le travail manuel, vivrait ici dans un tel raffinement. Simple et sans ostentation, il est vrai, mais tout de même ! Je n'ose inventorier le nombre de luminaires, bougeoirs, candélabres, lustres ou girandoles que compte mon nouveau foyer. Sans parler des lampes à huile et d'un type d'éclairage inédit dont je ne soupçonnais même pas l'existence. Notre gouvernante m'a expliqué qu'il s'agissait d'un procédé que vient d'inventer notre compatriote Murdoch et qui permet de s'éclairer au gaz naturel[2] *! Bien entendu, je compte me pencher sur cette question dès que possible et dès que j'aurai l'occasion d'en discuter avec le duc qui semble fort occupé depuis notre arrivée.*

Figurez-vous que depuis que nous avons fort sobrement fêté son anniversaire, mercredi, je ne l'ai pas revu.

Fort opportunément pour moi, il y a encore plus de livres ici que de sources lumineuses ! La bibliothèque me paraît digne de nos meilleurs collèges. Si tant est qu'une femme puisse un jour découvrir à quoi ressemble l'un de ces collèges au lieu de se perdre en conjectures et supputations.

Quoi qu'il en soit, comme je vous l'évoquais, il est fort heureux qu'il y ait autant de livres pour me distraire et que le duc ne regarde pas à la dépense s'agissant de la consommation de cire à chandelles, car j'ai fort à faire pour me divertir.

Autant il m'avait semblé prévenant lorsque nous étions à Chester Coldfield, autant j'ai l'impression fâcheuse que mon époux me fuit depuis que nous sommes arrivés ici. Je ne suis pas encore sortie de chez nous, me contentant du fort beau

2. Selon Wikipédia, le Français Philippe Lebon avait sans doute mis au point l'éclairage et le chauffage au gaz dès 1799 sans écho favorable en France. Ce sont donc l'Allemand Winsor et surtout l'Anglais William Murdoch qui ont développé ce procédé qui sera adopté en Grande-Bretagne en 1807 et généralisé autour de 1815.

parc dans lequel est niché notre hôtel particulier. Je compte donc sur vous pour m'emmener enfin voir Hyde Park et la fameuse rivière Serpentine. Ainsi que tous les quartiers de Londres que vous voudrez bien me montrer. Je songe cela dit très fortement à revêtir une de mes tenues de garçon pour aller m'y promener plus librement, mais, bien entendu… je ne vous ai rien dit !

En attendant, je passe mes journées à lire, mes nuits également puisque je dispose d'un lit conjugal déserté par son propriétaire et que je les occupe donc à dévorer les derniers ouvrages scientifiques. Si cela correspond évidemment à notre accord, j'avoue être tout de même un peu perplexe face à l'attitude désormais bien distante de mon mari. Peut-être trouverez-vous une explication, vous qui fréquentez la gent masculine londonienne depuis plus longtemps que moi ?

J'ai hâte de vous revoir ce samedi au bal de lady Blewsworthly pour que nous puissions discuter de tout ceci et de tout ce que vous voudrez bien me raconter ! Qui sait, peut-être que James Egerton sera présent lui aussi puisqu'il semblerait que mon mari se rende bien avec moi à cette invitation…

Je vous embrasse ma chère amie.
Avec toute mon affection impatiente,
Votre fidèle Georgia.

***

Londres,
le 24 juin 1806

Ma bien chère Georgia,

À peine ai-je reçu votre lettre que je me suis précipitée à mon secrétaire. Vous déjà ici ! Quelle merveilleuse surprise.

Je n'ai malheureusement guère le temps de vous répondre,

car je dois m'habiller au plus vite pour me rendre à un thé chez une amie de Mère ce qui, vous vous en doutez, me ravit au plus haut point.

J'avoue que les mots « James Egerton » et surtout « arrogant et fort peu galant » ainsi que « peau hâlée » ou « musculature avantageuse » stimulent infiniment plus mon imagination que vos passions pour l'urbanisme ou l'éclairage au gaz. Pour autant, peu importent les sujets, j'aurai un plaisir immense à les aborder avec vous ce samedi !

Votre bien impatiente, encore en chemise, mais toujours fidèle Philomena.

9

Julian

– Jamais je n'aurais cru pouvoir admirer un jour les objets rapportés par le capitaine Cook de ses expéditions dans l'océan Pacifique !

Le joli visage de mon épouse se lève vers moi, ses grands yeux clairs illuminés de curiosité, et je ne peux m'empêcher de sourire devant une telle soif de connaissance. Voir Georgia aussi enthousiaste face aux collections que nous découvrons ensemble, me satisfait bien plus que je ne voudrais l'admettre. Rattrapé par mes affaires à la Chambre des lords, je n'ai que peu de temps à lui consacrer, il est vrai. Et cela m'étonne d'autant plus que cet après-midi, j'ai préféré user du peu de temps libre dont je dispose pour lui faire la surprise d'une visite au British Museum, plutôt que de rejoindre James à notre club… ou Miss Bloomsbury dans son lit, comme j'en ai repris l'habitude depuis que je suis rentré à Londres.

– Ce musée a été fondé par sir Hans Sloane, n'est-ce pas ?

– Effectivement, en 1753, mais il n'a été ouvert au public que six ans plus tard, acquiescé-je. Sir Hans Sloane y a légué ses collections personnelles, soit près de quatre-vingt mille objets.

Je suis toujours impressionné par les connaissances qui fourmillent dans la tête si bien faite de mon épouse.

– Une vie n'y suffirait pas à découvrir tous les trésors qui sont exposés ici ! s'exclame Georgia.

Spontanément, elle s'agenouille près d'un impressionnant sarcophage égyptien pour examiner les idéogrammes qui y sont gravés.

Geste pour lequel elle récolte des murmures outrés des autres femmes présentes dans la salle égyptienne dédiée au culte des morts. La plupart d'entre elles évoluent à pas mesurés entre les momies, bien trop endimanchées et guindées, un mouchoir plaqué devant leur bouche pour dissimuler leur rire nerveux, comme si les miasmes de la mort pouvaient les contaminer. Tout le contraire de Georgia qui n'a cessé d'envisager les corps embaumés d'un œil critique et scientifique.

Et c'est justement ce qui déplaît à ses semblables. En revanche, c'est à mon encontre que sont destinés les regards désapprobateurs de leurs maris, regards dont je déchiffre sans peine le message limpide : qui est cet individu incapable de contrôler son épouse au point que cette dernière ne sait pas se tenir en public ?

En vérité, je m'en contrefiche ! D'ailleurs, je découvre un peu plus chaque jour que rien ni personne ne contrôle Georgia. Elle n'a que faire des convenances et des injonctions que les miens réservent à son sexe. Et plus je la côtoie, plus j'apprécie ce trait de caractère.

– Vous pourrez revenir ici autant de fois que vous le voudrez tant que nous nous trouverons à Londres, Madame.

Avec souplesse, je m'accroupis à ses côtés et elle m'accueille d'un sourire franc qui éclaire tout son visage, puis elle se relève et s'empare de mon bras pour m'entraîner plus loin.

– Allons examiner la pierre de Rosette ! L'on raconte qu'elle serait la clé pour déchiffrer les hiéroglyphes, mais personne n'a encore réussi un tel exploit.

Je la suis de bonne grâce alors qu'elle m'attire dans une autre salle. Sans pouvoir m'en empêcher, je place une main possessive au creux de ses reins quand elle s'arrête devant une vitrine pour étudier une statuette représentant le dieu Thot.

– Cette collection égyptienne est proprement stupéfiante, souffle-t-elle avec une incrédulité ravie, comme si elle peinait à réaliser se trouver entre ces murs. Savez-vous que nous l'avons acquise après la défaite du général Napoléon Bonaparte ? Enfin, acquise n'est peut-être pas le mot choisi lorsque l'on sait que ces antiquités ont été confisquées par notre armée après la déroute des forces françaises lors de la bataille du Nil en 1801.

Je n'ose lui répondre que oui, je le sais. D'autant plus que je me souviens parfaitement de la bataille d'Aboukir, puisque j'étais présent ce jour où nous avons coulé onze vaisseaux de ligne français et deux frégates. Mais je ne veux pas gâcher la légèreté si précieuse de cette journée à évoquer des souvenirs de guerre, alors je me contente de lui adresser un sourire fugace.

– Décidément, vous n'aviez jamais mis les pieds au Bristish Museum, mais vous en savez beaucoup sur les œuvres qui y sont exposées. Peu de mes camarades d'Eton en connaissaient autant après trois années de collège et des centaines d'heures passées sur des bancs inconfortables.

Georgia se trouble un instant devant ce compliment et ses sourcils se froncent légèrement, froissant son joli minois d'une once de tristesse.

– C'est mon père qui m'a donné le goût de la connaissance, murmure-t-elle en réponse, avec une pointe de fierté teintée de nostalgie. Il n'a eu de cesse sa vie durant de m'exhorter à cultiver ma curiosité. Et je n'ai eu de cesse de prendre du plaisir à le satisfaire sur ce point.

Je n'explore pas plus ce sujet tant il paraît sensible pour Georgia, et sans déplacer ma main, l'incite d'une infime poussée à reprendre notre route. J'ai du mal à m'imaginer les relations que pouvait entretenir Georgia avec son père. L'amour qu'ils semblaient se porter… Je n'ai jamais eu de tels rapports avec mes parents. Non pas que j'aie été maltraité d'une quelconque façon, mais je crois les avoir croisés moins de dix fois avant d'être envoyé en pension et jusqu'à leur mort. Rien que de très habituel dans le milieu dans lequel j'ai été élevé. Au contraire, quel singulier personnage semblait être ce père auquel Georgia porte tant d'affection ! Et quelle singulière éducation il lui a dispensée. Il a ouvert son esprit, développé ses connaissances et y a implanté des rêves insensés de liberté, sans jamais qu'elle ne quitte son domaine campagnard. Il lui a laissé tant de licences que Georgia a poussé comme une herbe folle au milieu de la pelouse taillée au cordeau d'un jardin anglais. À l'instar d'un chardon, elle en porte les épines, mais une fois les feuilles piquantes écartées, elle peut présenter la plus jolie des fleurs.

Chaque jour elle m'étonne et me déconcerte. Quoique ce qui me déstabilise le plus est le plaisir que je prends en sa compagnie, y compris lorsque nous devisons comme aujourd'hui d'égal à égal.

Nous descendons l'imposant escalier de marbre habillé d'une rambarde ouvragée en fer forgé, sur les paliers desquels se groupent les visiteurs autour d'impressionnantes représentations empaillées d'animaux exotiques. Tout à l'heure, Georgia a passé de longues minutes, les yeux brillants, devant une girafe d'Afrique. Maintenant, elle ne semble même plus la voir, tant nous conversons avec animation.

Lorsque nous émergeons à la lumière du jour, je serre doucement le bras que Georgia a posé sur le mien, alors qu'elle m'entretient savamment des cultures de la vallée du Nil.

– Êtes-vous déjà allé en Égypte, Monsieur ?

– J'ai eu cette chance, oui.

Georgia me considère avec une admiration teintée d'envie.

– Vous avez parcouru les Amériques et l'Afrique ? Y a-t-il donc un endroit dans lequel vous rêvez de vous rendre et que vous n'avez pas encore visité ?

Je reste coi un instant.

Il y en a un, en effet. Pas très loin d'ici. Et dans lequel je m'attarderais volontiers durant des heures une fois que j'y serais rentré… Quoique je pourrais également y faire des va-et-vient…

Une quinte de toux me secoue, et je m'efforce rapidement de faire dévier la conversation.

– Et vous, Madame ? Quel est votre désir de voyage le plus cher ?

Ma technique fonctionne manifestement puisque les prunelles de Georgia s'illuminent d'un éclat charmant tandis qu'elle se fait rêveuse :

– J'adorerais suivre les traces des colons du *Mayflower*…

– Le *Mayflower*, vraiment ?

– Oui, mon père était véritablement passionné par le voyage de ces colons à la découverte des Amériques. Lorsque j'étais enfant, quand je n'arrivais pas à dormir, il me lisait des récits sur cette fabuleuse épopée…

Le ton de Georgia se voile de mélancolie et elle s'appuie un peu plus sur moi. Sans vraiment que je ne comprenne pourquoi, l'envie de chasser sa nostalgie m'envahit.

– Je ne peux vous amener aujourd'hui en Amérique, Georgia. Mais nous pouvons au moins aller profiter des attraits de Londres. Souhaitez-vous aller marcher aux Vauxhall Gardens ? Nous pourrions nous y distraire après nous être cultivés. L'on y trouve des attractions et l'on peut y écouter de la musique.

Je ne sais si de telles choses amuseraient Georgia. Pour ma part, ce ne sont que futilités et pertes de temps, cependant, je m'étonne à vouloir occuper plaisamment ma jeune épouse, au détriment de mes propres désirs…

… qui ne seront jamais satisfaits avec elle, si je m'en tiens à mes résolutions.

– Où est-ce situé ? me questionne Georgia avec un intérêt mesuré.

– Sur la rive droite de la Tamise, dans la campagne non loin de Kennington. Nous y serons vite avec la voiture. À moins que vous ne préfériez aller chevaucher à St James's Park ?

Georgia se tourne vivement vers moi, sa main serre franchement mon avant-bras.

– Chevaucher ? Oh, oui, cela me plairait réellement ! Ma jument me manque tant. Je montais chaque jour à Chester Coldfield. J'adorais parcourir les bois environnants.

Je retiens un rire qui me chatouille la gorge devant le sourire éclatant qui éclaire son visage aux traits délicats.

– J'en ai effectivement eu un aperçu lorsque vous avez surgi au milieu de mon combat avec les voleurs de grand chemin, grimée comme un jeune garçon et affublée d'un arc. Je crains toutefois que les promenades sur le Mall n'aient pas un tel attrait… Cependant, ce sera à vous d'en juger ! Allons donc chevaucher, si tel est votre bon plaisir.

***

Une heure plus tard, je suis dans le même état : à retenir difficilement le rire qui me chatouille le ventre à chaque récrimination de Georgia qui parvient jusqu'à moi. Je découvre une nouvelle Georgia : la plus ravissante et infatigable des râleuses.

– Comment voulez-vous monter correctement en amazone ? Certes, je pourrais sans doute trotter, et galoper un peu, mais jamais je ne pourrais parcourir de grandes distances sans trop m'épuiser ! Sans compter que cela doit également être très inconfortable pour cette pauvre créature à cause de la répartition de mon poids, conclut-elle en se penchant pour flatter l'encolure de sa jument baie.

– Je le regrette, Georgia. Croyez que j'aurais adoré vous voir enfourcher cette monture comme vous le faites à la campagne. Cependant, vous auriez sans doute causé plusieurs accidents et emballements. Votre tenue ne permet guère ce type d'exercice. Et ces messieurs, précisé-je en désignant les nombreux cavaliers qui nous entourent, n'ont point l'habitude de voir les femmes monter comme leurs égales.

Sans compter le caractère ouvertement sensuel de la position qui ferait caqueter toute la basse-cour et se rengorger tous les coqs aux alentours. Quoique, au moins, personne ne pourrait lui faire reproche de déchirer un hymen que je suis censé avoir rompu il y a déjà plusieurs nuits…

– Il y a bien trop de monde, justement, ronchonne Georgia. Regardez autour de vous ! La plupart des gens ici maîtrisent à grand-peine leur monture. Pourquoi viennent-ils ici s'ils ne savent pas monter à cheval ?

Pour se montrer, suis-je tenté de répondre, alors qu'un groupe de jeunes cavaliers nous dépassent en paradant. Je ne peux que remarquer les regards appuyés que lancent ces hommes à ma charmante épouse. Sa grâce naturelle, ses cheveux flamboyants et son teint ravivé par le grand air font se retourner la plupart des mâles que nous croisons. Et ce sentiment m'est particulièrement désagréable. Assez suffisamment en tous les cas pour qu'une envie surgie de je ne sais où me taraude : celle de trouer la peau de l'homme à la moustache ridicule qui caracole justement sous notre nez pour se faire remarquer de ma femme, sur un cheval beaucoup trop nerveux.

– Monsieur ! s'exclame soudain Georgia, attention ! De grâce, cessez ! Vous allez…

Avant que je n'aie le temps de réagir, Georgia cravache sa jument. Celle-ci démarre brusquement, puis stoppe tout aussi brutalement sur un ordre de la main ferme qui la conduit, juste avant que mon intrépide épouse se penche dangereusement pour se saisir des rênes du jeune faquin. L'étalon, peu habitué à être réellement dirigé, tente de se cabrer, mais la poigne de Georgia est assurée.

Des exclamations retentissent autour de nous au moment où Georgia manque d'être mise à bas de sa selle. Mais elle se rétablit d'un coup de reins et retrouve son équilibre, avant de mettre pied à terre d'un mouvement souple. Immédiatement, elle se précipite au chevet d'un garçonnet d'à peine 5 ans, qui s'est assis de surprise et de peur, à quelque distance des sabots de l'étalon piaffant, et qui se met à hurler de terreur.

Je comprends aussitôt la situation. Si Georgia n'était pas intervenue, le cheval mal discipliné de cet imbécile aurait piétiné ce jeune garçon qui avait échappé à la vigilance de sa gouvernante qui se hâte maintenant pour le saisir et l'étreindre avec force. À mon tour, je m'empare des rênes délaissées du cheval que le fier-à-bras ne maîtrise toujours pas.

– Cette femme est folle ! s'exclame-t-il à la cantonade, le visage rougi de honte et de colère. Avez-vous vu ce qu'elle a fait ? Elle a tenté de me faire chuter ! Elle est folle, je vous dis !

– Cette femme est la mienne, rétorqué-je d'un ton sec. Et si elle n'était pas intervenue, vous auriez piétiné et blessé ce jeune enfant qui est à vos pieds.

L'homme me toise et tâche de reprendre les rênes, mais je ne les lui cède pas. La colère colore son visage falot jusqu'à la racine de ses cheveux déjà clairsemés. Il lève sa cravache, pour l'abattre sur moi, mais au moment où son bras retombe, j'agrippe sans peine son poignet que je tords, jusqu'à ce qu'il relâche son arme improvisée avec un grognement de douleur. Loin de déverrouiller mon étau, je le resserre un peu plus. Ma voix n'est plus qu'un grondement sourd.

– Excusez-vous, Monsieur. Tant auprès de mon épouse qu'auprès de cet enfant et de sa gouvernante.

Autour de nous, le silence s'est fait, constitué de murmures et de chuchotements. Pas un des compagnons de l'homme ne vient prendre sa défense. Certainement, nous aurons assuré le spectacle de l'après-midi, mais le qu'en-dira-t-on m'indiffère. Que l'on insulte devant moi une femme, *ma femme*, cela m'est insupportable.

Je sens une main apaisante se poser sur ma jambe, juste au-dessus de ma botte de cuir noir. Une voix douce se fraie un chemin à travers les brumes de ma colère froide.

– Julian, tout va bien. L'enfant n'a rien, nous avons évité le pire. Partons maintenant !

Je voudrais la rassurer d'un sourire, mais cela ne peut être aussi facile. Je ne détourne pas les yeux de ma proie qui grimace maintenant de souffrance.

– Je ne le répéterai pas, Monsieur. Excusez-vous.

L'homme lutte encore quelques instants, tant son humiliation est grande, mais il est acculé et le sait. Je discerne exactement le moment où il cède, dans un gémissement de douleur.

– Veuillez… veuillez accepter mes excuses !

– Ça ira, Julian. Je vous assure.

Cette fois, les paroles de Georgia se glissent jusqu'à ma conscience et je relâche ma prise. L'homme s'enfuit aussitôt, en maugréant, entouré de ses compagnons qui filent aussi vite.

Je mets pied à terre pour retourner auprès de mon épouse. En deux pas, je l'ai rejointe et sans réfléchir, je l'attire contre ma poitrine. Elle expire un petit souffle de surprise, mais ne résiste pas.

Mes mains encadrent l'ovale parfait de son visage, pour le lever vers moi. Je rencontre ses grands yeux gris qui m'interrogent silencieusement et ses sourcils légèrement froncés.

Elle s'inquiète pour moi ?

– Dites-moi que tout va bien, Georgia.

Ses fines mains gantées se placent sur les miennes, pour me rassurer. Ses prunelles me dévisagent inlassablement, sans faillir.

– Tout va bien, Julian, je vous assure. Et il va bien aussi, c'est le plus important, m'indique-t-elle.

Malgré le peu de liberté de mouvement que je lui accorde, elle désigne l'enfant blotti dans les bras de sa gouvernante avant de poursuivre son propos :

– Et si nous rentrions, maintenant ?

J'acquiesce lentement, avant d'accepter enfin de laisser échapper ma jolie proie, soufflé par son courage et sa présence d'esprit.

***

La sensuelle Irlandaise relève la tête vers moi, ses lèvres délicieusement gonflées des attentions qu'elle me procure. Un bras glissé sous ma nuque, l'autre à peine posé sur sa chevelure soyeuse désormais en bataille, je la considère en haussant un sourcil interrogatif et sévère, pour l'inciter à reprendre exactement là où elle vient de s'interrompre.

La brune saisit manifestement le message puisque sa bouche experte enrobe à nouveau mon sexe de sa gangue chaude alors que ses doigts fins agacent mes testicules. Je renfonce avec un soupir approbateur ma tête dans l'oreiller de plume, et observe le plafond richement décoré d'une fresque bucolique, sans le voir. Aussitôt, une autre femme se matérialise à la place de celle qui redouble d'ardeur pour mon seul plaisir. Des cheveux plus courts, dont je pourrais empoigner les boucles à pleines mains. Une bouche grenat, aux lèvres délicatement ourlées, que je rêve de forcer et de malmener tandis qu'elle me défierait de son regard gris audacieux, certaine et forte du pouvoir qu'elle exercerait sur moi. Mon bassin se lève malgré moi et un grognement sourd monte dans ma gorge.

Bordel, je vais...

– Votre Grâce ?

Mon fantasme se dissipe aussi vite que la contrariété m'envahit et que la frustration vient me frapper de plein fouet. À présent agenouillée entre mes jambes, Fiona a abandonné sa tâche et m'observe avec une acuité dérangeante. Sa longue chevelure d'Irlandaise retombe sur ses seins lourds en partie dissimulés par les bras qu'elle a croisés sur sa poitrine. Et je reconnais sans peine la légère moue qui durcit ses traits sensuels.

– Vous n'êtes pas avec moi, Votre Grâce... À qui donc pensez-vous ? À votre épouse, peut-être ?

Je retiens un soupir intérieur. Nous y voilà. Jamais je n'aurais cru que Fiona pourrait se montrer jalouse, d'une quelconque manière, alors que nos relations n'ont jamais été dictées que par les plaisirs partagés de la chair.

– La jalousie vous enlaidit, Fiona. Ne présentez pas un si vilain trait de caractère. D'autant que vos réflexions sont idiotes et dénuées de fondement. N'est-ce pas dans votre lit que je me trouve ce soir, alors que mon épouse dort profondément dans le sien ?

Mon argument semble porter et la résolution de Fiona apparaît passablement ébranlée. Je me redresse pour attirer la jeune femme dans mes bras. Elle pousse un petit cri de surprise, mais se laisse faire sans protester et se love avec un soupir satisfait contre mon torse nu. Son capiteux parfum français, que je remarque à peine habituellement, m'écœure quelque peu ce soir, mais je passe outre pour butiner son cou gracieux jusqu'à ce qu'elle glousse.

– De plus, vous n'ignorez pas que je préférerai toujours l'expérience…

Ma main se glisse entre les cuisses complaisantes de la modiste, qui gémit de béatitude.

– … à l'innocence.

Même si je sais que Georgia n'est manifestement pas l'ingénue effarouchée que doit être toute jeune fille avant ses épousailles, j'ose espérer que Fiona Bloomsbury ne devinera pas sa conduite antérieure, que d'aucuns pourraient qualifier de licencieuse, à sa seule bonne mine. Pour la paix de mes prochaines soirées de plaisir, il me sied que ma maîtresse continue à penser que ma jeune épouse n'est rien d'autre pour moi que ce que je lui ai laissé supposer : une jeune fille mal dégourdie qui ne pourra jamais satisfaire mes besoins débridés. En tout cas jamais aussi bien qu'une maîtresse irlandaise aguerrie aux joutes amoureuses et aux pratiques… sans limites.

Cependant, la couturière ne se laisse pas distraire aussi facilement que je l'aurais espéré. Sa moue s'accentue et elle pose une main légère sur mon pectoral.

– Vous oubliez que j'ai passé tout un après-midi avec votre… épouse…

Le mot est jeté comme s'il lui écorchait la bouche. Alors que, soyons réaliste, bien d'autres choses moins recommandables ont été accueillies par cette bouche et avec beaucoup plus de bienveillance. Tout cela commence à m'agacer de façon certaine, mais je demeure assez intéressé de connaître l'impression que Georgia a pu laisser à ma maîtresse.

– Et ceci afin de lui confectionner un trousseau digne de son rang. De ce que j'ai vu, elle est loin de l'oie blanche que vous me décriviez ! Il faut croire que ce que vous lui avez appris depuis votre nuit de noces lui a profité, m'assène-t-elle avec bouderie.

Ma salive reste bloquée un instant dans ma gorge lorsque je songe à ce qui s'est réellement passé au cours de cette nuit à l'auberge, mais je réussis finalement à déglutir tant ma curiosité est piquée.

– Que voulez-vous dire ?

– Elle m'a paru savante et sûre d'elle, malgré son âge. Elle parle sans cesse et a toujours son mot à dire sur tous les sujets, comme si elle était un homme ! Et elle est particulièrement à l'aise avec son corps. Rester nue une partie de la journée, entourée d'autres personnes, n'a pas semblé la déranger plus que cela. Elle n'a manifestement pas la pudeur d'une tout juste dépucelée… conclut Fiona avec une pointe de reproche.

La seule évocation de Georgia, déambulant nue dans la boutique de la modiste, suffit à regonfler mon sexe redevenu sage lors de cet échange. Et à réveiller cet insupportable sentiment de frustration qui s'empare de moi à chaque fois que je songe aux promesses que j'ai faites, et à ce à quoi j'ai renoncé.

Je lâche un grognement désapprobateur, et repousse ma maîtresse sur le lit.

– On dirait décidément que vous voulez me faire la conversation ce soir ? Il est donc improbable que vous finissiez ce que vous avez commencé, puisque cela nécessiterait que vous ayez la bouche occupée…

Fiona hausse les épaules, et son sourire provocateur achève de rallumer ma libido.

– Fort bien. Puisque vous voulez converser, conversons… Sur vos genoux et vos coudes, miss. Et je vais vous écouter avec toute mon attention. Quoique si je m'y prends bien, j'ose espérer que mon nom sera le seul son qui franchira vos jolies lèvres. Où avez-vous mis cette huile que je vous ai ramenée d'Orient ?

Bien entendu, Fiona me désigne un petit meuble tout proche et lorsque je m'empare de la fiole, adopte aussitôt la position que je lui ai enjoint de prendre. D'un mouvement lascif, elle tend sa croupe vers moi, et me jette un regard en biais par-dessus son épaule.

– Soyez doux, Monsieur, minaude-t-elle.

– N'y comptez pas, miss.

Londres,
le 24 juin 1806

Ma très chère Philomena,

Répondez-moi immédiatement ! Le domestique chargé de vous porter ce pli a ordre de ne pas revenir à Kingsberry House sans vous avoir trouvée et avoir attendu votre billet avec la réponse à cette interrogation : irez-vous au bal de la comtesse de Blewsworthly ?

Vous ne saurez me répondre par la négative, n'est-ce pas ? J'ai tellement hâte de vous y retrouver ! Je vous imagine déjà rire en découvrant mes mots… Oui, moi, Georgia, suis impatiente d'aller à un bal !

Sans doute parce que mon époux m'y accompagne et je me régale à l'avance de toutes les réflexions qu'il va me glisser à l'oreille sur les membres de la haute société qui va s'y presser. Je ne peux que vous avouer que le duc et moi-même nous entendons remarquablement bien, même s'il a peu de temps libre. Je le découvre spirituel, parfois acide, et à l'instar de Père, il ne semble pas considérer ma soif de connaissance comme une tare, bien au contraire. Nous avons passé un délicieux moment, plus tôt dans la semaine, au British Museum.

Oh, et j'allais oublier que le fringant ami de mon époux, M. James Egerton, sera présent, lui aussi. Et je ne manquerai pas de vous le faire présenter… Vous ai-je déjà parlé de son avantageuse musculature ? Ce dernier argument ne peut que vous convaincre de vous rendre à ce bal avec moi.

À très vite !

Votre impatiente cousine,

Georgia.

10

Julian

– Même ces oiseaux caquettent moins que les débutantes et leurs mères… Quelle tannée cette soirée, soupire James, mon meilleur ami. Appuyé contre un mur peint d'un vert sauge un peu terne, dissimulé derrière une colonne de marbre surplombée d'un immense bouquet de lys, il contemple sans vraiment la voir une impressionnante volière dans laquelle s'ébattent des volatiles exotiques colorés. Et diablement bruyants en effet.

– Il ne tient qu'à toi de te marier pour couper court à toutes leurs tentatives d'approche, répliqué-je avec un petit sourire en coin, en levant dans sa direction le verre de vin de Bordeaux qu'un valet en livrée chamarrée vient de me servir.

– Sais-tu que j'ai beau avoir été ton témoin avec Marcus, je ne parviens toujours pas à enregistrer cette information. Toi, marié ! Et avant moi ! Et surtout avant même d'avoir permis à toutes ces marieuses affamées de se jeter sur toi ! Qui aurait cru que tu me prendrais si bien au mot ?

– Qui l'aurait cru, en effet ? murmuré-je plus pour moi que pour mon voisin, en suivant du regard une avenante tête rousse dont les boucles sont ce soir joliment ornées d'une aigrette délicate.

Mon épouse évolue en devisant avec animation avec Philomena Hamilton-Enley qu'elle m'a présentée comme étant sa cousine et son amie la plus chère, indifférente au luxe de la soirée comme au prestige des convives. Loin du jeune faune venu à ma rescousse ou de la noble campagnarde aux tenues peu seyantes et dépassées, j'ai désormais sous les yeux une ravissante créature dont le corps souple et gracieux est mis en valeur par la robe fluide qui lui a été livrée ce matin et dont le bleu très pâle fait divinement ressortir les reflets gris de ses prunelles.

Cela dit, si je suis honnête, la fluidité de la robe m'importe davantage ce soir que sa couleur. Car fluide, elle l'est incontestablement quand l'étoffe chatoyante danse autour de ses hanches ou dessine son cul merveilleux et inaccessible. Et sans corset aussi, comme celles que portent dorénavant toutes les élégantes à Londres. Pour le plus grand plaisir des yeux, les miens et ceux de tous les hommes présents qui la suivent du regard, sans même chercher à s'en cacher.

Et la plus grande souffrance de mon sexe qui n'est que regrets de la nuit de noces que nous n'avons pas consommée.

N'avoir de cesse de songer à la soie de sa peau sous mes doigts quand je l'ai assistée pour se dévêtir ne m'aide en rien à chasser les pensées parfaitement licencieuses qui me traversent une fois de plus l'esprit, alors que je la regarde cheminer sur le parquet, entre les danseurs et les guéridons recouverts de victuailles appétissantes. Me souvenir de la malice avec laquelle elle a déploré que je ne sois pas entièrement nu à ses côtés – ce qui m'a prouvé, si besoin en était, qu'elle était en effet bien loin d'être l'oie blanche que sont toujours les jeunes filles à marier – manque de m'achever. Dieu sait ce que nous aurions pu goûter comme plaisirs sensuels et indécents si j'avais cédé à l'appel du désir – et, la concernant du vin dont elle avait manifestement abusé au préalable – pour oublier un peu trop facilement qu'elle m'avait demandé comme condition de notre engagement le respect, l'indépendance… et le droit de ne pas voir consommer notre mariage.

Il n'empêche. J'essaie de chasser ces idées une fois de plus grivoises, mais la voir déambuler, poitrine haute et cuisses fuselées tout à fait visibles sous la finesse ornementée de la mousseline fluide dont elle est vêtue ce soir ne m'aide pas.

Vraiment pas.

C'est ma femme, que diable ! ai-je envie de hurler à ces balourds qui s'inclinent avec gourmandise sur son passage tandis que Georgia continue de rire avec sa sœur de cœur, indifférente à l'intérêt qu'elle suscite.

Nouvelle en société, sa beauté naturelle révélée par ses atours, superbement vêtue avec une coiffure qui sort de l'ordinaire et désormais duchesse de Kingsberry, elle pourrait difficilement passer inaperçue cela dit.

– Ta Georgia me fait l'effet d'être la parfaite épouse pour toi, en tout cas, mon ami.

Je retiens un ricanement.

S'il savait combien je pense précisément la même chose, alors qu'une fois de plus, je me demande comment réagiraient ses mamelons dressés sous la dictature de mes lèvres.

– Parce qu'elle est absente et indifférente et qu'elle me fichera la paix tout en me permettant de satisfaire et mon frère mort et mon royal parrain ?

– Parce qu'elle est atypique, brillante si j'en crois la repartie dont elle a fait preuve lors de nos brefs échanges, fort séduisante, en un mot : parfaite pour toi, Julian !

Je hausse les yeux vers les tentures qui ornent une partie des moulures peintes du plafond.

– Cesse de dire des bêtises. Si tel était le cas, crois-tu que j'aurais passé mes premières nuits à Londres chez Miss Bloomsbury pour la remercier d'avoir si rapidement achevé la robe que porte ma femme ce soir ?

– Allons bon, Julian, j'imagine qu'il y a une raison pour que tu fuies le lit conjugal, mais tu ne m'enlèveras pas de la tête l'idée que vous allez fort bien ensemble et que je suis bien plus heureux pour toi que je l'aurais imaginé de ce mariage quelque peu hâtif et contraint.

S'il savait à quel point il a été hâtif et contraint pour ma femme...

– Il faut reconnaître que son amie est tout à fait remarquable aussi, poursuit James, manifestement peu réceptif au cheminement de mes pensées comme aux appels au secours de ma queue une fois de plus bandée dans mon pantalon ajusté.

Je lui glisse un regard circonspect. Pour constater qu'en effet la pulpeuse amie de ma femme paraît retenir désormais toute son attention.

– Il ne tient qu'à toi d'aller faire sa connaissance, mon ami. Même si elle semble plus sensible à la présence de Georgia qu'à celle des célibataires les plus convoités du royaume, je ne doute pas que sa mère qui ne la quitte pas des yeux sera comblée de te voir l'approcher.

– Eh bien, tu sais quoi ? déclare James en posant son verre à demi plein sur le plateau d'argent gravé que lui tend un laquais impassible. Je vais te prendre au mot, Julian ! Allons faire danser ton épouse et son amie !

Cinq quadrilles et un certain nombre de flûtes de vin de Champagne plus tard, je suis obligé d'admettre que mon épouse est probablement la plus jolie femme de l'assemblée.

Et qu'elle est passablement éméchée. Je grimace lorsqu'elle piétine une fois de plus la pointe de mon soulier d'un coup de talon tout à fait vigoureux pour une personne si fine en apparence.

– Il me semble que nous devrions rentrer, ma chère, lui glissé-je alors qu'elle me tend sa main pour un demi-tour parfait.

– Je vous en prie, Votre Grâce ! Restons encore ! Je ne pensais pas que je m'amuserais autant à danser ici ce soir !

Je contemple ses prunelles étincelantes, ses joues rosies, une boucle plus folle que les autres voletant sur son front. Sa poitrine, joliment décolletée par les bons offices de ma maîtresse, se soulève à grands mouvements saccadés, et j'ai bien du mal à ne pas m'y appesantir alors que je la sais si parfaite. Mon désir d'elle n'a cessé de croître à mesure que nos mains se frôlaient ou qu'elle répliquait en souriant, toujours avec verve et pertinence, à chacune de mes questions ou observations durant la soirée. Mon épouse est particulièrement ravissante, libérée par l'alcool auquel elle semble décidément bien peu accoutumée.

J'ai soudain bien envie de lui plaire alors que notre danse s'achève.

– Une dernière danse alors et ensuite nous rentrerons ? Le marché vous convient-il, Madame ?

Si j'en crois le sourire lumineux qu'elle m'adresse, Georgia est ravie. Moi, lorsque je comprends que nous allons danser une valse, beaucoup moins.

Georgia était une jolie inconnue bien mal dégrossie lorsque nous avons dansé notre première valse chez lady Bomsworth. Mais désormais elle est ma femme intouchable dont j'ai expérimenté la peau si douce, et vers laquelle hélas mes pensées les plus libertines ne se tournent que trop fréquemment ces derniers temps.

Danser une valse en la frôlant à chaque instant promet d'être un supplice auquel je ne suis pas certain de ne pas succomber.

– Participez-vous souvent, Votre Grâce, à ce type de soirées ? Je vous trouve fort bon danseur pour un si grand voyageur.

– Que savez-vous exactement de mes voyages, Madame ?

– Je sais ce que vous m'en avez dit, l'autre jour, au musée… et ce que m'a révélé mon amie Philomena. Ils vous emmènent plus particulièrement chez les rebelles américains ou nos alliés du Canada et j'adorerais que vous me racontiez tout cela. La mer, la navigation, les tempêtes, ce nouveau continent sauvage et inconnu…

Mon épouse qui me demande de ne pas la toucher parle un peu trop à mon âme.

– Je sais aussi que vous voyagez même lorsque vous êtes à Londres, et à toute heure, si j'en crois vos absences ces dernières nuits…

Ces mots ont été proférés d'un ton plutôt neutre. Mais je commence à savoir que Georgia ne parle pas à la légère, même sous l'emprise du vin français.

Je raffermis la pression de ma main contre la douce cambrure de son dos.

– Seriez-vous inquiète, ma chère ? Ou pire, jalouse ?

Deux prunelles grises me fixent, furieuses ou goguenardes, je ne sais pas.

– Comme vous y allez, Monsieur ! Je ne fais que constater et converser quelque peu.

Ma jambe droite s'immisce un peu plus entre ses cuisses, contre le tissu aérien de sa jupe. Mon bassin frôle son ventre. À dessein, même si le contact a été aussi fugace et discret que possible pour éviter tout scandale.

– Et moi je crois, ma chère épouse, que, n'en déplaise à vos beaux discours, vous vous êtes ennuyée sans moi.

Georgia rougit légèrement, une fois de plus. Mais, tandis que je contrains son dos à s'incliner contre ma main, elle redresse le menton.

– Sans doute n'ignorez-vous pas que l'on peut passer seule des moments très agréables. Pour ma part, j'ai apprécié grandement les plaisirs solitaires dans notre lit cette semaine. Ils étaient aussi stimulants qu'enrichissants, figurez-vous.

Elle relève encore un peu plus son adorable menton pointu.

– Vous savez que l'on n'est jamais si bien servi que par soi-même, Monsieur, n'est-ce pas ?

L'idée instantanée de mon épouse se caressant en mon absence comme elle vient de l'évoquer sans fard me procure l'envie immédiate de l'enlever pour aller la prendre dans la voiture qui nous attend dans la grande cour.

Pour lui prouver que ma bouche dévorant son sexe, luisant de son désir pour moi, vaudra tous les plaisirs solitaires qu'elle a pu se donner cette semaine alors que je la fuyais pour ne pas céder à ses formes tentatrices.

J'arrive à me freiner alors que la valse s'achève. Mais pas semble-t-il à me taire. Malgré ma mâchoire contractée par le désir, je parviens même à lui adresser un sourire désinvolte :

– Permettez-moi, Madame, de vous démontrer le contraire ce soir.

J'observe les prunelles arrondies qui me dévisagent.

– Rentrons, voulez-vous ?

Déjà je me suis emparé de son bras pour nous diriger vers les vestiaires en priant pour que la traversée des salons ne devienne pas un calvaire encore pire que celui que je vis depuis que j'ai délacé son corset lors de notre désespérante nuit de noces. Je n'ai aucune envie de me livrer aux salutations mondaines alors que je brûle littéralement de désir pour ma jeune épouse et que je viens de décider qu'il n'y avait aucune raison que nous continuions à nous priver ainsi.

Aussi bien elle que moi désirons la même chose, si j'en crois les signaux qu'elle m'adresse et sa franchise quant aux activités auxquelles elle s'est adonnée en mon absence. Et l'image de ses cuisses pâles écartées pour laisser ses mains fines découvrir son intimité s'est imprimée sur ma rétine et ne s'en détache plus. L'envie de remplacer ses doigts par les miens en la goûtant de mes lèvres est telle que je contracte bien malgré moi la mâchoire.

Sans doute Georgia s'en aperçoit-elle, car alors qu'elle tente d'aligner ses pas sur mes enjambées, plus appropriées sur un champ de bataille que sur le parquet d'une comtesse anglaise, sa voix veloutée s'élève à nouveau.

– Fort bien, Votre Grâce, si tel est votre désir.

À ce dernier mot, je réajuste tant bien que mal mes pantalons noirs sous ma redingote de velours bleu paon.

– Est-ce bien le vôtre, Madame ?

Interloquée, ma jolie voisine m'observe d'un regard de biais tandis que nous récupérons ses effets avant de nous acheminer, enfin, vers la voiture qui m'attend dans la cour principale.

– Tout dépend de ce que vous me proposez, Votre Grâce.

– Rien que vous ne voudrez pas, Madame.

Je me penche vers elle.

– Et tout ce que vous voudrez bien me laisser entreprendre pour vous prouver que les plaisirs solitaires sont infiniment plus jouissifs lorsqu'ils sont partagés.

Le regard gris qui me fixe me semble franchement décontenancé. Sans doute ne saisit-elle pas bien pour quelle raison je lui propose désormais de nous adonner aux pratiques que je lui ai refusées le soir de notre nuit de noces. À dire vrai, je comprends qu'elle ait du mal à s'expliquer ce changement d'attitude. Elle était tout aussi disponible et consentante et déjà je la désirais avec force. Mais avoir ce soir la confirmation qu'elle n'est pas l'oie blanche que j'imaginais aide à ne pas culpabiliser de lui offrir une relation sans amour.

Peut-être aussi que de la voir sourire et deviser de manière spirituelle ou coquine alors que nous dansions m'a tourné la tête plus que je ne le pensais.

Peu m'importe finalement. Je la veux. Elle me veut. C'est ma femme. Et ce soir, je la ferai enfin mienne dans le plaisir.

Georgia me fixe toujours de ses grands yeux clairs qui brillent maintenant d'un éclat que je reconnais sans peine : l'excitation.

– Fort bien, Votre Grâce. Vous avez éveillé ma curiosité…

Tandis que mon cocher lui ouvre la porte de notre voiture sur laquelle mes armoiries or se dessinent sur fond bleu nuit, elle marque une courte pause avant d'esquisser un léger sourire.

– J'ai hâte que vous me montriez tout cela.

Qui aurait cru que ma jolie sauvageonne serait capable de badiner de manière si aguicheuse ? Certainement pas moi. Mais à l'idée de tout ce que je vais pouvoir lui montrer, je durcis davantage. Et encore plus, si tant est que cela est possible, lorsque Georgia dévoile la finesse de ses chevilles en montant sur le marchepied pour rejoindre les banquettes de velours cramoisi de la calèche. Banquettes sur lesquelles je m'empresse de la retrouver pendant qu'un valet referme la portière et que les huit chevaux de notre attelage s'ébranlent au rythme imposé par mon cocher.

Dans l'habitacle, alors qu'elle est assise à ma droite, les joues encore roses de l'excitation de la soirée et de notre départ quelque peu précipité, il me semble soudain que l'air s'est raréfié et je ne sais comment reprendre cette conversation si prometteuse.

La voix mélodieuse de mon épouse s'élève alors dans la pénombre. Seuls les halos des rares belvédères qui rythment notre chemin illuminent par intermittence son profil aux traits si purs, ajoutant à l'érotisme de la situation.

– Je suis heureuse de passer cette soirée en votre compagnie, Votre Grâce. Toute cette soirée, y compris celle qui nous attend encore, se sent-elle obligée de préciser.

Elle se tourne légèrement vers moi, au moment où la lueur d'un réverbère à huile éclaire les courbes de ses seins.

– Julian, corrigé-je immédiatement.

Je suis vraiment las de ce cérémonial qui n'a pas lieu d'être, alors que je ne songe qu'à l'entendre haleter, gémir et prononcer mon prénom.

Sans la quitter des yeux, je me défais de mes gants, libérant mes doigts pressés de la découvrir enfin.

– Julian, rectifie-t-elle en esquissant un sourire mutin. Vous savez que je n'ai guère eu pour habitude de partager mes découvertes, même si cela est certainement très enrichissant de le faire avec un homme aussi ouvert d'esprit que vous.

Voilà une bien curieuse manière d'aborder les choses. Mais après tout, je savais en la prenant pour femme que Georgia était une originale. Cela n'enlève rien à son piquant et ne me donne que plus envie de passer enfin aux choses sérieuses.

– Vous m'en voyez ravi, ma chère, murmuré-je en réponse, d'une voix soudain plus rauque, avant de me pencher vers elle pour rencontrer sa bouche tentatrice.

Ses lèvres restent closes alors que je les dessine de ma bouche et de ma langue avant de glisser juste sous son oreille, agaçant à dessein sa peau fine de mes dents.

– Vous me rendez fou, Georgia, chuchoté-je tandis que mes mains trouvent ses hanches, sa taille souple puis les rondeurs de ses seins. Laissez-moi vous mener au plaisir ce soir.

Un gémissement me répond enfin, que je prends comme l'invitation à poursuivre ma découverte sensuelle que j'attendais encore. Je caresse d'une main l'arrondi d'un sein que je libère de son carcan de mousseline, repoussant doucement une bretelle vers le gant de soie qui lui recouvre quasiment tout le bras. Admiratif une fois de plus, je contemple le téton durci et arrogant qui se tend vers moi avant de le faire rouler entre mes doigts, jouissant de faire naître une plainte sourde entre les lèvres que ma belle épouse ne peut s'empêcher de mordre.

Prometteur…

De l'autre main, je remonte ses jupes, pressé de parvenir enfin aux trésors encore trop bien cachés qui m'y attendent.

Est-elle déjà humide pour moi ? Ses cuisses se frottent-elles l'une contre l'autre pour accueillir le désir qui monte ? Je pince la pointe du sein avec laquelle je jouais, ravi de constater que Georgia se cambre, les yeux clos.

Offerte.

Ma main glisse sur la courbe d'une cuisse, la presse à travers le fin tissu de la culotte longue. Avec l'aisance de l'habitude, je trouve la fente découpée dans le sous-vêtement, celle qui va me permettre de trouver enfin ce que je me suis refusé à l'auberge de Glorious Oak.

Ma verge se gonfle lorsque j'observe du bout des doigts que l'étoffe de batiste est déjà humide.

– Vous êtes tellement surprenante, Madame, murmuré-je avant de m'emparer de sa bouche qui s'ouvre cette fois sans réserve.

Ma langue joue avec celle étrangement timide de Georgia, comme si celle-ci devait l'apprivoiser et lui réapprendre les baisers. Peut-être que mon épouse est plus troublée par notre rapprochement que son détachement apparent de fin de soirée ne le laissait penser. Peu m'importe, car c'est délicieux. Et excitant au possible lorsque deux doigts glissent enfin sur son sexe, aussi mouillé que je l'escomptais. Doucement, j'écarte ses lèvres pour trouver du pouce le petit mont enflé qui m'y attend. Je joue avec, entre pressions et mouvements circulaires, faisant monter gémissements de plaisir et halètements chez ma bien séduisante passagère, guettant le moment où il sera temps d'introduire un doigt puis deux, voire trois, dans son intimité offerte pour l'emmener vers l'orgasme.

– C'est si bon, susurre-t-elle en s'arquant. Je ne savais pas que cela pouvait être si bon, ajoute-t-elle pour ma plus grande fierté, alors que mon pouce continue d'agacer savamment son clitoris.

Les halètements de ma jolie rouquine m'indiquent qu'il n'est que temps que je la pénètre enfin, prémices de la nuit de plaisir qui nous attend lorsque ma bouche remplacera mes doigts entre ses cuisses. Et mon sexe ma main habile.

Délibérément, je laisse toutefois d'abord glisser la pulpe de mon index plus bas que ne le voudrait la morale. Entre les globes fermes de ses fesses. Un hoquet stupéfait me répond alors que je presse doucement le petit anneau plissé avec lequel je compte bien jouer aussi cette nuit. Georgia est traversée par un frisson sensuel, preuve si besoin en était que mon épouse est aussi ouverte d'esprit que je le pensais.

– Je vais aimer vous sodomiser, Madame, chuchoté-je contre ses lèvres.

Je fais pression une dernière fois contre son petit orifice, avant de laisser mes autres doigts jouer avec sa vulve.

Je commence à pénétrer ma belle épouse d'un premier doigt. Fronce les sourcils lorsque je la trouve si étroite. Bien plus que ne devrait l'être une jeune femme ayant connu d'autres hommes avant moi.

Sans vouloir y croire, je presse doucement encore entre ses jambes, note la tension subite de son corps qui se raidit, le gémissement qui témoigne d'un peu de douleur derrière le plaisir éprouvé.

NON.

– Oh, oui ! Julian ! scande au contraire mon épouse tandis que, figé et incrédule, j'interdis tout mouvement à mes mains qui passent du paradis à l'enfer.

– Madame. Est-il possible que…

Je déglutis pendant que Georgia continue de pousser son bassin vers ma main désormais figée.

– Continuez, Monsieur, je vous en prie, m'implore-t-elle d'une voix cassée par le désir.

– Est-il possible que vous soyez vierge ?

Je n'attends pas d'avoir sa réponse pour éloigner enfin ma main de sa douce toison.

Son silence subit et la raideur de son corps jusqu'alors si souple et docile suffisent à me répondre.

Et à confirmer mes craintes : j'ai bel et bien manqué de revenir sur ma parole, profitant de l'ébriété manifeste de ma jeune et innocente femme pour lui enlever sans amour sa virginité.

Je ne sais si je dois me gifler ou au contraire remercier le ciel de tant aimer les préliminaires que j'ai pu éviter le pire.

Mécaniquement, je fais retomber les jupes de mon épouse le long des bas qui gainent ses jambes fuselées, réajuste la bretelle de sa robe. Et alors que tout mon corps me crie de n'en rien faire, m'éloigne à contrecœur de sa silhouette encore alanguie pour trouver la banquette qui lui fait face.

Alanguie et, à nouveau, interdite.

Je devine qu'elle a ouvert les yeux et me fixe, incrédule, la respiration toujours haletante.

– Vous aimez jouer, semble-t-il, Votre Grâce, parvient-elle pourtant à constater d'une voix polaire quoique quelque peu éraillée. Même si je déplore de ne pas maîtriser toutes les règles de votre jeu.

Je profite de la quasi-obscurité pour réajuster une fois de plus mes pantalons, essayant de faire fi du supplice que constitue le frottement du tissu contre mon sexe toujours érigé.

– Vous êtes vierge, Madame.

– Bien entendu que je suis vierge ! Nous n'avons jamais consommé notre mariage ! À quoi vous attendiez-vous ?

– Vous vous promenez en culotte. Vous m'avez dit que l'aubergiste vous connaissait et que les gens de Chester Coldfield avaient l'habitude de vos extravagances. Que vous vous êtes adonnée hier à des plaisirs solitaires sans contester le fait que je vous proposais de les partager, énuméré-je d'une voix atone.

– Et alors ! rétorque ma jeune épouse. En quoi le fait de porter une culotte ou de passer pour une extravagante impliquerait-il que j'ai offert mon corps à toute la gent masculine ?

Effectivement.

– Et en quoi le fait d'aimer lire seule dans le lit que vous avez déserté et d'accepter de m'adonner en votre compagnie à ma passion pour la lecture était-il le signe que j'étais une débauchée ?

Bien.

Bien. Bien. Bien.

– Non pas…

Georgia s'interrompt.

– Non pas ? questionné-je presque machinalement, encore sonné par la stupeur et la frustration.

– Non pas que je n'aie pas aimé que vous préfériez finalement expérimenter tout autre chose qu'une lecture commune, ajoute-t-elle dans un souffle.

Non. Ne me dites pas cela…

J'ai traversé les mers parfois déchaînées vers les Indes ou les Amériques, affronté des températures extrêmes et des climats peu cléments. Je peux résister aux grands yeux gourmands dont je sens tout le poids sur moi dans la pénombre.

Je DOIS résister. Elle ne m'aime pas, je ne l'aime pas même si ce soir notre attirance était réelle. Je ne l'ai pas enlevée à un mariage cruel pour profiter de son innocence un soir où la tête lui aura trop tourné, entre valses tourbillonnantes et bulles pétillantes.

– Vous êtes ravissante et séduisante, Madame.

Je devine qu'un sourire naît sur les lèvres de ma femme. Elle ne doit se faire aucune illusion. Je ne la toucherai plus.

– Mais ainsi que je vous l'avais dit, je ne touche pas aux pucelles.

– Même s'il s'agit de votre épouse, Votre Grâce ?

Je m'efforce de prendre une profonde respiration. Mal m'en prend, car j'ai encore sur le bout des doigts l'odeur suave et intime de Georgia qui manque de me faire revenir sur ma décision.

Un regard triste et bleu se superpose à celui qui, je le sais, me fixe toujours. Je sais que j'ai raison.

– Surtout s'il s'agit de mon épouse, Madame.

Et parce qu'il est plus facile d'être désagréable que sincère en cet instant, j'ajoute d'une voix moqueuse et qui sera sans doute blessante :

– Vous allez pouvoir découvrir d'autres plaisirs solitaires que la lecture, ma chère.

Le silence qui suit mon propos me confirme que j'ai obtenu gain de cause. Et le goût de bile qui envahit ma bouche que je déteste ça.

11

Georgia

Ai-je mis en application les conseils de Langley, quand la brûlure de l'humiliation teintée d'un plaisir indécent s'est quelque peu apaisée ?

J'ai voulu comprendre, surtout !

Francis Bacon, l'un des pères de l'empirisme [1] affirmait que l'observation directe des faits enrichit le savoir. J'ai donc tenté de mener mes propres observations et expériences, dans l'obscurité de ma chambre, une fois la porte fermée, en reproduisant le souvenir des gestes de mon mari. Le résultat n'a pas été à la hauteur de ce courant de pensée dont j'admire pourtant la logique.

M'y suis-je mal prise en convoquant l'écho des mains de Langley ? Jamais les miennes ne m'ont apporté cette délivrance que j'ai ressentie sur le trajet qui a suivi le bal de la comtesse de Blewsworthly.

Au contraire, elles n'ont fait qu'alimenter mon impuissance et ma frustration. Mes nuits sont courtes et mes journées interminables.

Résultat : je bouillonne. L'absence d'exercice physique, sans aucun doute. Sans oublier la pesanteur qui s'est installée dans le bas de mon ventre.

Je manque de m'étouffer avec un morceau de brocoli et aussitôt, un verre de vin clair m'est tendu, dont j'avale goulûment le contenu. Je tente ensuite dans les cinq minutes

1. Théories philosophiques qui font de l'expérience sensible l'origine de toute connaissance ou croyance.

qui suivent de retrouver la dignité qui sied à mon rang, en réfrénant ma toux rauque dans une serviette de coton fin brodée aux armoiries du duché. Efforts destinés à la postérité puisque personne ne m'accompagne pour ce déjeuner, sauf une armada de domestiques qui s'empresseraient de nettoyer derrière moi si je le rendais sur l'immense table au bout de laquelle je trône, esseulée.

Personne donc pour m'empêcher de ruminer sur cet étrange état dans lequel j'évolue depuis le soir du bal. Personne pour le provoquer non plus, cet étrange état. Ou me soulager, puisque je n'y parviens seule. Ce sentiment est décuplé, je le pressens, à cause de la diminution drastique de mon activité physique, et l'ennui qui me gagne depuis que Langley me fuit. Pour la première fois depuis le jour de mon mariage, mon changement de condition me pèse lourdement.

Dans mes vertes prairies, j'avais pour habitude de faire seller mon cheval dès le déjeuner avalé, et de chevaucher le plus souvent possible, jusqu'au souper. Et si le temps ne permettait pas de monter, j'arpentais les bois à pied, à la recherche des différentes essences le composant pour compléter mon herbier.

À Londres, dans ma nouvelle vie, tout cela ne m'est pas autorisé. Ni interdit, cependant. Car Julian n'a rien exigé ni ordonné. Comment le pourrait-il d'ailleurs puisque depuis le bal, il n'est guère plus pour moi qu'une lointaine apparition ? J'aperçois par les fenêtres sa silhouette fantomatique disparaître dans les rues le soir tombé, et au terme de mes nuits agitées d'un sommeil peu réparateur, j'entends bien souvent son pas assuré gravir le grand escalier au petit matin. Et il n'y a guère que mon oreiller pour être témoin de mon désarroi. Me déteste-t-il tant qu'il ne supporte plus de demeurer sous le même toit que moi ?

Je repose mes couverts et replie ma serviette sur mes genoux. Derrière moi, un valet s'empare aussitôt de mon assiette dont j'ai à peine touché le contenu et la salle à manger beaucoup trop silencieuse s'anime du léger bruit de la vaisselle qui s'entrechoque.

Une vague de mélancolie supplante tout le reste. Comme mon pays me manque ! À Chester Coldfield, le plus souvent, quand ma belle-mère n'était pas là et que je ne pouvais pas risquer sa désapprobation, je me faufilais en cuisine. Je m'installais sagement au bout du long banc en bois rustique. La vieille Ruthie déposait devant moi une tasse de fer, qu'elle remplissait de lait encore tiède tout juste sorti du pis de la vache, tout en maugréant dans sa barbe avec une mauvaise humeur feinte qu'une lady n'avait rien à faire ici. Je n'avais plus qu'à attendre qu'elle taille dans la grosse miche du jour une belle tranche de pain bis, et qu'elle l'enduise d'une généreuse couche de beurre. Je dévorais cette tartine à pleines dents, au milieu de l'agitation des gens de cuisine, entourée des odeurs de tourtes à la viande en train de cuire, de pois au lard mijotés dans l'âtre, et fascinée par le ballet des particules de farine dans l'atmosphère.

Ici, j'ai essayé, le premier jour, de descendre aux cuisines. Après avoir erré pour les dénicher, mon apparition a été saluée d'un silence gêné teinté d'une hostilité à peine dissimulée. Jarvis, le majordome, m'a poliment, mais fermement raccompagnée vers mes appartements.

Je m'ennuie et tourne comme un bouvreuil enfermé dans sa cage dorée qui rêverait de retrouver l'immensité du ciel azuré. Or je n'ai pas le droit de ressentir un tel sentiment ! Je ne manque de rien, ni de compagnie – enfin si l'on excepte celle de mon époux – ni de distractions. Depuis notre sortie au British Museum, je suis allée rendre visite deux fois à Philomena, et il ne se passe guère un jour sans qu'une dame ne se présente aux portes de Kingsberry House.

Je dois faire bonne figure, offrir le thé et les sandwichs, échanger avec une inconnue tout en débitant des banalités. S'il fait beau, nous devisons dans les jardins, sans dévier des chemins balisés, que cela soit pour notre marche ou pour nos conversations.

C'est donc à cela que ressemble la vie d'une femme mariée ?

Ces visites s'apparentent plus à de véritables pensums qu'à une distraction réelle et pourtant, à m'en plaindre, j'ai l'impression de jouer le rôle d'une petite fille bien trop gâtée. Après tout, cela n'est qu'une question de semaines. Lorsque la saison londonienne aura pris fin, rien ne me retiendra plus ici. Je serai libre de regagner ma campagne chérie ou de partir à l'aventure, si le duc tient ses promesses…

Et je sais qu'il les tient… même si je le regrette parfois.

Fi de ces pensées mortifères ! Il existe une pièce dans cette immense maison qui est capable de transformer mes humeurs en un clin d'œil : la bibliothèque. Garnie de milliers d'ouvrages, baignée de la lumière du jardin qui y pénètre par un bow-window, elle est tout bonnement magnifique. Le rêve de tout amateur de littérature. J'attends depuis le début de la semaine de pouvoir y retourner. Il ne me reste qu'un seul minuscule problème : la retrouver. Car si j'y ai passé des heures intenses et enrichissantes, je me suis aperçue que la demeure qui nous abrite a le don de brouiller mon sens de l'orientation déjà défaillant.

La disposition des pièces de cette bâtisse moderne dépasse l'entendement ! Je peste en ouvrant une nouvelle porte et en y découvrant un petit boudoir à demi plongé dans l'obscurité des rideaux tirés. Je crois que je ne suis jamais venue dans cette pièce, alors j'y avance, poussée par la curiosité. D'un geste vif, j'écarte la tenture de brocart pourpre et or qui occulte la fenêtre et demeure figée devant la jeune femme à l'air timide qui me contemple, depuis le tableau accroché sur le mur opposé.

Ses traits juvéniles ont inspiré l'artiste, qui a parfaitement su retranscrire la langueur qui attriste son sourire. Son visage délicat, presque fragile, est harmonieux, quoique ses yeux un peu ronds, à la nuance d'un bleu pur, attirent toute la lumière. De soyeux cheveux blonds relevés en une coiffure élaborée encadrent son front lisse.

Fascinée, j'étudie bien trop longtemps le portrait, si absorbée que je n'entends pas la porte s'entrebâiller dans mon dos. Un petit toussotement me ramène à la réalité, mais je poursuis mon examen sans détourner les yeux, car il n'existe qu'une personne dans toute la maisonnée capable de se déplacer ainsi, sans bruit.

– S'agit-il de la mère de Sa Grâce alors qu'elle était jeune fille ?

Jarvis, le majordome, ne bronche pas à l'écoute de ma question, tandis que je cherche en vain chez cette toute jeune femme des traits communs avec mon époux.

– Certes, non, Madame. Le portrait de lady Ann est accroché dans le grand salon d'été, à côté de celui de ses fils, enfants. Elle est décédée alors que Sa Grâce était âgée d'une dizaine d'années, lors d'un hiver particulièrement rude. Elle était d'une constitution pulmonaire fragile et a été emportée par une phtisie. Malheureusement, le père de Sa Grâce a été mortellement touché par la même affection peu après.

J'écarte la pensée qui me vient qu'il est définitivement étrange d'en apprendre plus sur son époux de la part de son majordome que de sa propre bouche et me concentre à nouveau sur le travail de l'artiste.

– Alors qui est cette fille ?

À ses habits, je devine sa haute classe et je reconnais sur la toile les armoiries du duché. Il ne s'agit pas d'un modèle anonyme ou d'une inspiration du peintre, mais bien d'un portrait réalisé sur commande. Une sœur de Julian, elle aussi emportée dans sa jeunesse ?

– Il s'agit de lady Sophie, m'apprend Jarvis, toujours en retrait derrière moi. L'épouse du frère de Sa Grâce, feu le Duc de Kingsberry. Malheureusement, lady Sophie a été rappelée aux côtés de Notre Seigneur, à peine après leur union, en mettant au monde une petite fille qui n'a pas survécu, elle non plus. Ce portrait a été peint peu après le mariage.

Surprise, j'examine d'un œil neuf et critique la toile. Cette fille est si jeune ! Encore plus jeune que moi, j'imagine. Ses yeux bleus me crient leur innocence, et pourtant, j'y retrouve une certaine gravité qui me serre la poitrine. Appuyée contre un fauteuil à haut dossier, engoncée dans une toilette de grand apparat, elle étreint gauchement un bichon frisé, comme une enfant presserait son animal en peluche dans ses bras. Je déchiffre la date inscrite en bas du tableau.

– Quel âge avait-elle quand elle est…

– Tout juste 18 ans, Madame.

Mon Dieu ! Si jeune et déjà unie à un homme notoirement plus âgé. Je calcule dans ma tête la différence d'âge qui devait la séparer du duc. En réalité, elle n'avait que quatre ans de plus que Julian.

– Est-ce que…

Jarvis m'interrompt d'un ton morne, comme s'il n'avait pas compris que vingt questions me brûlent les lèvres. Ou plutôt, comme s'il l'avait parfaitement compris et qu'il cherchait à échapper à cette inquisition.

– Madame, je venais vous informer que Miss Sutton s'est annoncée. Elle vous attend dans le petit salon bleu. Quand dois-je faire servir des rafraîchissements ?

Décontenancée, je détache difficilement mes yeux du portrait, en saisissant que Jarvis ne répondra à aucune de mes autres interrogations. Je vais devoir oublier mon envie d'escapades imaginaires et faire bonne figure auprès d'une dame qui ne me porte aucune bienveillance, mais qui est juste venue satisfaire sa curiosité pour aller ensuite cancaner dans tout Londres.

Qu'espèrent deviner à ma seule mine toutes ces femmes qui défilent avec un air gourmand, avides de la moindre révélation ? La raison pour laquelle le duc de Kingsberry m'a épousée ? Si elles savaient !

– Il est encore tôt, non ? Cette visite n'est-elle pas légèrement matinale ?

Même pour une vieille pie trop curieuse ! songé-je en suivant Jarvis qui me guide à travers le dédale des pièces du manoir.

– Je suppose que le rang de Miss Sutton lui donne certains droits.

Jarvis ne peut faire fi de mes sourcils levés en une interrogation muette. Il accélère le pas comme pour marquer sa désapprobation face à mon manque flagrant de connaissance de l'étiquette.

– Ignorez-vous qui est Miss Sutton ?

Je me porte à sa hauteur, intriguée par sa question.

– Que dois-je savoir ?

– Miss Pamela Sutton fera très prochainement partie de la famille de Sa Grâce. Elle doit épouser dans moins d'un mois le comte de Workington…

A priori, ma figure ne s'est pas illuminée de la lueur de la compréhension, car après un bref coup d'œil latéral, Jarvis croit bon de préciser avec une lassitude teintée d'une pointe de mépris :

– Le cousin germain de Sa Grâce. Son plus proche parent encore en vie.

Il s'arrête devant une porte, puis s'efface pour me permettre d'entrer dans la pièce, me laissant encaisser cette révélation. Encore quelque chose que j'ignorais sur mon époux. La liste de mes lacunes est si longue que j'en reste étourdie. Mais je ne suis pas de celles qui se laissent abattre devant une montagne de connaissances nouvelles à gravir. Bien au contraire ! Et en m'avançant vers ma visiteuse, je me promets d'appliquer à Julian Langley la méthode que j'ai mise en œuvre pour la botanique : étudier et étudier encore mon sujet, jusqu'à le maîtriser sur le bout des doigts !

– Votre Grâce… Je suis tellement honorée de vous rencontrer enfin !

Toujours plongée dans mes pensées, je relève le nez pour me trouver face à une jeune femme, guère plus âgée que moi, aux joues creuses colorées d'excitation et aux grands yeux noirs qui m'observent sans aucune malice. Sa tenue est simple, mais seyante, sans ostentation, comme les robes que je revêts pour rendre visite à Philomena. Ses cheveux bruns encadrent un visage ovale assez anguleux. Je ne pourrais affirmer qu'elle est jolie. Pourtant, je suppose que la plupart de ceux qu'elle croise la qualifient de ravissante, même si cela ne recouvre pas le sens traditionnel du terme. Elle dégage une assurance et une énergie qui magnifient son physique assez banal.

D'instinct, je ressens une bouffée d'affection pour la petite brune qui exécute une légère révérence. Et sans doute aussi un immense soulagement de ne pas avoir à affronter de douairière à perruque trop prompte à me juger. J'adresse un vrai sourire à mon hôte, qu'elle me rend aussitôt. De fait, une heure plus tard, elle a réclamé du porto et nous le dégustons par lampées en étouffant des fous rires, comme si nous étions des amies intimes.

– Alors la vieille Rathingale a débarqué ici le lendemain de votre arrivée ? Pauvre de vous ! Cette femme est d'une méchanceté sans bornes ! Et cette manie qu'elle a de vous saisir la main entre ses serres pour ne plus vous lâcher ! Comme si elle voulait vous entraîner tout au fond de la forêt, et vous dévorer ! Cela lui a sans doute d'ailleurs traversé l'esprit, car… ne le répétez pas, lady Georgia, mais je suis presque sûre qu'elle espérait marier sa petite-fille Isobel à Sa Grâce…

– Je comprends maintenant mieux pourquoi elle jetait des regards dépités en tous sens. Je me suis même demandé si le duc ne lui avait pas racheté cette demeure tant elle paraissait en examiner chaque pierre !

– En réalité, il ne s'agissait pas de dépit, mais bien d'amertume. Sans doute avait-elle déjà commandé le tissu pour faire changer les rideaux, tant elle pensait l'affaire faite. Et voilà que d'une simple visite à la campagne, le duc ramène une ravissante épousée…

Mon sourire se meurt sur mes lèvres et un malaise diffus me gagne lorsque je réalise soudain comment ce mariage a pu être perçu par toute la haute société londonienne qui a défilé dans ce salon ces derniers jours. Malaise qui se renforce quand je m'aperçois que Miss Sutton guette chacune de mes réactions, son regard fixé droit sur moi. Je m'agite sur mon siège, me force à retrousser la commissure de mes lèvres, et à retrouver la légèreté de notre conversation.

– De mon côté, j'espère rencontrer très bientôt votre futur mari, Miss Sutton. Peut-être pourrions-nous organiser un dîner avec mon mari et votre fiancé ? Je suis étonnée que le duc n'ait pas déjà lancé cette invitation, puisque votre fiancé est à présent sa famille la plus proche, de ce que je sais. À moins qu'ils ne se voient à leur club ?

Mon impression étrange se dissipe dès que Miss Sutton lève exagérément les yeux au ciel de façon comique.

– Comment savoir ce que font les hommes derrière les murs de ces endroits desquels nous sommes bannies ? Mon fiancé vient me rendre visite en soirée, me fait porter des fleurs, rivalise de charme et d'attentions, mais sitôt dix-huit heures sonnées, il disparaît comme s'il était poursuivi par le diable pour aller retrouver ses camarades de collège autour d'un verre de cognac !

Elle soupire et pose une main complice sur mon bras.

– Est-ce différent une fois le mariage célébré ?

J'esquisse un sourire forcé, sans répondre, et plonge le nez dans mon breuvage aux effluves boisés.

– Au moins pouvez-vous user de quelques arguments pour le retenir à la maison ! poursuit Miss Sutton sur le même ton, en me lançant un clin d'œil appuyé.

– Sans doute, grommelé-je, en me tassant un peu plus sur mon siège, tant le sujet est brûlant. À moins que cela ne soit parce que je n'ai rien à en dire…

Mon interlocutrice m'observe une seconde sans que je ne puisse discerner le fond de ses pensées. Elle se mordille la lèvre, semble hésiter. Buste penché vers moi, elle adopte le ton de la confidence.

– Lady Georgia, je sais que nous ne nous connaissons que depuis quelques heures, mais ne sommes-nous pas quasiment de la même famille ? Et depuis ma sortie du couvent, je manque cruellement d'amies de mon âge, je l'avoue.

Je l'accueille, cet aveu, sans le comprendre réellement. Alors je me contente de hocher la tête pour l'encourager à poursuivre, même si je ne sais où elle veut en venir.

– Puis-je vous poser une question en toute franchise ?

De plus en plus circonspecte, je n'autorise ni ne refuse et conserve un silence prudent, que Miss Sutton prend pour un assentiment.

– Dans moins d'un mois, je serai mariée. Et je suis terriblement nerveuse à propos de… enfin, vous savez !

Je suppose que mes sourcils se froncent d'incompréhension, car Miss Sutton, rougissante, éprouve le besoin de se justifier d'un ton précipité.

– Ma mère est morte lorsque j'étais très jeune. Je n'ai ni sœur ni cousine proche. Et au couvent, si le sujet était abordé avec mes camarades, aucune de nous n'en savait plus qu'une autre…

Elle prend une grande inspiration et trouve enfin le courage de se lancer.

– La nuit de noces ! Vous qui venez de vous marier… Auriez-vous quelques conseils ? Est-ce aussi douloureux qu'on le dit ?

Je recule, interloquée par ces questions si indécentes alors que nous nous connaissons depuis si peu de temps. A-t-elle parlé de douleur ? Je n'y connais manifestement rien au sujet qu'elle veut aborder si frontalement avec moi, mais… les quelques notions de ce que j'ai pu découvrir n'avaient rien, mais vraiment rien à voir avec la douleur…

Il me semble qu'une rougeur caractéristique gagne mon cou et mes joues au souvenir du plaisir insensé né sous les doigts habiles de Langley, car Miss Sutton guette maintenant mes réactions avec avidité. Les mots s'échappent de mes lèvres sans même que je ne les aie réfléchis, tant je suis déstabilisée.

– Vraiment, miss, je ne saurais répondre à vos questions.

Elle se méprend sur ma réponse et se récrie aussitôt, avec une affectation un peu forcée dont elle n'avait pas fait montre jusque-là.

– Je suis réellement navrée, je ne voulais pas désobliger Sa Grâce ou vous offenser ! C'est juste que je pensais que…

Miss Sutton ressemble plus ou moins à la première amie que je suis susceptible de me faire dans cette ville si étrange, et voilà que je vais la faire fuir, car elle me croit offusquée par ses questions. Questions après tout légitimes.

Est-ce que je ne me pose pas les mêmes ?

– Non, véritablement, je ne peux répondre à vos questions, répété-je dans un élan soudain de sincérité.

Et cet élan doit être vraiment très sincère, car les yeux de Miss Sutton me regardent sans comprendre durant deux secondes, puis s'arrondissent et me fixent, incrédules.

– Êtes-vous en train de me dire que vous et le duc, vous n'avez pas…

Je pique du nez dans mon verre tandis qu'une exclamation stupéfaite lui échappe.

– Miss Sutton, je ne dirais pas que je suis ravi de vous trouver ici. Je vous sais gré de venir distraire ma jeune épouse, mais si j'avais l'esprit querelleur, je suspecterais que vous n'êtes là que pour satisfaire la curiosité malsaine de mon cousin.

Je me redresse d'un bond, aiguillonnée par la voix glacée de colère de Julian derrière moi. Miss Sutton, elle, ne paraît pas offusquée de ces paroles pourtant guère accueillantes. Au contraire, elle dissimule à grand-peine un sourire de chatte ayant réussi à tremper sa langue dans le pot de lait. Son expression me donne le sentiment qu'elle est une personne tout à fait différente de celle à laquelle je viens de faire des confidences, même si je n'arrive pas vraiment à m'expliquer pourquoi.

– Votre Grâce, j'allais justement prendre congé. Votre charmante épouse et moi avons amplement fait connaissance. Et je ne manquerai pas de transmettre vos amitiés au comte de Workington.

Une révérence plus tard je reste seule avec Langley, stupéfaite de la scène qui vient de se dérouler devant moi. Et aussi mortifiée qu'étonnée de l'attitude de mon époux. Je lève les yeux vers mon mari, qui s'est avancé dans la pièce le temps que Miss Sutton signait sa sortie.

– Vous m'expliquez, Monsieur ?

Pour la première fois depuis que nous nous connaissons, Julian paraît véritablement irrité. Ses sourcils froncés jettent un caractère ombrageux à ses traits virils et réguliers. Vêtu d'un costume ajusté sur son corps athlétique, à l'étoffe aussi noire que semblent ses pensées, il me couve d'un regard dont je ne saurais qualifier la teneur.

– Vous devriez mieux choisir vos fréquentations, Madame.

Je lâche un petit hoquet de stupéfaction et d'indignation mêlées devant cette accusation, tant elle me paraît injuste.

– Mieux choisir mes fréquentations que la future épouse de votre cousin ? Aurais-je donc dû refuser de l'accueillir lorsqu'elle m'a été annoncée ?

– Vous auriez dû, sans nul doute.

Son rire bas teinté d'ironie me fige.

– Vous avez décidément beaucoup de choses à apprendre, Madame.

Ces quelques mots suffisent à libérer le barrage de ma rancœur.

– Et comment pourrais-je les apprendre, ces choses, si vous ne me parlez pas ! Depuis le bal, vous disparaissez dès la mi-journée pour ne réapparaître qu'au petit matin ! Nous ne nous croisons même plus, parce que vous m'évitez, sans doute ? Comment pourrais-je savoir qui je dois fréquenter ou non ?

Julian accueille ma tentative de rébellion sans rien laisser transparaître, et sa voix a retrouvé son calme lorsqu'il reprend la parole.

– Vous avez raison sur un point, Madame, et je ne peux que vous demander d'accepter mes excuses. Vous ne pouviez pas savoir que tout ce qui se rapproche de ma famille est hautement nuisible et toxique. Maintenant, vous ne l'ignorez plus et je vous recommande à présent d'en tenir compte pour l'avenir. Quant au reste…

Troublée par ses excuses, trop facilement concédées, je demeure sur mes gardes.

– Je vous rappelle nos accords, Madame : nous ne sommes mariés que pour tromper les tiers. Aussi vous me dispenserez d'avoir à rester à vos côtés, vous faire la conversation en vous tenant la main… Ou vous enseigner quoi que ce soit.

Une douleur étrange étreint ma poitrine à l'écoute de ces mots débités d'une voix atone. Jamais le duc ne m'a paru si distant, si lointain, comme si ma seule présence constituait pour lui une gêne. Le souvenir des quelques jours passés ensemble, lorsqu'il me faisait visiter Londres, et de nos discussions, d'égal à égal, me frappe cruellement.

– Pourtant, lorsque nous sommes arrivés à Londres. Ou même au bal…

Julian se crispe visiblement, puis me gratifie d'un léger rire froid, avant de tourner les talons pour rejoindre la sortie. Il s'arrête un instant sur le seuil, sans se retourner. Sa voix grave me parvient sans qu'il ait besoin de la forcer.

– C'était une erreur, Madame. Sans nul doute.

La porte se referme doucement sur sa haute stature et je reste interdite, le cœur baigné d'une déception mêlée de colère que je peine à comprendre.

12

Julian

– Tes progrès depuis ton dernier voyage sont impressionnants, Langley. J'ignorais que l'on pratiquait le pugilat sur les navires marchands.

Face à moi, James essaie péniblement de reprendre son souffle en prenant appui contre l'un des quatre coins du ring de boxe.

Même si nous ne combattons pas avec la brutalité des boxeurs professionnels pour qui tous les coups sont permis, nous n'avons pas ménagé nos efforts ce soir et ma poitrine se soulève comme si elle répondait aux mouvements spasmodiques du torse luisant de mon acolyte.

– J'ai eu la chance de côtoyer à New York un extraordinaire combattant qui a bien voulu m'inculquer quelques trucs.

Je marque un temps, songeant à la vie incroyable de ce type rencontré lors d'un combat clandestin dans un entrepôt sur le port.

– Molineaux était esclave et a gagné sa liberté lorsqu'un parieur qui avait misé sur lui l'a rachetée pour la lui offrir ensuite. J'essaie de le convaincre de traverser l'Atlantique pour venir tenter sa chance ici [1]. Je suis persuadé qu'il pourrait même battre Tom Cribb [2]…

---

1. Molineaux a effectivement été affranchi dans ces circonstances aux États-Unis avant de venir combattre en Grande-Bretagne et en Irlande vers 1809, donc quelques années après ce récit.

2. Tom Cribb (8 juillet 1781-11 mai 1848) était un champion du monde de boxe anglaise légendaire au XIXe siècle. Il a gagné dans des circonstances contestées les deux combats contre Molineaux.

– Battre Cribb ?

Egerton s'esclaffe bruyamment avec incrédulité, avant de reprendre.

– Quoi qu'il en soit, ses enseignements t'ont profité, mon ami.

Il me jette un œil appréciateur, quoique dépourvu de toute ambiguïté.

– Te voilà désormais bâti comme peu d'entre nous, Langley !

– Eh bien, il ne tient qu'à toi de m'accompagner pour le rencontrer, Egerton ! Je compte toujours repartir la semaine prochaine pour régler un souci qui me préoccupe en Nouvelle-Écosse. Sans doute en profiterai-je pour contrôler mes affaires en Nouvelle York à l'aller ou au retour et retrouver Molineaux pour quelques heures productives.

James entreprend de s'essuyer le torse à l'aide d'un linge de cotonnade, une expression songeuse sur le visage. Ce dernier est marqué désormais du joli hématome à la mâchoire causé par un coup que je n'ai pas pu retenir.

– Ainsi, tu reprends ta vie d'aventurier célibataire ? Moi qui pensais que c'était des propos lancés à la légère ! Tu quitterais vraiment Londres et Georgia si peu de temps après l'avoir épousée ? Que dira le roi ?

– Que j'ai fort bien respecté ses ordres de prendre une femme, mais qu'il ne m'a jamais demandé de cesser de sillonner les mers ? A fortiori si cela lui permet d'avoir des informations sur la rébellion américaine ou sur nos comptoirs du Canada ?

– Certes, sans doute as-tu raison. Mais Georgia ?

Je chasse l'image tentatrice de boucles rousses dansant autour d'un regard aussi pétillant d'intelligence qu'il est incroyablement gris. Tout comme celle d'une bouche gourmande et entrouverte pour libérer des soupirs de plaisir trop vite interrompus.

– Georgia ne m'a pas épousé pour vivre avec moi, mais pour échapper à un mariage avec un rustre. Elle a été très claire sur son désir de liberté et d'indépendance que je lui ai bien volontiers concédé. Crois-moi, elle s'accommodera très bien de découvrir Londres en compagnie de ta dulcinée.

Depuis qu'il l'a rencontrée chez la comtesse de Blewsworthly, et sans s'en cacher, James a succombé aux charmes voluptueux de l'amie de ma femme. Il n'a eu de cesse de la revoir et de lui faire la cour. Il semblerait que la mère de Philomena pourra bientôt arrêter de l'exhiber dans tous les bals de la saison puisqu'il envisage très sérieusement de lui faire sa demande.

Je ricane en songeant que tout ceci aurait pu promettre de joyeuses soirées entre amis si je ne cherchais pas autant à fuir mon épouse pour ne pas la toucher.

– Soit, poursuit le grand blond qui me fait face. Mais penses-tu que cela soit très malin alors que ton cousin doute de votre mariage ? Tu sais bien qu'il s'emparera de tout signe lui permettant de prétendre à l'annulation de votre union pour récupérer ta fortune et tes titres !

Ainsi que mes domaines sur lesquels il s'empresserait d'exercer sa méprisante cruauté... La raison pour laquelle j'ai fini par céder à l'insistance royale, ma fortune personnelle n'ayant nul besoin d'être encore abondée par celle de mes ancêtres.

– Tu m'as dit toi-même que sa fiancée était manifestement dépêchée pour soutirer ce type d'information à Georgia. Je te rappelle que vous avez légitimé la rapidité de votre engagement par un mariage d'amour et une passion subite et irrépressible. Cela ne concorde guère avec un éloignement aussi radical, brutal et précipité ! Songe au demi-frère du comte de Powell qui a fait examiner l'hymen toujours intact de la nouvelle comtesse pour prouver que le comte aimait bien trop les garçons pour avoir consommé son mariage et poursuivre ainsi la restitution de ses biens ! Imagine qu'il t'arrive la même chose. Pire, imagine ce que subirait ton épouse si cela arrivait en ton absence !

L'hymen de mon épouse est bien la dernière chose à laquelle j'ai envie de penser, alors que je me suis une fois de plus réfugié en dehors de Kingsberry House pour cesser de la reluquer comme un chien en rut. Je déteste l'effet qu'a sur mes sens sa seule présence et je reste déterminé à la fuir pour respecter ma parole. J'imagine que passer quelques mois au large puis sur les côtes d'Amérique me permettra de surmonter mes pulsions.

A fortiori alors que je ne peux pas reporter ce voyage si je veux résoudre les difficultés rencontrées par mes affaires en Nouvelle-Écosse.

Même si j'aurais probablement pu y dépêcher un homme de confiance...

D'un autre côté, j'admets que, comme souvent, James réfléchit de manière plutôt avisée et sensée. Je ne doute pas une seule seconde que mon cousin sera prêt aux pires bassesses pour mettre la main sur mon héritage qu'il pensait probablement acquis puisque je suis rentré en Grande-Bretagne quelques mois seulement avant le jour marquant mes 30 ans. Repenser à la visite de sa fiancée, dont j'ai la malice en horreur, suffit à me faire douter du bien-fondé de ma décision.

Si je synthétise : je suis enlisé dans un bourbier inextricable. Et je n'aime pas ça.

Je me dirige vers le broc d'eau froide qui m'attend pour me permettre de dessaler ma peau et retrouver une apparence décente.

– Nous allons nous afficher avant mon départ aux prochains bals ainsi qu'à Hyde Park si bien que plus personne ne pourra mettre en doute la force de notre union. Et surtout sa consommation. Et j'enverrai Georgia dans une de mes propriétés éloignées, sans préciser laquelle, afin d'éviter toute intrusion de mon cousin ou de sa perfide fiancée. Rien ne se produira durant mon absence.

J'accueille le silence de James pour ce qu'il est : une marque ostensible de sa désapprobation.

***

Je passe la soirée qui suit à essayer d'oublier mon épouse et les décisions lamentables qu'elle me pousse à prendre. D'abord chez ma maîtresse qui ne m'a jamais autant vu que depuis que je suis marié. Puis au White's Club en compagnie de James et Marcus rentré de Douvres où il avait à faire.

Et il faut croire que les dieux se sont ligués contre moi car au moment où nous regagnons nos fauteuils, près de la grande cheminée, après que j'ai battu mes compagnons au billard, une silhouette bien trop familière se dresse devant moi et me barre le passage.

Je dois mobiliser toute ma bonne éducation pour ne pas l'empoigner immédiatement au collet et le jeter hors de ma vue mais je sais qu'il n'attend que cela pour se plaindre de son honneur outragé. Je décide donc de me contenter de le contourner, mais il m'en empêche en faisant un pas sur la gauche.

À mes côtés, mes amis, gentlemen jusqu'au bout des ongles, marquent leur réprobation, mais se refusent fort heureusement à intervenir, car ils savent que je n'apprécierais pas qu'ils se mêlent de mes affaires.

Ainsi, mon satané cousin, Felton Langley, s'est enfin résolu à m'affronter.

Ses yeux bleus, copies quasi conformes des miens, marque de fabrique des Langley, sont allumés d'une lueur narquoise. Son costume de velours vert impérial tranche avec l'immaculé de son jabot. Sa haute stature, son allure racée et athlétique, ses cheveux sombres lui valent bien souvent les honneurs féminins. Fréquemment, lorsque nous étions adolescents, l'on nous a pris, à mon grand déplaisir, pour des frères. J'ose espérer que je n'arbore pas cette lippe un peu molle aux plis paresseux.

– Julian, mon cousin, quelle surprise ! Je ne savais pas que vous vous trouviez à Londres. Je pensais que vous savouriez votre lune de miel avec la nouvelle duchesse…

L'attaque ne porte guère tant elle est prévisible.

– Vraiment ? En ce cas, pourquoi avoir envoyé votre fiancée aux avant-postes pour vérifier à quoi ressemble mon épouse ? Ne pouviez-vous pas vous charger vous-même de cette mission ? Quoique je n'aie pas été étonné que vous ressentiez le besoin de vous cacher derrière une femme pour accomplir vos basses besognes…

Les lèvres de Felton se pincent, mais il reprend bien vite son attitude affable.

– Je crois que Miss Sutton a pris seule l'initiative de la visite que vous évoquez, et je n'hésiterai pas à la réprimander si elle a manqué de respect à lady… lady ? Comment s'appelle-t-elle déjà ?

– Vous pouvez l'appeler Sa Grâce la duchesse de Kingsberry, cela ira parfaitement, rétorqué-je, en refusant de rentrer dans son jeu.

Durant quelques secondes, nous nous toisons, debout au milieu du club. Même si le volume sonore des conversations n'a pas varié, que les serveurs évoluent autour de nous comme si nous avions toujours été plantés là, lui et moi savons que nous sommes le centre de l'attention. Et que nous serons au cœur de toutes les conversations au moins jusqu'à la fin de la semaine.

– Je n'ai aucune intention de l'offenser, Julian, mais j'avoue ne pas avoir réellement retenu son nom. Personne ne la connaissait à Londres, et votre mariage a été célébré si soudainement…

Avant que j'aie le temps de répliquer et de mettre un terme une bonne fois pour toutes à cette mascarade, mon cousin ose un mouvement désinvolte pour ponctuer ses propos.

– Et pour mériter ce titre, encore faut-il que le mariage ne soit pas annulé, pour une raison ou pour une autre, n'est-ce pas, cousin ? Dites-moi…

Il baisse la voix, adopte le ton de la confidence.

– Il se raconte que vous n'auriez pas été en mesure de

l'honorer… Ce que je ne peux croire… La virilité des Langley ne nous a jamais fait défaut, n'est-ce pas ? À moins qu'il ne s'agisse d'une infection contractée aux Amériques ? Si vous le souhaitez, je connais un excellent méd…

Cette fois, c'en est trop. Mes mains réagissent avant même que je ne les commande et je me retrouve à broyer le velours trop vert, le visage de mon cousin à quelques centimètres du mien. J'entends les exclamations autour de moi, et décide de les ignorer.

– Quoi que vous sous-entendiez, Felton, je vous conseille vivement de ne pas vous avancer sur ce terrain-là. Georgia est mon épouse, ne vous en déplaise.

Je sens que l'on m'agrippe les bras et je consens à lâcher ce fat. Il ne s'est pas départi de son sourire, et sa réaction ravive ma préoccupation.

– Pas d'inquiétude, lance-t-il à la cantonade en lissant son costume, mon cousin cherchait simplement à m'apporter son aide lorsque j'ai trébuché. En outre, il a parfaitement su répondre aux interrogations que je possédais encore… Décidément, j'ai été ravi de vous voir ici ce soir, mon cousin.

Marcus et James m'exhortent à ne pas créer de scandale et à le laisser partir. Ils m'entraînent de force jusqu'à nos sièges tandis que Felton s'éloigne en direction de la sortie, escorté par d'autres gentlemen.

Il me faut avaler au moins trois ou quatre verres d'un excellent whisky irlandais pour parvenir à retrouver un semblant de calme et de maîtrise de moi-même. Les menaces à peine voilées de Felton, couplées aux avertissements de James, ne cessent de tourner et de retourner sous mon crâne, se mélangeant à la douleur de la gueule de bois que je sens déjà poindre.

***

Je regagne ma demeure, l'esprit toujours aussi troublé tant par ces pensées qui me taraudent que par l'alcool que j'ai sans nul doute bu sans discernement.

Je monte les marches d'un pas lourd et suffisamment instable pour que je réalise que je suis assez ridicule, à abuser des femmes et de l'alcool pour ne pas toucher celle qui pourtant me reviendrait de droit. Je traverse le corridor interminable qui mène à ma chambre avec une seule idée fixe : l'éviter pour aller m'affaler dans la chambre mitoyenne que j'ai demandé à Jarvis de faire préparer afin que je puisse enfin dormir en paix sans cette tentatrice aux boucles folles.

La dernière chose que je désire et à laquelle je m'attends est donc de voir s'ouvrir d'un mouvement décidé la porte de la chambre que je souhaitais tant contourner.

Pour laisser apparaître le plus adorable petit fantôme qu'il m'ait été donné de croiser à ce jour.

Vêtue d'une longue chemise de batiste et dentelle bien trop transparente pour un homme déjà fortement troublé, ma belle épouse brandit une chandelle et me contemple sans sourire.

Bien au contraire, ses prunelles furieuses étincellent tellement qu'elles ont pris les reflets sombres du mercure découvert par M. Fahrenheit.

– Est-ce vrai, Monsieur, que non content de me fuir à Londres, vous envisageriez de me fuir tout court pour retourner tout prochainement aux Amériques ?

Que diable...

– Oh, pas la peine d'essayer de nier, Monsieur ! Je vous rappelle que les femmes aussi ont un cerveau et qu'elles sont douées de compréhension et de l'usage de la parole. Croyez que si Egerton s'ouvre à Philomena des projets dont vous daignez l'entretenir, lui, mon amie intime ne saurait me cacher une nouvelle d'une telle importance !

La peste soit des amis qui ne peuvent tenir leur langue. Et des femmes qui emploient leur charme à la délier...

Surtout lorsqu'elles ont des formes aussi voluptueuses et sensuelles que celles que je distingue trop bien sous la transparence de la batiste. Celle-ci ne laisse rien ignorer ni des pointes plus sombres de ses seins, tendues vers moi comme pour appuyer la colère de leur propriétaire, ni de la toison dont le souvenir m'a laissé un détestable goût de trop peu.

– L'heure me semble bien mal choisie pour évoquer ce sujet, Madame, répliqué-je aussi platement que j'en suis capable.

– Oh, j'imagine bien ! Sans doute préféreriez-vous que je vous laisse dormir pour mieux me fuir demain comme vous en êtes coutumier.

– Sauf erreur, ma chère, vous aviez souhaité conserver liberté et indépendance. Quoi de mieux qu'un époux absent pour cela ?

Un soupir exaspéré accueille ma réponse.

– Donc c'était vrai ! Vous allez repartir et me laisser croupir ici !

Je ne peux m'empêcher de hausser un sourcil devant son insolence.

– Il me semble qu'il y a pire que de croupir à Kingsberry House, Madame.

– Oh, ne jouez pas avec les mots, vous avez parfaitement saisi ce que je tente de vous dire. À quoi cela sert-il de m'avoir promis que je serai libre si c'est pour m'enfermer et me museler ? Il y a chaque jour tant de visiteuses sans intérêt que je n'ai plus le temps d'étudier. Et on étouffe ici, jamais je ne pourrai monter à cheval, nager ou m'entraîner au tir à l'arc comme j'en étais coutumière !

À la seule idée de toutes les activités auxquelles mon épouse envisage de s'adonner et aux tenues toutes plus seyantes – quand tenue il y a – qu'elle revêtirait pour ce faire, mon sexe tressaille de manière bien inopportune.

Il faut croire que la sensualité de ma femme et la passion qui vibre dans sa voix parviendraient à réveiller un mort.

Je ferme brièvement les yeux pour chasser ces pensées bien malvenues alors que Georgia n'est manifestement pas d'humeur à la séduction.

– Eh bien, vous irez vous retirer dans un de mes domaines éloignés des mondanités et dans lequel je veillerai à faire amener tous les ouvrages et autres télescopes dont vous pourriez avoir besoin…

– Alors que vous aviez promis de me montrer l'Amérique et de m'emmener avec vous ?

À ce rappel de nos échanges, mon cœur se serre un peu. J'adorerais l'emmener. Observer sur son visage l'émerveillement de la découverte. Que ce soit celle de l'immensité marine, ou du caractère sauvage et grandiose des côtes américaines.

Mais cela signifierait supporter la promiscuité d'un voyage. Sa peau douce et pâle en permanence à proximité. Ses lèvres soyeuses et charmantes disponibles pour converser et pour être embrassées. Son corps souple que je pourrais éveiller aux plaisirs que Georgia manifestement ne demande qu'à *découvrir* aussi…

Je serre les dents, désireux de mettre un terme à cet échange qui ne me perturbe que trop et que je suis bien peu à même de mener correctement ce soir.

C'est compter sans la finesse d'esprit de ma malicieuse épouse.

– À quoi cela sert-il, Monsieur, de prétendre m'extirper d'une prison, si c'est pour me jeter dans une bien pire encore ? À Chester Coldfield, je connaissais les gens, les lieux. Vous voudriez m'enfermer dans un domaine dont j'ignore tout ! Sans amis ni attaches. Sans compagnie ni interactions d'aucune sorte. M'y laisser seule, à dépérir peut-être, tandis qu'une fois de plus vous serez libre de votre bon plaisir et de vos déplacements, parce que vous êtes un homme qui peut tout quand je ne peux rien d'autre que me soumettre à votre volonté ?

Alors que la raison me pousse à passer mon chemin une fois pour toutes et à clore cette conversation, l'alcool, car cela ne peut être que cela, a raison de moi. Vaincu, je fixe les grands yeux gris, convaincus à défaut d'être encore confiants, et m'entends répondre exactement le contraire de ce que j'avais prévu :

– Soit, Madame. Vous serez du voyage.

13

Georgia

Un vent étonnamment froid pour la saison me fouette le visage et s'infiltre sous le col de mon manteau en satin brodé, bien trop léger. Mes jupes battent contre mes chevilles et le tissu se plaque contre mes cuisses. Un frisson me parcourt tandis que je resserre machinalement les pans de mon vêtement contre ma poitrine, sans quitter des yeux le stupéfiant spectacle qui s'offre à moi : un monstre de bois et de toile se balance avec force craquements et grincements, au rythme de la houle qui vient agiter la surface de l'eau du port.

Les cordages qui retiennent au quai encombré de matelots, caisses et denrées, cette créature qui semble dotée d'une vie propre paraissent bien trop fragiles pour résister à ses envies de liberté.

C'est totalement fascinée que j'assiste à cette lutte du vaisseau contre ses entraves. Partout, ce n'est qu'agitation, effervescence et cris jetés par des hommes en bras de chemise et culottes. Ils font rouler leurs muscles et balancent sur leur épaule des quintaux de marchandises diverses. Ils ahanent, s'invectivent, jurent sur tous les saints de la Création, à tel point que mes oreilles en rougissent. Ici, un singe prisonnier d'une cage lâche des hurlements perçants. Là, des enfants d'une dizaine d'années se poursuivent en riant et se cachent entre d'énormes ballots.

Cependant, mon attention reste tout entière fixée sur le navire, centre névralgique de ce bouillonnement et de ce ballet étrange. Un nouveau frisson crispe mes épaules alors que le vent est désormais retombé. Pourtant, rien d'autre que la température ne peut provoquer mes tremblements, non ?

– Vous avez froid, Georgia ? Souhaitez-vous vous mettre à l'abri ?

Je jette un coup d'œil à mon voisin qui m'a lancé ces questions sans m'accorder plus qu'un regard bref, comme si mes réponses ne l'intéressaient pas vraiment. Comme moi, il observe les préparatifs qui agitent le quai, mais son visage est dépourvu de cette curiosité qui m'anime. Il est juste concentré et attentif, dans son costume sombre à la coupe plus simple que ce que je l'ai vu porter jusqu'à présent. Sauf peut-être le jour de notre première rencontre…

Quoi qu'il en soit, et bien qu'il se montre distant avec moi, je ne peux m'empêcher d'admirer son assurance et sa prestance. Même au milieu de la dizaine d'hommes qui nous entourent, il est celui vers lequel les regards convergent, tant il dégage d'autorité naturelle. Ses cheveux sont plus courts qu'à l'habitude et je suppose qu'il a dû rendre visite à son barbier en prévision des jours que nous allons passer en mer. Cette nouvelle coupe met en exergue les lignes dures de sa mâchoire et le bleu étonnant et ombrageux de ses yeux. Cela fait maintenant quelque temps que je n'ai plus vu ses lèvres pleines se relever en un sourire narquois dont il avait le secret, et qu'il semblait me destiner particulièrement.

Non pas qu'il se montre désagréable ou hautain avec moi. *Non…*

Il est juste poli et réservé comme si j'étais une vieille tante avec laquelle il serait tenu de converser tout en souhaitant que l'entretien prenne fin au plus vite. Ce qui m'est, pour une raison que je ne parviens pas à saisir, encore plus désagréable que s'il était furieux à mon encontre.

Il n'est pas question pour moi de montrer mes craintes à un époux qui me considère plus comme un encombrant bagage que comme une aventurière prête à affronter avec lui une traversée transatlantique. Alors je relève le menton et lui réponds, sans plus le regarder :

– Tout va bien, Votre Grâce. Je vous remercie de votre sollicitude. Sans doute est-ce le fait de rester immobile si longtemps qui me cause un léger refroidissement, mais pour rien au monde je n'aurais manqué un tel moment.

Un nouveau bref coup d'œil oblique m'est destiné.

– Vous ne devriez prendre aucun risque alors que nous allons embarquer pour une soixantaine de jours, et même s'il y a un médecin à bord, je crains qu'il s'apparente plus à un vulgaire arracheur de dents qu'à un éminent scientifique à même de soigner une jeune femme atteinte aux poumons…

Serait-ce de la considération ? Ou plutôt un nouveau moyen de me faire renoncer à mon voyage ? Je penche aussitôt pour la seconde option, tant mon époux a paru, tout au long des préparatifs, réticent à tenir la promesse qu'il m'avait faite.

– Rassurez-vous, Votre Grâce. J'ai connu des conditions bien plus rudes que celles-là dans ma province natale. J'ai eu pour habitude de battre la campagne par tous les temps, notamment à cheval. Je ne crains pas les intempéries, comme vous semblez le croire. Mais je vous sais gré de votre sollicitude.

Ma défense, déclamée avec le plus de conviction que j'ai pu y placer, est accueillie par un silence pesant. Pourtant, cette fois, j'ai toute l'attention de mon mari. Il me dévisage un instant et je jurerais avoir vu le coin de ses lèvres frémir, mais ce sentiment fugace disparaît aussitôt alors qu'il reprend une attitude rigide et reporte son regard droit devant lui. Je l'entends cependant vaguement grommeler quelque chose qui ressemble à :

– C'est vrai que j'avais oublié votre habitude de vous baigner à demi nue dans des ruisseaux glacés… Cela a dû considérablement endurcir votre résistance.

Se moquerait-il ? Je n'ai pas le temps de répliquer par une remarque acerbe car Langley abandonne notre conversation pour tancer un calier qui secoue un peu rudement un mousse guère plus âgé que les enfants qui s'ébattaient tout à l'heure.

À plusieurs reprises dans la journée, Langley m'a proposé de ne le rejoindre au port qu'une fois le bateau prêt à appareiller, mais je l'ai imploré de l'accompagner pour les préparatifs et il a fini par accepter, à l'unique condition que je demeure près de lui.

J'ai récolté quelques regards curieux ou même hostiles des matelots et dockers, sans doute peu habitués à voir une femme épier leur travail. Mais je n'en ai eu cure, tant j'étais avide de découvertes. Et je ne regrette en rien de ne pas être restée dans cette auberge pourtant confortable dans laquelle nous sommes descendus, au cœur de Liverpool. Martha, de son côté, était plutôt soulagée de terminer seule nos bagages. Elle n'a eu de cesse de prétendre que je la dérangeais plus que je ne l'aidais. Sans doute n'est-elle guère ravie de me voir entreprendre ce voyage, ce qui signifie qu'elle va demeurer seule à Londres de longues semaines, puisque Langley a refusé que nos gens nous accompagnent et a affirmé que nous trouverions du personnel sur place.

Mon attention est attirée par un homme en uniforme qui se dirige à grands pas vers nous, puis salue chaleureusement mon époux, avant de s'incliner devant moi.

– Madame, je suis très honoré de vous accueillir au bord de mon modeste navire et j'espère vous mener à bon port.

– Georgia, laissez-moi vous présenter sir Edward Rooney, le capitaine de ce bateau, et néanmoins ami. Homme d'expérience s'il en faut. Il a à son compte plus de traversées de l'Atlantique que la plupart des marins qui seront sous ses ordres. Et il a accepté de nous embarquer sans tarder. Capitaine, voici mon épouse, lady Georgia.

L'homme avenant s'incline une nouvelle fois devant moi. Âgé d'une quarantaine d'années, plutôt petit, la figure rougeaude marquée par le grand air, il dégage une bonhomie sans doute trompeuse pour un homme habitué à commander des matelots aguerris.

– Il n'y a rien que je vous refuserais, au nom de notre amitié, Votre Grâce. Ou que je ne refuserais désormais à votre charmante épouse. Ma seule crainte est que le confort plus que spartiate des cabines du *Terra Nova* ne suffise pas à une lady.

– Je vous en prie, capitaine ! me récrié-je sans doute un peu trop vivement. Je vous suis si reconnaissante de nous permettre un tel voyage. Je suis certaine que votre bâtiment offre bien d'autres avantages puisque son but premier n'est pas de satisfaire les exigences de confort de vos passagers quasi clandestins ! Donc, je me contenterai d'un grabat jeté sur le sol, soyez-en assuré !

Un rire joyeux accueille ma déclaration enthousiaste.

– Nous n'aurons pas à parvenir à de telles extrémités, lady Georgia. Même si je ne saurais rivaliser avec les logis dans lesquels vous résidez habituellement, je peux tout de même vous offrir, à vous et votre époux, deux cabines séparées, ainsi que l'a instamment demandé Sa Grâce…

Mon visage révèle ma surprise, car même si Langley demeure imperturbable, le capitaine se croit obligé de justifier cette exigence de mon époux.

– C'est d'ailleurs tout à l'honneur de Sa Grâce qui ne souhaitait pas vous importuner alors qu'il va effectuer les quarts.

– Les quarts ? interrogé-je l'homme de la mer, guère convaincue par ses explications.

– Sur le navire, le temps est divisé en six quarts durant lesquels une partie de l'équipage est chargée des commandes, des manœuvres, de la veille et de la sécurité du bateau. Or votre époux, qui a le grade de commandant dans la marine de Sa Majesté, a insisté pour participer à la vie de l'équipage et même si j'ai tenté de l'en dissuader pour la forme, je suis ravi de compter sur une aide si précieuse.

Décidément, que sais-je réellement de mon époux ? Chaque rencontre m'en apprend plus sur lui que le peu d'échanges que nous avons pu avoir, avant qu'il ne me tourne brusquement le dos, pour une raison que je peine toujours à comprendre.

– Si vous présentiez à lady Georgia le bâtiment qui va nous permettre de traverser l'Atlantique ? propose soudain Langley, sans parvenir à me dissimuler sa tentative de faire diverger la conversation.

Toutefois, si sa manœuvre est grossière, elle réussit parfaitement, car je suis contrainte de me laisser entraîner sans protester par le capitaine, visiblement ravi de m'offrir un rapide tour du bateau dont il est, je le découvre au bout de quelques pas, très fier.

Il me désigne les voiles auriques, m'apprend que ce sont plus de cent cinquante tonneaux qui vont être hissés à bord. Je lève la tête pour admirer les deux mâts inclinés sur l'arrière, l'écoute deviser de huniers et de perroquets – dont je comprends uniquement que ce ne sont pas les oiseaux exotiques aux couleurs éclatantes.

Pourtant, je n'écoute toutes ces explications que d'une oreille distraite. Sans doute parce que mon regard est sans cesse aimanté par la haute silhouette de mon mari. Comme si je pouvais découvrir par ce seul examen les secrets qu'il prend grand soin à me dissimuler.

Plus tard, nous nous restaurons au mess de la capitainerie avant le départ, qui s'annonce à la nuit tombée. Si parfois l'excitation et l'appréhension peuvent me couper l'appétit, ce soir, c'est tout le contraire en raison de la journée passée au grand air. Je me régale de poisson fumé, et plus particulièrement de haddock, dont je raffole. Surtout accompagné de ce vin fruité, presque sucré, que me sert aimablement le capitaine assis à ma droite. Lorsque je relève les yeux de mon assiette, c'est pour y rencontrer les sourcils froncés du duc.

Allons bon, qu'ai-je donc encore fait ?

– Avez-vous déjà voyagé en mer, Georgia ?

Quelle drôle de question ! Il sait bien que non !

– Jamais ? insiste-t-il. Vous habitiez au bord de la mer, après tout. Et vous ne manquez pas d'audace et de curiosité...

Dois-je prendre ces constatations pour un compliment ? Je préfère conserver un silence prudent tant que mon mari n'est pas parvenu au bout de son idée.

– Alors, n'êtes-vous jamais montée sur un bateau de pêche pour assouvir votre soif de connaissance ? Ou sur un sloop en brandissant une épée et en vous imaginant corsaire ?

Cette fois, j'en suis sûre, son ton était moqueur, même si son visage garde une apparence sérieuse. Curieusement, une chaleur bien réelle se diffuse dans ma poitrine, tandis que je repose ma fourchette, prête à l'affronter dans une des joutes verbales dont nous avions le secret.

– Non, Monsieur, jamais. Mon père ne m'a guère fixé de limites, ainsi que vous aimez à le rappeler, mais il avait la mer en sainte horreur. C'est l'unique activité qu'il m'ait jamais défendue.

Langley me scrute maintenant avec une intensité qui me trouble. Ses iris céruléens arborent la couleur d'un ciel d'orage, sous le chiche éclairage de la grande salle dans laquelle nous nous restaurons. Même si je ne sais pas grand-chose de mon époux, j'ai appris que cela est signe de contrariété chez lui. Ou tout le moins d'une émotion qui l'agite. Car ses prunelles avaient pris exactement la même teinte dans la voiture, après le bal.

– En ce cas, Madame, je vous suggère de cesser de dévorer ce poisson fumé, et plutôt de manger quelques pommes de terre cuites à l'eau.

Ce sont mes sourcils qui se froncent à présent. Je baisse la voix pour échapper à la curiosité de nos voisins de table.

– Entendez-vous me dicter ce que je dois manger ou pas ? Cela fait-il partie de nos engagements ? Je ne me souviens pas avoir accepté une telle chose. Et ensuite ? Vous déciderez de ce que je dois porter ? De comment je dois me comporter ? De ce que je dois penser ? Dire ?

Langley accueille ma tirade indignée sans frémir, mais je devine à la contracture de sa mâchoire que mes paroles le touchent. Voire l'amusent. Finalement, il se renverse sur sa chaise, comme s'il abandonnait – bien trop facilement à mon goût – la bataille.

– Soit, Georgia. Mangez ce que vous voulez. Vous repenserez sans doute à ma proposition d'ici quelques heures…

Je ne peux lui demander plus d'explications sans provoquer un esclandre en plein dîner. Ensuite, je suis emportée par l'exaltation du départ. Je peine à y croire lorsque, au terme d'une manœuvre parfaitement exécutée, le navire sur lequel nous sommes enfin montés se meut, d'abord imperceptiblement, puis plus franchement. Le bateau doit remonter l'embouchure du fleuve Mersey avant de gagner la pleine mer. La sortie du port prend quelque temps durant lequel je reste accrochée au bastingage, à regarder avec avidité les hommes travailler, chacun à leurs postes, à grand renfort de cris ponctués de mots dont je ne comprends pas le sens. Je me doute qu'ils considèrent sans doute que je devrais passer la majorité du voyage recluse dans ma cabine, comme une dame se doit de le faire, mais ce n'est décidément pas dans mes plans.

Un étrange malaise me saisit lorsque, enfin, le *Terra Nova*, soudain lancé à une vitesse plus importante, s'éloigne du port. Je demeure longtemps les yeux fixés sur l'horizon à tenter de percevoir les dernières lueurs de civilisation de Liverpool. Un vertige m'éblouit quand autour de moi, je ne discerne plus qu'une masse noire indistincte d'où surgit de tous côtés le rugissement des flots venant s'écraser sur la coque. Vertige accentué par le balancement hypnotique et incessant de la goélette.

Mon époux a disparu sitôt que nous avons embarqué. Sans doute a-t-il son propre rôle à remplir dans cette surprenante épopée. Mais si je dois être honnête, je suis si grisée par l'ivresse de l'aventure que je ne pense guère à lui et à ses dernières paroles énigmatiques.

Enfin, tout au moins, jusqu'à ce que le léger tournis qui m'avait saisie et que j'avais dans un premier temps imputé à l'excitation du départ se transforme en réel malaise qui m'oblige à retrouver ma cabine pour m'allonger sur mon lit. Couche que je quitte presque immédiatement quand je suis prise de vomissements terribles. À cet instant, le seul souvenir du poisson dont je me suis régalée quelques heures plus tôt me soulève effroyablement le cœur. Et les paroles du duc font douloureusement écho en moi.

14

Julian

– Qu'on ne me reparle plus jamais de haddock ! hoquette Georgia entre deux spasmes au-dessus du baquet devant lequel je l'ai trouvée agenouillée en entrant dans sa cabine.

Fort heureusement, Rooney avait prévu qu'elle ne serait probablement pas amarinée immédiatement. Trois bassines l'attendaient au pied de son lit. Dont une que je vais m'empresser de vider par-dessus le bastingage dès qu'elle aura terminé.

Et dire que l'on parle de bonheur conjugal. Je retiendrai surtout que j'ai signé pour le meilleur… et pour le pire.

La scène n'a rien de ragoûtant. Pourtant, à la voir fulminer malgré son malaise, j'en rirais presque.

– PLUS. JAMAIS ! conclut-elle en redressant enfin la tête, les mains toujours crispées sur le récipient de fer-blanc.

– Laissez-moi faire, répliqué-je en réprimant un sourire et le « Je vous l'avais bien dit » qui me brûle les lèvres. Je pince la bouche, bloque provisoirement ma respiration et sors aussi rapidement que le permet le roulis du bateau pour aller vider par-dessus bord mon encombrant fardeau. Je dépose la bassine sur le pont – le grain qui s'annonce se chargera de la nettoyer – et retourne retrouver ma jeune femme qui se tient désormais assise sur son lit et paraît avoir repris quelques pâles couleurs.

Elle semble toutefois gênée alors que je m'avance davantage pour m'enquérir de sa santé.

– N'approchez pas, Votre Grâce. Je suis dans un état innommable et surtout…

Elle rougit, preuve qu'elle va en effet déjà mieux, mais que quelque chose la préoccupe.

– Je dois dégager une odeur épouvantable et j'aurais souhaité pouvoir aérer ma cabine et dénicher mon tissu à dents parmi mes effets. Peut-être aussi un peu d'eau, à boire ainsi que pour me rafraîchir…

Elle rougit de plus belle.

– … le corps.

C'était donc ça ! Je chasse l'image de ma belle épouse faisant glisser un linge humide sur ses formes ensorcelantes et me contente de hausser les yeux au plafond. Je me tourne vers mon propre bagage que j'ai fait apporter dès que je me suis rendu compte que Georgia était malade. J'ai en effet apporté plusieurs remèdes car je n'ai guère confiance dans le médecin de bord.

– Du tissu à dents… C'est à se demander comment vous avez fait pour conserver une dentition aussi blanche et saine depuis toutes ces années !

Je me penche au-dessus de mon paquetage jusqu'à trouver ce que je cherchais.

– Voici !

Georgia contemple, intriguée, la petite brosse que je lui tends accompagnée d'un flacon que j'ai récupéré chez l'apothicaire avant notre départ.

– De quoi s'agit-il ?

– D'une brossette à dents, ma chère ! Inventée par un de nos compatriotes, fort ignorée jusqu'à présent, alors que son effet est miraculeux tant pour la santé des dents que pour l'haleine de celui qui l'utilise.

Je la vois rougir une fois de plus alors que je me retrouve dans le rôle d'un bonimenteur de foires et marchés.

– Non pas que j'aie quelque reproche à vous formuler en dehors des circonstances particulières de ce soir. Manifestement, soyez rassurée : vous vous en sortez fort bien en continuant de vous frotter les gencives au cognac…

Georgia fait tourner devant elle la brossette en me jetant un regard curieux. Au moins aurais-je réussi à la distraire de son malaise.

– Notre compatriote Addis a inventé cette petite merveille il y a déjà quelques décennies. Mais alors que Napoléon lui-même s'en sert quotidiennement, y compris en campagne, paraît-il, elle ne rencontre pas encore le grand succès qu'elle mérite sur notre île [1]. Imprégnez-la de la décoction d'eucalyptus et de poudre de talc broyé que m'a remise l'apothicaire et frottez-vous les dents. Vous pourrez terminer avec cette petite cuillère à gratter la langue pour chasser les derniers miasmes avant de vous rincer la bouche. Vous verrez que vous aurez vite oublié votre haddock !

Ma jolie épouse grimace, mais se hâte de se lever pour se diriger vers le miroir suspendu à la paroi de sa cabine devant lequel elle humecte de quelques gouttes la brossette neuve que je lui ai tendue.

– Vous permettez, Monsieur, que je fasse cela en toute intimité ?

Je m'empresse de quitter les lieux pour laisser Georgia faire tranquillement ses ablutions. Lorsque je reviens, c'est avec un seau d'eau de pluie récupérée dans un tonneau, non potable, mais bien utile lors d'une traversée.

Georgia m'accueille avec gratitude et entreprend d'humidifier un linge de toilette qu'elle dépose sur la petite tablette clouée au lambris de la cabine. Ses yeux me fixent depuis le miroir qui lui fait face et ses joues ont retrouvé quelques couleurs.

– Pourriez-vous m'aider à délacer le dos de ma robe, Votre Grâce ?

---

1. William Addis invente la brosse à dents en 1780 qui sera au départ en vermeil et poils de sanglier. Addis commença la production de masse de sa brosse à dents qui finit par rencontrer un grand succès. Il approvisionnera même le régent, George IV, fils du roi qui règne au moment de notre histoire ! Selon Wikipedia UK, l'entreprise qu'il a créée (aujourd'hui Wisdom Toothbrushes) produit annuellement soixante-dix millions de brosses à dents par an au Royaume-Uni. Napoléon mettra effectivement une brosse à dents dans son nécessaire de campagne.

Je serre la mâchoire, car la dernière fois que j'ai eu le loisir de contempler sa nuque de cygne en frôlant sa peau si douce, j'ai failli manquer à la promesse que je lui avais faite, en consommant sur-le-champ notre nuit de noces dans cette affreuse auberge de Glorious Oak.

Comme si elle percevait mon hésitation, Georgia précise sa demande :

– Je n'ai pas de camériste ni de femme de chambre, Votre Grâce. Il va falloir que vous m'aidiez dans les prochains temps si vous ne voulez pas que j'aille quémander secours auprès du capitaine, de son second ou de son équipage.

La seule idée que les mains du second du capitaine, séducteur patenté, ou pire celles d'un des matelots concupiscents, puissent toucher la peau fine et sans défaut de ma jeune épouse achève de me convaincre... alors que j'étais déjà grandement tenté de rester.

Une fois de plus, j'aide Georgia à se dévêtir. Une fois de plus, je découvre la ravissante chemise de dentelle qui se dissimule sous le buste de sa robe à mesure que j'en défais, lentement, presque en tremblant de désir, les lacets.

Mon envie d'elle est telle que mon image dans le miroir, mâchoire contractée comme si cela pouvait m'aider à réprimer mon besoin de couvrir sa peau vierge de baisers, me semble presque effrayante.

Je finis par lâcher le corselet souple pour m'éloigner d'un pas brusque de la jeune tentatrice dont les lèvres sensuelles s'incurvent en un léger sourire.

La peste soit des jeunes femmes qui comprennent trop vite.

– Souhaitez-vous rester, Monsieur ?

J'ancre mon regard dans celui, gris et impétueux, qui me fixe avec une provocation que je n'attendais pas chez une femme aussi jeune et aussi inexpérimentée que Georgia.

Si j'ai envie de rester ? De la contempler à sa toilette ? De l'y assister même, en laissant le linge humide épouser les lignes de son corps magnifique, de l'éveiller au désir tandis que se dresseraient ses seins frissonnant sous cette caresse ?

Bien évidemment que oui.

– Je dois prendre mon quart, Madame. Mais j'espère que vous vous porterez mieux cette nuit et que ces nausées resteront le lointain souvenir de vos premiers pas à bord.

Je crois voir une ombre passer sur le visage de Georgia. Ombre sur laquelle il est fort peu raisonnable de s'interroger.

– Fort bien, Votre Grâce. Je comprends. Toutefois…

Comme si je cherchais un prétexte pour glaner encore quelques instants auprès de la jolie rouquine, je reprends en écho :

– Toutefois ?

– Toutefois, j'ai peur que mon rétablissement ne soit que provisoire. Je crains plus que tout de me sentir à nouveau mal au beau milieu de la nuit, seule dans cette cabine sur ce navire inconnu. Pourriez-vous me retrouver après votre quart pour vous assurer que je me porte toujours bien ? Je vous le demande comme je demanderais un service à un ami cher, insiste-t-elle en me voyant hésiter, avec un air mutin qui dément les accents de sincérité de sa voix.

– Je passerai, Madame, m'entends-je promettre alors que je sais pertinemment que subir une fois de plus la tentation de cette chair désirable va causer ma perte.

***

Les quatre heures de mon quart me paraissent interminables, et non parce que je suis frigorifié par la pluie qui s'abat sur le pont sans discontinuer. Je suis en réalité si distrait que je m'en aperçois à peine. Il est d'ailleurs heureux qu'aucun événement d'importance ne survienne pendant ma garde, car j'aurais sans doute conduit le vaisseau et son équipage au complet à sa perte.

Quand je me présente devant la cabine occupée par mon épouse, la nuit est déjà bien entamée. Je toque et me décide à pousser la porte lorsque je constate qu'elle ne me répond pas, craignant qu'elle soit à nouveau souffrante.

Ou craignant qu'elle ait retrouvé tout son allant et qu'elle utilise son silence comme le chant d'une sirène ?

Même si je ne peux souhaiter que Georgia demeure souffrante, ma propre santé risque d'être sérieusement compromise si je suis encore une fois soumis à la plus délectable des tentations.

Une lampe à huile brûle toujours et diffuse une faible lumière. Alanguie sur le lit, les draps dissimulant à peine son buste fort peu couvert d'une chemise ajourée qui justifierait que je félicite et maudisse en même temps ma couturière de maîtresse, Georgia dort d'un sommeil apparemment paisible, la respiration régulière.

Incapable de déterminer si je dois me réjouir de ma chance, je m'apprête à m'éclipser sans faire de bruit pour ne surtout pas avoir à l'approcher lorsque sa voix ensommeillée s'élève dans la pénombre.

– Restez, Votre Grâce, s'il vous plaît. Votre présence me rassurerait dans cette cabine sombre et inconnue.

Je ne doute pas que l'expérience soit un peu perturbante pour une jeune femme qui n'a quitté sa campagne que pour la vie citadine londonienne. Mais si je reste, c'est moi qui risque d'être perturbé, d'une manière qui pourrait mettre à mal mon engagement de la préserver de toute expérience du sexe sans amour.

– S'il vous plaît, insiste-t-elle d'une voix suppliante qui a raison, une fois de plus, de mes dernières résistances.

Cette femme aura ma peau.

– Soit, Madame, je vais rester cette nuit et uniquement cette nuit. Cela devrait vous permettre de comprendre qu'aucun monstre ne se cache dans la malle ni sous la couchette…

Et je ne ferai aucun mauvais calembour sur celui qui se cache dans mes pantalons.

Un léger rire accueille ma réponse.

– Vous avez de la chance ! Je vous ai chauffé les draps ! Si vous aviez dormi dans votre propre lit, croyez-moi, ils auraient été glacés, humides et fort désagréables au départ !

L'idée de mon épouse en train de chauffer les draps me *perturbe* autant que je le craignais.

La mort dans l'âme, j'entreprends de me défaire de ma redingote, de ma chemise puis de mes bottes avant de me sécher avec le premier linge que je trouve.

Une nouvelle fois, pas question que je me déshabille complètement si je veux garder entre nous les barrières nécessaires permettant d'éviter tout dérapage.

Comme un prisonnier qui se sait condamné à mourir de frustration, je me dirige ensuite vers la couche et m'allonge par-dessus les draps derrière Georgia, étendue sur le côté.

Mon sexe est bandé comme jamais et je ne l'ai même pas touchée.

Au même instant, comme mouchée par la main d'un destin bien moqueur, la mèche de la lampe à huile s'éteint dans un chuintement.

– Rapprochez-vous, Votre Grâce.

Comme je n'en fais rien, me contentant de respirer plus lourdement pour apaiser les battements frénétiques de mon cœur, Georgia soupire. J'entends un léger mouvement et l'observe, à la clarté du rayon de lune qui s'engouffre par le hublot, se défaire de ses draps avant de se reculer vers moi.

– Je ne vais pas vous manger, Votre Grâce, chuchote-t-elle alors que son voluptueux postérieur entre en contact avec ma queue durcie.

Je déglutis péniblement.

– Certainement, Madame. Mais la réciproque ne sera sans doute pas vraie.

Un silence accueille ma réponse tandis qu'elle continue de se mettre à l'aise contre moi. Je serre les dents pour ne pas la plaquer une bonne fois pour toutes contre mon sexe et la prendre sauvagement.

Il suffirait de soulever sa légère chemise de nuit pour la trouver, moite, chaude et accueillante…

– Et qui vous dit que je n'adorerais pas que vous me mangiez, Votre Grâce ?

Réprimant un gémissement de désir et de frustration mêlés, je ferme les yeux comme si cela devait me permettre de ne pas entendre ce qu'elle vient de me dire. Cette femme me fait perdre la tête.

– Vous savez, après notre… conversation dans votre calèche, j'ai effectué quelques recherches dans votre bibliothèque, car je n'étais pas certaine d'avoir bien compris votre propos lorsque vous m'avez déclaré que vous…

Je contracte encore plus la mâchoire. Je sais précisément ce que je lui ai dit et il me paraît difficile de ne pas m'en souvenir alors que mon sexe est à quelques millimètres de son entrée interdite.

– … adoreriez me sodomiser.

Le silence entre nous est désormais tellement épais que je m'étonne qu'elle n'entende pas bourdonner mes tempes. Jamais je n'ai ressenti une telle déferlante de désir brut qui place toutes mes fonctions vitales en surchauffe alors que je devrais plus que tout garder la tête froide.

– Sachez, Monsieur, que j'ai réfléchi à ce terme que je ne connaissais pas à la lecture du mythe de Sodome et Gomorrhe et que je pense avoir compris quel était votre désir.

Je suis officiellement en enfer. Pourtant je trouve la force de répondre, d'une voix curieusement mesurée.

– Poursuivez, Madame, même si je doute que cette conversation siée à une jeune femme encore innocente.

Un petit rire accueille ma remarque.

– Eh bien, justement, Votre Grâce. Il ne tient qu'à vous de me faire perdre cette innocence dans laquelle vous choisissez de me maintenir alors que je suis désormais votre épouse.

Je suis en enfer. Et je suis damné.

– Comme je vous le disais, j'ai bien réfléchi et je crois que moi aussi… j'adorerais que vous m'initiiez aux pratiques que vous appréciez.

Cette fois-ci, je suis sans voix et c'est avec la sensation d'avoir fumé de l'opium que j'écoute mon épouse poursuivre d'un ton déterminé.

– J'ai ressenti… des choses… Votre Grâce, quand vous m'avez caressée. Des choses qui m'ont procuré énormément de plaisir et plus encore de frustration. J'ai essayé de retrouver ces sensations en me caressant comme vous me l'aviez suggéré

Georgia – nue – une main entre ses cuisses… préservez-moi s'il vous plaît.

– Mais je ne retrouve pas cette tension incomparable que vos doigts ont su faire naître. Je veux connaître ces plaisirs et je ne comprends pas que vous me les refusiez alors que tel est pourtant votre devoir de mari.

Parce que vous êtes pure. Et vierge. Que je ne suis pas amoureux de vous, pas plus que vous n'êtes amoureuse de moi. Parce que vous n'avez pas eu le choix de m'épouser. Et que je sais ce que peut endurer une jeune femme vierge et pure contrainte à consommer un mariage sans amour.

Alors que je m'apprête à délivrer enfin une réponse cinglante et digne de l'homme que je prétends être avant de quitter les lieux – Georgia n'étant manifestement plus ni malade ni le moins du monde apeurée –, elle se retourne sur le dos puis fait, lentement, mais avec détermination, remonter sa chemise à mi-hauteur de ses cuisses si pâles dans la pénombre.

Je suis statufié, mais incapable de détacher mon regard de ses jambes parfaites quand elle choisit de m'achever en les écartant légèrement, me laissant deviner, espérer, cette intimité que je ne parviens pas à oublier.

– Ne laissez pas votre épouse dans la frustration et l'ignorance, Votre Grâce.

15

Julian

À demi appuyé sur un coude, je contemple à la lueur de la lune la magnifique jeune femme qui s'offre à moi sans pudeur, mais avec une candeur qui démontre l'innocence que je me refuse à lui enlever. Le grondement de l'océan fouettant les flancs du *Terra Nova* ne suffit pas à rivaliser contre le rugissement du sang qui bat sourdement à mes tympans.

Ni contre celui qui afflue comme jamais dans une tout autre partie de mon anatomie.

Le liquide fluide pompé par mon cœur qui irrigue habituellement mon corps sans que j'en ressente le moindre effet semble s'être transformé en une matière visqueuse et brûlante, telle une lave incandescente jaillissant des entrailles de la Terre. Je m'oblige à rester immobile, jusqu'à ce que l'excitation qui incendie mes veines retombe quelque peu. Ce qui ne fonctionne absolument pas lorsque Georgia se cambre, faisant saillir sa poitrine, et me fixe de ses prunelles brillantes de désir.

Comme animés d'une vie propre, mes doigts viennent caresser l'arrondi de son sein toujours recouvert du tissu ajouré. Son téton se dresse aussitôt sous mon toucher, et je réfrène une envie irrésistible de le prendre entre mes lèvres et de l'aspirer jusqu'à ce qu'il arbore une teinte rose si foncée que j'en distinguerais la carnation, même à travers l'étoffe humide.

Sous mes gestes, Georgia a suspendu sa respiration. Sa lèvre inférieure disparaît entre ses dents nacrées.

– Que savez-vous du sexe, Georgia ?

La jolie rousse accueille ma question avec une surprise non feinte, d'autant que mon index continue de suivre le dessin de son aréole par-dessus le mince tissu.

– Que… que voulez-vous dire, Votre Grâce ? Je suis vierge, vous ne l'ignorez pas !

– Julian, la corrigé-je. Je crois que nous sommes maintenant suffisamment intimes pour que vous m'appeliez Julian, non ?

Pour ponctuer mes propos, ma paume enveloppe son sein tout entier, peut-être plus brusquement que je ne l'aurais souhaité, mais elle réagit aussitôt d'un gémissement. Je me penche, jusqu'à ce que mes lèvres frôlent le tissu tendu.

– Je répète ma question, Georgia. Que savez-vous du sexe ? Vous êtes vierge, mais vous en parlez comme si vous n'ignoriez rien des mécanismes de cet art… Pensez-vous que tout cela peut s'apprendre dans les livres ?

Maintenant, Georgia halète, sans doute parce que j'ai franchi la très courte distance qui séparait encore ma bouche de son mamelon, que je découvre dur comme de la pierre. Ma salive humecte la chemise de nuit lorsque je l'aspire entre mes lèvres, ainsi que j'en rêve. Georgia gémit et d'un grondement, je l'oblige à se concentrer à nouveau sur le sujet de discussion qui nous anime.

– Georgia… Répondez !

Avec un couinement, Georgia se presse contre ma bouche, mais je lui refuse ce qu'elle demande tant qu'elle ne m'aura pas répondu.

– Je sais comment cela doit se passer entre un homme et une femme lorsqu'ils se retrouvent dans la même couche… J'ai observé les animaux, à la ferme et, cachée, j'ai assisté à la saillie des juments à de nombreuses reprises ! débite-t-elle d'une voix voilée de désir.

– Vraiment ?

Sa confession renforce mon sentiment et fixe les limites que je ne franchirai pas. Georgia est innocente, sur tous les plans, même si elle se montre entreprenante ce soir. Ce qu'elle croit connaître ne saurait s'apprendre. La montée du désir, la frustration, la douceur ou la brutalité d'une caresse, les peaux qui s'effleurent, les corps qui s'échauffent, la sensation de perdre pied… la petite mort. En ce domaine, tous les livres du monde ne peuvent remplacer l'expérience. Expérience qu'elle ne va pas acquérir avec moi, alors qu'elle ne m'aime pas et que nous ne sommes mariés que parce qu'elle n'avait pas d'autre choix. Mais ce soir, je peux au moins lui donner un aperçu de son ignorance.

Sans doute sera-t-elle mieux armée la prochaine fois qu'elle ouvrira les cuisses en implorant un homme de lui enseigner les choses du sexe.

Oui, je sais que ce type d'alibi bien hypocrite devrait me faire honte, alors que je rêve de la toucher et de la voir jouir sous mes mains.

Ma main et ma bouche ont abandonné sa poitrine, et le petit cri de protestation de Georgia se meurt dans sa gorge lorsque mes doigts descendent le long de sa cuisse, puis accrochent le bas de la chemise de nuit déjà remontée plus tôt par son impudeur.

Sa peau laiteuse à la douceur diabolique se dévoile peu à peu. Sous la pulpe de mes doigts naissent des chemins de frisson et de chair de poule. Et au cours de toute cette lente découverte – que je fais durer au-delà du raisonnable –, Georgia me fixe de ses grands yeux gris, la respiration de plus en plus courte. La mienne n'est pas moins erratique et je m'exhorte à conserver mon sang-froid pour ne pas repousser davantage ses genoux et m'insérer immédiatement entre ses cuisses pâles pour la prendre comme j'en rêverais : sauvagement et sans aucune subtilité.

Je ne m'arrête que lorsque je redécouvre sa toison de feu, d'où perle son excitation déjà visible. J'écarte ses jambes et la dispose à ma guise. Au tremblement qui fait frémir ses muscles, je devine qu'elle lutte contre sa pudeur pour ne pas les refermer.

Du bout des doigts, je commence à dessiner doucement les contours de son sexe, étalant ses sécrétions jusqu'à la petite boule de nerfs que j'évite pourtant avec soin, jusqu'à ce que Georgia se torde sous moi et laisse échapper un gémissement rauque. À chacun de ses petits cris d'animal, ma queue se tend un peu plus et tressaute, comme si elle voulait se soustraire à la prison de toile dans laquelle je la maintiens par sécurité.

Mon bras libre entrave le bassin de Georgia, pour l'empêcher de gigoter comme elle le fait de manière incontrôlable.

– Shhhhh… Georgia… Vous voulez apprendre, nous allons apprendre. Soyez sage et bonne élève. Vous touchez-vous lorsque vous êtes seule, dans le noir ?

Ses yeux clairs me fusillent, mais elle lâche un petit souffle heurté, avant de me répondre :

– Oui, je vous l'ai dit ! Mais je n'ai pas réussi à retrouver les mêmes sensations que celles que vous m'aviez procurées, dans la voiture, en rentrant du bal, lorsque…

– Lorsque j'avais mis mon pouce ici ?

Elle glapit lorsque j'exécute ce que je lui ai promis, d'un mouvement circulaire dont je sais qu'il pourrait la mener à la félicité en quelques minutes. Mais curieusement, alors que je devrais aller au bout de ma tâche et fuir cette cabine au plus vite pour préserver ma santé mentale, je me surprends à faire durer le plaisir. Je suspends mon geste.

– Ne… N'arrêtez pas, Monsieur ! J'étais toute proche !

Un rire bas accueille ses protestations. Je ne la corrige pas sur le fait qu'elle a recommencé à m'appeler « Monsieur ». Bien au contraire, je songe que si elle était mon amante, je l'obligerais peut-être à me nommer ainsi, juste avant de la faire s'agenouiller à mes pieds pour qu'elle me prenne dans sa bouche.

Bon sang !

Durant une seconde, je clos les paupières et serre douloureusement la mâchoire, pour faire refluer la nouvelle vague d'excitation qui déferle en moi. Lorsque je les rouvre, je devine, à la lueur un peu craintive que je discerne dans ceux de Georgia, que mes iris ont pris une teinte ombrageuse. Ma voix, elle, est bien trop rauque.

– Vous apprenez, Georgia. Ne brûlez pas les étapes, nous arriverions trop vite à la fin de la leçon, croyez-moi… Savez-vous comment s'appelle la partie de votre corps que je suis en train de cajoler ? l'interrogé-je, en reprenant mes mouvements lascifs, mais bien trop légers sur son sexe désormais trempé de ses fluides.

Elle secoue vivement la tête, manifestement aussi contrariée d'avoir été interrompue dans la montée de son plaisir que d'être obligée de m'avouer son ignorance.

– Les lèvres, très chère. Vous ne verrez donc aucun inconvénient à ce que j'y appose ma bouche pour les embrasser ?

***

Georgia

Son souffle incandescent embrase cette partie si sensible de mon anatomie et ma gorge gronde d'un gémissement irrépressible avant même qu'il ne me touche. Enfin qu'il ne me touche *vraiment*. J'ai pu imaginer mille choses sur ce qui pouvait se passer entre un homme et une femme dans le même lit, mais rien n'aurait pu me préparer aux sensations que les moindres gestes et paroles de Julian font naître en moi.

Je voudrais me tordre, lui échapper et rabattre ma chemise de nuit, surtout lorsque de ses doigts, il écarte avec assurance mes… lèvres… pour contempler à sa guise le spectacle qui s'offre à lui. Et une rougeur gagne ma poitrine et mon cou lorsqu'il abandonne sa contemplation pour me lancer un regard indéfinissable tandis qu'un sourire canaille s'inscrit sur ses lèvres à lui, qu'il humecte.

Mais quand il applique sa langue à plat sur ce petit renflement de chair dont il semble maîtriser tous les arcanes, j'ai envie d'ouvrir plus grand les cuisses, de saisir à pleines mains sa chevelure épaisse pour le presser contre moi, de crier son nom, de l'implorer de continuer. Peut-être que je le fais, d'ailleurs. Parce que j'ai oublié comment on fait tout le reste : respirer, réfléchir, ressentir autre chose que le plaisir extraordinaire qu'il fait monter en moi.

Lorsque je crois être parvenue au sommet, l'un de ses doigts me pénètre lentement, tandis que ses lèvres m'aspirent et je gravis encore quelques marches vers l'extase sans pouvoir m'en empêcher, tout en sachant sourdement que c'est un précipice sans fond qui m'attend une fois arrivée en haut.

Je l'entends rire doucement contre ma peau. Son doigt m'abandonne alors que j'ai déjà un pied dans le vide, et vient appuyer plus bas, avant de s'introduire à peine. Je n'ai pas le temps d'échapper à cette caresse tellement indécente. Le plaisir sombre me submerge aussitôt en une déferlante immense et scélérate. Je tombe, encore et encore, secouée de vagues extatiques, transpercée d'un plaisir comme je n'en ai jamais éprouvé auparavant.

Mon époux avait raison sur une chose : cela ne peut s'apprendre dans les livres. Et c'est la seule pensée qui m'apparaît lorsque je reprends graduellement pied dans la réalité, aidée par les doux baisers déposés par Julian sur mes cuisses tremblantes.

Je suis rompue, comme si la foudre m'avait traversée de part en part et pourtant, je n'ai aucune envie de stopper cette leçon, bien au contraire ! Julian a réveillé en moi une créature insatiable et avide qui est loin d'être rassasiée.

J'ouvre les yeux lorsque je perçois le mouvement du matelas, pour le découvrir debout à côté de ma couche et je devine, à son visage désormais fermé, que ma faim va m'accompagner pour le reste de la nuit. Pourtant, Langley ne peut dissimuler ce que j'entrevois être son excitation, dans ses pantalons qui semblent maintenant bien trop étroits pour lui. Et c'est une véritable souffrance qui se peint sur ses traits et qu'il tente bien mal de me cacher derrière une maîtrise apparente.

N'y a-t-il rien que je puisse faire pour le soulager ?

– Que faites-vous, Julian ? Ne voulez-vous pas rester pour que je…

Je désigne d'un vague geste l'endroit vers lequel mes yeux sont irrémédiablement attirés.

– Même si je ne sais pas très bien… ce que je pourrais faire, vous pourriez m'enseigner cela aussi.

Le rire de Julian n'a rien de joyeux. Il s'apparenterait plus au grondement du tonnerre avant l'orage, bas et menaçant.

– Je crains que nos leçons ne s'arrêtent là, Georgia. Et pour me proposer une telle chose alors que je lutte en cet instant pour ne pas vous renverser sur ce lit et vous déflorer sans précaution, je réalise que vous avez décidément encore beaucoup à apprendre sur le désir masculin…

Je me redresse lentement. Le voile de la passion s'est brusquement déchiré, rompu par le ton cassant de Julian. Instinctivement, je presse le drap contre ma poitrine, prise d'une soudaine pudeur.

– Et si je suis d'accord pour que vous me ravissiez cette innocence qui pèse entre nous comme un fardeau, cela n'y changera rien ?

– Je vous l'ai dit, Georgia, je ne vous prendrai pas votre virginité, alors que vous ne m'aimez pas, et que vous ne m'avez épousé que parce que c'était votre seule échappatoire à un viol légal.

Je frémis en repensant à ce souvenir. Ce que dit Julian n'est que pure vérité. Pourtant, contrairement à lui, j'ai l'impression diffuse que les choses ont évolué depuis notre mariage. Que mes sentiments ont évolué depuis le mariage. Est-ce uniquement du désir ? Est-ce autre chose ? Je ne saurais le dire, mais pour moi, à cet instant, cela n'a aucune importance, comme le goût amer de la frustration qui tapisse mon palais me le rappelle.

– Il faudrait donc qu'il y ait de l'amour entre nous pour que vous nous concédiez enfin la délivrance que nous souhaitons ardemment tous les deux ? Quelle importance cela a-t-il si nos désirs s'accordent ? De quoi avez-vous peur ?

– Vous ne savez pas combien vous regretterez cette innocence perdue si vous la sacrifiez avec un homme que vous n'aimez pas, me rétorque-t-il, buté.

Une colère alimentée de frustration remplace soudain la lourdeur fiévreuse dans mon ventre.

– Et que savez-vous de l'amour, Julian ? Vous, le libertin qui prenez sans jamais rien donner de vous-même ! Vous êtes aussi ignorant à ce sujet que moi au sujet du sexe !

Il demeure quelques secondes à me contempler, sans répondre, avant de me tourner le dos et de se diriger vers la porte.

– N'attendez rien de plus, Madame.

Quelque part dans l'océan Atlantique,
le 10 août 1806

Ma chère Philo,

J'ignore quand vous recevrez cette lettre qui pour l'heure ne vogue pas dans la bonne direction puisqu'elle est réduite à suivre mes pérégrinations vers la Nouvelle-Écosse.

Mais je vous avais promis de vous rendre compte de ma traversée et c'est avec plaisir que je reprends ma missive quotidienne en espérant que le récit de ce voyage vous dépaysera un peu !

Pour votre plus grand soulagement, je n'en doute pas, le thème du jour ne sera ni la façon dont a été fixée la proue à l'avant du navire, ni la différence entre bâbord et tribord, pas plus ma maîtrise chaque jour meilleure de l'usage du sextant ! Non, aujourd'hui, nous aborderons le sujet des joies du mariage.

Loin de moi l'idée de vous dégoûter par avance de l'union à laquelle vous vous réjouissez tant avec votre James chéri.

Mais j'avoue que l'attitude de Langley me laisse plus que perplexe.

Que puis-je vous écrire que la décence ne m'interdit pas, mais qui vous permettrait quand même de saisir pourquoi je ne comprends pas mon époux, pas plus que cette façon qu'il a de me faire brûler pour mieux me refroidir…

J'avais déjà évoqué en quoi consiste le rapprochement entre un homme et une femme, afin que vous arriviez moins idiote et naïve que moi dans la chambre nuptiale lorsque sera venu le moment.

Figurez-vous que je suis peut-être moins inculte sur ce sujet, mais que mon mari, réputé séducteur et libertin, se refuse à moi ! Qui le croirait sans se moquer de moi ? Notre nuit de noces n'a jamais été consommée et s'il a daigné me révéler quelques-uns de ses talents qui m'ont laissée éblouie et soûlée de plaisir, les joues rouges, le cœur battant et le souffle court, Langley refuse que je lui cède. Même s'il serait plus exact de considérer qu'il refuse, lui, de me céder !

Pour une raison qui m'échappe, il a bien voulu me dévoiler quelques-uns de ses secrets d'alcôve. Mais alors que l'avant-goût de passion et d'extase qu'il m'a prodigué me donnait envie de m'abandonner pleinement à ses talents sensuels, mon époux refuse que je le touche. Et encore plus que nous laissions nos corps se rapprocher comme le permet pourtant l'union maritale.

Je me sens perplexe, mais aussi quelque peu humiliée. Qu'ai-je bien pu faire de mal pour le faire fuir ainsi ? Et qu'ai-je donc de si rédhibitoire pour qu'il parvienne à me laisser pantelante, mais me délaisse en conservant son sang-froid ?

Tout ceci alors qu'il me plaît chaque jour davantage et que je ne me lasse ni de l'écouter deviser brillamment à la table du capitaine en captant l'attention de tous les convives, ni de l'observer lorsqu'il est à la manœuvre et qu'il fait preuve de toute son habileté physique. Je rêve même de lui la nuit, figurez-vous !

Vous devez me trouver bien sotte, mais sachez en tout cas que je ne peux que vous souhaiter un époux aussi expérimenté que le mien, l'admiration et le désir de James à votre égard ne faisant, eux, aucun doute ! En espérant toutefois que votre bien-aimé soit expérimenté jusqu'au bout et qu'il ne vous abandonne pas sur le bord du chemin de l'extase...

Qu'en est-il d'ailleurs de vos fiançailles avec Egerton ? Pensez-vous pouvoir patienter jusqu'à mon retour pour vous marier ? Je serais désolée d'être à mon tour absente de ce jour qui sera si important pour vous ma chère Philo...

J'espère que vous m'écrivez de votre côté et qu'un véritable journal m'attendra en Angleterre.

En attendant d'avoir de vos nouvelles et de vous revoir

en chair et en os, sachez que je pense à vous et me réjouis de vous retrouver.

Votre amie certes voyageuse, mais toujours fidèle, Georgia.

16

Georgia

– Il n’est guère courant de croiser des femmes sur un navire marchand. Encore moins d’aussi jolies que vous, Madame.

Appuyée contre le bastingage, je profite d’un temps exceptionnellement clément et du spectacle fascinant de l’océan, faussement figé lorsqu’on fixe l’horizon, toujours en mouvement lorsqu’on contemple les flots plus proches. Comme souvent ces derniers jours, je rumine et songe, en rougissant un peu, aux ultimes instants passés avec Julian avant qu’il ne décide qu’il ne me toucherait plus. Chassant la vision de sa tête brune entre mes cuisses, je me tourne vers celui qui vient de m’adresser la parole d’une voix au timbre profond et séducteur.

Maximilian Downsend, le second du capitaine, est fort bel homme. Je mentirais en prétendant que je ne m’en suis pas aperçue, à force de me faufiler entre les ponts, d’observer l’activité des matelots, d’écouter les ordres destinés à l’équipage pour mieux comprendre comment fonctionne un tel équipage et parfaire mon vocabulaire marin.

À dire vrai, depuis presque une semaine que mon mari me bat froid et qu’il se contente d’échanger poliment avec moi à la table du mess, avant de retrouver son quart ou la couchette de sa cabine, j’ai même l’impression de croiser de plus en plus souvent le séduisant officier. Aujourd’hui comte de courtoisie et futur marquis dans la couronne britannique, il a toujours un mot aimable ou prévenant à mon attention, un regard espiègle, voire un peu plus insistant, mais il n’est jamais intrusif. Sans doute parce qu’il est constamment occupé ou qu'il respecte mon statut de femme certes délaissée, mais néanmoins mariée.

Aussi suis-je bien surprise de le trouver pour une fois inoccupé, à tout le moins à d'autres activités que celles consistant à deviser avec moi, accoudé au bastingage, en me scrutant de son regard noisette.

Je suis passée subitement d'une vie de campagnarde solitaire à la saison londonienne, en tant qu'épouse d'un duc très en vue, puis à une traversée transatlantique au milieu d'hommes rudes parmi lesquels mon mari désormais distant. Rien ne m'a donc véritablement préparée à ces échanges badins, mâtinés de flirt, et comme toujours je ne sais guère quelle est l'attitude à adopter.

Je décide finalement d'accueillir le compliment sans y répondre, mais sans m'offusquer non plus. Mon mari, aussi séduisant soit-il, peut, au moins durant quelques instants, aller au diable puisque ma compagnie qu'il fuit semble ne pas déplaire à d'autres, pas si mal de leur personne…

– Il n'est guère courant de vous voir inoccupé, Monsieur.

Le visage de Townsend, hâlé par les tâches au grand air, s'éclaire d'un large sourire.

– Je note que vous me voyez, Madame, et que vous observez mes activités. Vous faites de moi un homme heureux.

J'imagine que nous dépassons quelque peu ce qui est autorisé entre une femme mariée et un homme célibataire. Même si je présume aussi qu'aucune lady n'a écrit sur la thématique de la présence incongrue d'une jeune duchesse sur un navire marchand commerçant avec les loyalistes canadiens.

Au point où j'en suis…

– J'observe les activités de l'équipage tout entier, Monsieur, répliqué-je.

Le terrain sur lequel nous nous aventurons est quelque peu glissant, même s'il flatte mon orgueil malmené par un mari négligent et désormais indifférent. Mieux vaut éviter de jouer le jeu du comte et maintenir une certaine distance…

– Loin de moi l'idée de vous paraître trop hardi, Madame, réagit mon interlocuteur avec un air contrit que dément l'intensité de son regard. Peut-être pourrais-je me faire pardonner en vous éclairant sur le fonctionnement de ce vaisseau ? Ou en vous montrant où sont entreposées nos marchandises ?

Je jette un regard circulaire sans trouver la haute silhouette de mon époux parmi les hommes qui s'activent sur le pont.

– Votre mari était en train de vérifier notre itinéraire avec le capitaine la dernière fois que je l'ai vu. Il semblerait qu'il souhaite faire escale avant de rejoindre la Nouvelle-Écosse, ce qui modifie bien entendu notre cap.

Bien que je brûle de curiosité tant concernant notre destination que les motifs d'un tel changement, je choisis de n'en rien montrer alors que nous commençons à cheminer vers les escaliers rudimentaires qui mènent aux cales, en essayant d'éviter les marins affairés.

– J'accepte volontiers votre proposition de visiter les entrepôts. Je n'y suis pas encore descendue.

– Vous ne verrez pas grand-chose, à dire vrai, de ce que nous transportons, mais la vision de tous ces ballots stockés est assez spectaculaire en soi.

– Et que transportez-vous ?

Townsend me jette un regard un peu surpris alors qu'il se tient devant la première marche de l'escalier menant aux cales.

– Je pensais que votre mari vous tenait un minimum informée de ses affaires, mais sans doute est-ce un aspect du mariage qui m'échappe encore.

Agacée, je ne peux m'empêcher de me sentir un peu ridicule.

– Nous parlons peu affaires avec mon mari.

Puisque nous ne parlons pas du tout.

– J'imagine que je ferais de même si j'avais une épouse aussi charmante que vous, Madame.

Cette fois-ci, je suppose que le regard brûlant du second devrait m'inciter à décliner sa proposition d'aller baguenauder à ses côtés hors de la présence de mon mari entre les caisses et tonneaux de marchandises.

Pour autant, je m'ennuie et le mari en question me bat froid, après m'avoir révélé des plaisirs que je ne soupçonnais pas et qu'il me refuse désormais sans explications valables.

Or si Townsend me semble prompt au flirt, je ne retrouve pas en lui ces lueurs malsaines et terrifiantes que j'avais instinctivement perçues chez Alistair.

Une fois de plus toutefois, je choisis d'éluder pour ne pas encourager le jeune homme.

Sans doute conviendrait-il mieux de le décourager pourtant, ma chère…

– Lequel d'entre nous y va le premier ?

– Je commence pour m'assurer qu'une lampe à huile est bien allumée et vous attendre !

J'observe mon compagnon descendre d'un pas leste les étroites marches de bois, envieuse de la liberté de mouvement que lui offrent ses culottes de peau souple. Une fois de plus, ma tenue, en plus de m'exposer aux courants d'air permanents, est tout sauf fonctionnelle, surtout lorsqu'il s'agit de se mouvoir sur un navire en incessants déplacements.

– La voie est libre ! annonce la voix joyeuse du second. Et la lampe de l'entrée brûle encore, vous ne craindrez aucun fantôme !

Une main crispée sur l'étroite rampe de bois, je m'efforce de l'autre de remonter mes jupes qui m'entravent sans outrepasser les limites de la décence. Pour éviter d'exposer trop mes chevilles et mes mollets à mon compagnon, je choisis de me tourner pour descendre prudemment l'escalier aux marches irrégulières comme s'il s'agissait d'une échelle.

Je compte sur sa bonne éducation pour ne pas chercher à

regarder sous mes jupons. Les culottes fendues à l'entrejambe portées par les dames réservent parfois de croustillantes surprises aux hommes qui les aident à monter en voiture ou à se relever si elles ont trébuché…

Je chasse ces pensées pour me concentrer sur ma descente. S'il est exact qu'une lampe brûle toujours aux côtés de Townsend, sa lueur n'est pas assez efficace pour que j'y voie correctement alors que mon équilibre est rendu précaire par le tangage subitement plus saccadé du bateau.

J'imagine que nous affrontons quelques grosses vagues au moment le plus inopportun pour moi…

Quelle qu'en soit la raison, je me crispe à la rampe, mais manque l'antépénultième marche lorsque le navire se soulève. Je me sens décoller vers la pénombre, sans pouvoir retenir un cri de surprise plus que de frayeur, et m'attends à atterrir brutalement au sol en priant pour ne pas me rompre la nuque…

Heureusement, les mains fermes de Townsend s'enroulent autour de ma taille pour m'empêcher de chuter avant de me faire pivoter contre lui.

– Je vous tiens !

– Je vois ça.

La voix sourde qui gronde dans mon dos n'est évidemment pas celle du jeune homme dont les mains ceignent toujours ma taille pour me maintenir en équilibre et qui ressemble à une carpe en manque d'air. Townsend fixe désormais un point derrière moi qui manifestement doit être suffisamment effrayant pour l'inciter à me lâcher.

Je vacille à nouveau sous l'effet de la surprise, mais, mes deux pieds étant maintenant tous deux posés au sol, parviens cette fois à me rattraper à la rampe.

Avant de me retourner pour faire face à mon mari.

Immense, campé sur ses jambes fortes et solides, bras croisés sur son large torse, mon époux semble bien loin de partager mes difficultés à me maintenir debout sans tomber et affiche une expression fermée et bien peu commode.

Et très, très, très séduisante. Mais j'imagine que le moment d'y songer est tout à fait inopportun.

– Auriez-vous l'obligeance de m'expliquer ce que vous faites tous deux dans cet endroit isolé, en plus d'être plutôt dangereux pour une jeune femme d'aussi frêle constitution que lady Kingsberry ?

Affichant une expression toujours plus glaciale, Julian se tourne vers Townsend.

– Et surtout pourriez-vous m'indiquer pour quelle raison vous aviez les mains sur la taille de ma femme exhibant ses jambes aux regards de tous ?

Hmm... Vu sous cet angle...

Même si l'idée était la sienne, je me sens obligée d'intervenir pour épargner ce pauvre Townsend qui n'en mène pas large et paraît bien embarrassé.

– M. Townsend a aimablement proposé de me montrer où sont entreposées les marchandises dont vous faites commerce.

Je me retiens d'ajouter d'une voix plus acerbe : « Puisque vous ne daignez pas le faire vous-même. » Le moment me semble plutôt malvenu.

– Et comme je m'ennuyais une fois de plus et que vous apparaissiez comme toujours très occupé à m'ignorer (cette fois-ci, je n'ai pas pu m'empêcher de le préciser. À voir le froncement des sourcils de Julian, je doute que ce soit très malin de ma part), j'ai volontiers accepté de découvrir cette partie du navire que je ne connaissais pas encore. Par ailleurs, vous mentionniez les « regards de tous », mais sauf erreur, Votre Grâce, nous ne sommes guère nombreux en ces lieux.

Un silence polaire accueille ma remarque. Avant qu'un raclement de gorge assez peu discret ne se fasse entendre, suivi de la voix quelque peu étranglée de Townsend. Ce dernier a nettement perdu de sa superbe, maintenant qu'il se retrouve à devoir affronter un duc courroucé.

Et toujours aussi séduisant. Je l'ai déjà dit ?

– Pardonnez-moi, je viens de me souvenir que le capitaine

souhaitait m'entretenir de… hmm… l'étoile Polaire. Je vais donc… hmm… vous laisser discuter ensemble de nos cargaisons.

J'essaie de dissimuler mon rictus narquois pour ne pas humilier davantage ce pauvre garçon.

– Excellente idée, Townsend. Revenez-en aux basiques : l'étoile Polaire indique le nord. Le capitaine conduit le navire assisté de son second. Et…

Un lent sourire se dessine sur les lèvres follement sensuelles de Langley tandis qu'il toise un Townsend particulièrement rabougri désormais avant de conclure :

– … le mari s'occupe de sa femme.

Julian se tourne vers moi en me tendant le bras, ignorant notre compagnon qui s'éloigne en direction de l'escalier. À mon grand soulagement, mon époux ne paraît pas vouloir en découdre. Son expression est bien plus affable, le sourire qu'il m'adresse courtois.

Quoique toujours aussi séduisant. Eh oui, que diable, je le sais bien : je l'ai déjà dit !

– Madame… Il semblerait que vous nourrissiez quelque curiosité sur le chargement de notre bâtiment [1]. Puisque ces marchandises m'appartiennent pour l'essentiel, permettez-moi de les évoquer avec vous et de vous faire découvrir nos cales.

***

Quasiment une heure plus tard, je suis désormais bien plus au fait des transactions commerciales entre la Grande-Bretagne et les loyalistes canadiens. Julian se refuse à tout commerce triangulaire et m'a précisé être viscéralement révolté par l'esclavage et férocement abolitionniste, idée qui ne trouve hélas guère d'écho auprès de ses contemporains, a-t-il déploré. Il a donc mis en place des lignes marchandes directes entre

1. Le terme est employé pour les navires de guerre ou les navires commerciaux ayant un tonnage important.

la Grande-Bretagne et le Canada qui ne passent jamais par le continent africain, vendant à nos anciens compatriotes des textiles parfois déjà confectionnés, de l'alcool distillé sur ses domaines écossais, du métal et de la quincaillerie produits par des compagnies dans lesquelles il a investi. Tout ceci me confirme que mon mari est bien loin de l'aristocrate désœuvré et superficiel et que son intelligence lui aurait sans doute permis de faire fortune, même sans son titre et les terres qui l'accompagnent.

Face à moi, nonchalamment assis sur une caisse contenant de la dentelle pour les dames de la Nouvelle-Écosse, Julian termine son propos en m'expliquant qu'il importe en retour du bois et des fourrures très prisés en Grande-Bretagne.

Moi qui craignais sa colère lorsqu'il nous a surpris, Townsend et moi, en situation compromettante, je suis décidément bien soulagée qu'il ait si bien pris la chose. Surtout, après une heure à boire ses paroles et à le découvrir si brillant, je crois que je l'admire, une fois de plus, avec des étoiles dans les yeux.

– Et si vous veniez me rejoindre, Madame ?

Julian fixe sur moi un regard dont je reconnais l'intensité. C'est celui qu'il avait le soir de la nuit à l'auberge. Lorsqu'il m'a fait danser.

Ou lorsqu'il m'a donné du plaisir avant de ne plus vouloir me toucher.

Le cœur battant, je m'avance à pas prudents.

Va-t-il encore décevoir mes attentes pour mieux m'abandonner, brûlante de frustration ?

Je décide de jouer un peu et questionne, la voix mutine tandis que je me rapproche devant lui, avisant la malle sur laquelle il ne reste guère de place pour me permettre de m'asseoir.

– Et où cela, Monsieur ?

Langley étire devant moi ses longues jambes bottées de cuir sombre avant de m'adresser ce sourire carnassier dont il a le secret et qui éveille en moi ce fourmillement que je reconnais désormais comme mon envie de lui.

Ses grandes mains s'emparent fermement de mes hanches pour m'attirer à lui et je comprends immédiatement combien j'ai pu être sotte de considérer Townsend comme un célibataire séduisant. La force et cette façon qu'a Julian de prendre une femme, avec rudesse et délicatesse, sont incomparables et inimitables.

Le savoir ne rend ma frustration de ne pas en profiter davantage que plus intense.

– Est-ce bien raisonnable et bienséant, Monsieur ? minaudé-je pour attiser encore ce trouble que je sens monter entre nous.

D'un geste souple et habile, Julian m'attire vers lui et malgré l'épaisseur de mes jupes ou la toile rugueuse de ses pantalons de voyage, je n'ai aucun doute sur le désir qu'il éprouve pour moi. Entre mes cuisses, ce petit point qu'il a su si bien éveiller au plaisir palpite d'anticipation.

– Absolument pas, Madame, chuchote-t-il à mon oreille alors que personne ne peut nous entendre, comme pour ajouter encore à l'intimité de ce moment. Mais c'est justement parce que vous n'avez été ni raisonnable – en descendant sans moi dans les cales – ni bienséante – en vous faisant accompagner d'un homme qui n'était pas moi – qu'il conviendrait de vous punir.

Alors que la conversation est bien loin de prendre la tournure que j'espérais, je sursaute contre le torse puissant de Julian.

Que dites-vous, Monsieur ? le questionné-je d'une voix étranglée. Vous vous moquez, n'est-ce pas ? Est-ce ainsi que vous me respectez, vous qui avez prétendu me soustraire au joug d'un époux violent et malsain ?

– Vous avez fort bien compris, Madame, et vous savez très bien que même si je suis un époux très libéral, je ne devrais pas vous laisser aller à un tel comportement, au vu et au su de tout un équipage. Que penseront les marins qui vous ont vue déambuler si librement avec un homme qui n'est pas votre époux ? Ne croyez-vous point qu'ils s'imagineront pouvoir se livrer à leur tour à de telles privautés ? Vous êtes une tête brûlée, je le sais depuis notre première rencontre, et même si je trouve cela fort séduisant, vous vous êtes exposée à un grand danger potentiel en suivant un parfait inconnu dont les arrière-pensées m'apparaissent évidentes. Le seul moyen d'être certain que vous renoncerez à l'avenir à de telles impulsions, malgré toute votre indiscutable intelligence, serait bien de vous punir de façon que cela ne se reproduise plus jamais.

Raidie, je suis désormais incapable de proférer le moindre son.

C'est une plaisanterie, n'est-ce pas ?

Comme s'il répondait à mes pensées, Julian me fait pivoter d'une main décidément très habile et je me retrouve désormais à plat ventre sur ses cuisses, la tête sur la petite partie encore libre de son assise de fortune. Mon visage de profil appuyé sur mon bras replié, gigotant vainement sous sa poigne puissante, je lui jette un œil aussi ulcéré qu'incrédule.

Mon époux ne plaisantait manifestement pas puisque c'est avec tranquillité et détermination qu'il soulève mes jupes jusqu'à ma taille. Soudain le trouble se mêle à ma colère et je prie pour qu'il ne perçoive rien de ces émotions qui me déstabilisent et que je ne m'explique pas. Je m'efforce de donner le change.

– Monsieur, j'imagine qu'il s'agit là d'un de vos petits jeux pervers dont j'avais entendu les échos sans oser y croire.

Un rire détendu accueille ma remarque.

– Croyez-moi, ma chère, je ne joue pas quand il s'agit de fesser un joli cul.

À nouveau, la colère et la sidération me laissent sans voix tandis que mon époux poursuit, de cette voix qui parvient à proférer de telles horreurs… en m'émoustillant malgré tout.

Car je suis obligée de le reconnaître avec une stupeur effarée : la situation provoque entre mes cuisses cette lourdeur sensuelle que j'ai déjà éprouvée lorsque Julian m'a donné du plaisir.

Comment une telle chose peut-elle être possible ?

– Et pour vous rassurer, sachez que je ne suis pas pervers, Madame. Jouisseur très certainement, libertin sans aucun doute, mais pervers non. Sauf si vous considérez que joindre l'utile – vous faire entendre raison – à l'agréable – contempler ces deux merveilleuses rondeurs dont la nature vous a dotée pour mon plus grand plaisir – relève de la perversité.

Alors que je voudrais trouver une réplique cinglante, je me tortille sans pouvoir me réfréner contre sa rigidité, frottant au passage mes cuisses l'une contre l'autre. Je ressens un plaisir d'autant plus coupable que je cède si facilement devant ce que je me suis toujours refusée à subir : l'autorité arbitraire d'un époux.

Un sourire, léger, un peu surpris sans doute, mais entendu, incurve les lèvres pleines de mon époux. Il passe une main caressante sur l'une de mes fesses, encore couverte du tissu délicat de ma culotte longue.

– Ai-je tort de penser que vous n'êtes pas hostile à l'idée d'être fessée, Madame ?

Rougissante de confusion honteuse, je ferme les yeux comme si ce simple geste pouvait suffire à me dissimuler à celui qui n'a rien manqué de ma réaction physique.

Est-ce moi qui suis perverse pour me comporter ainsi ?

La main de Julian se fait plus lourde tandis qu'elle continue de cheminer d'une fesse à l'autre, frôlant la cambrure de mon dos, revenant plus bas, jouant sans s'attarder entre mes cuisses pour me torturer encore et encore.

C'est tellement bon. Et tellement indécent.

– Je vous propose la chose suivante, Madame. Vous estimez que je me trompe et je ferai confiance à votre intelligence. Nous en resterons là, sans un geste de ma part, et vous pourrez réfléchir à votre attitude en retrouvant votre cabine.

Alors que Julian marque une pause, il glisse une main entre

mes cuisses, frôlant mon intimité juste assez pour observer que…

– Vous êtes cependant déjà si mouillée, Madame… Je me dois donc de vous proposer tout de même la solution alternative.

Alors que Julian, implacable, continue de promener ses grands doigts entre mes cuisses, je réprime un gémissement en contractant la mâchoire. De honte ou de plaisir, je ne sais plus qu'en penser, alors que je vis cette situation tellement stupéfiante que je me demande si je ne suis pas fiévreuse et en train de la rêver.

– Je vous fesse comme votre corps le réclame, pour que vous gardiez un souvenir mémorable de votre promenade scandaleuse avec un célibataire séducteur. Et si cela provoque en vous l'excitation que je fais plus que soupçonner (à nouveau sa main se pose sans ambiguïté contre mon intimité moite), alors je saurai vous faire oublier le feu de mes fessées dans le plaisir sensuel. Qu'en dites-vous, Madame ? Méritez-vous d'être punie ?

Une fois de plus, je ferme les yeux pour me soustraire au regard scrutateur au fond duquel je devine amusement et désir mêlés. Mais quand je les rouvre pour le regarder en retour, c'est bien malgré moi que je laisse échapper la réponse qui lui donnera raison.

Et qui me conduit à m'interroger sur ma santé mentale.

– Je le mérite, Monsieur.

Un rire bas salue ma réponse tandis qu'une main décidée baisse ma culotte jusqu'à mi-cuisses, livrant mes fesses à l'humidité froide de la soute. Et probablement à un regard bleu marine que je n'ose plus affronter tant la honte me cuit les joues.

– Somptueux, commente-t-il avant d'asséner une première gifle sur ma fesse gauche.

Gifle immédiatement suivie d'une caresse apaisante du plat de la main. Et d'une seconde gifle sur ma fesse droite cette fois-ci. Je ne peux réprimer un couinement dont je ne sais s'il est de désir ou de colère.

– Dois-je continuer, Madame ? Ou vous estimez-vous suffisamment éclairée sur la conduite à tenir à l'avenir avec notre ami Townsend ?

Je me tortille en gémissant. Avant de me cambrer davantage pour mieux lui offrir mon derrière en feu.

– Voyez-vous cela, s'amuse Julian… Qui aurait pu croire que ce petit archer recelait tant de surprises et de trésors ?

La voix rauque de mon époux marque une pause durant laquelle nos respirations saccadées paraissent singulièrement sonores et intenses, avant de s'élever à nouveau, caressante.

– J'avoue, Madame, que je me suis plu, par jalousie sans doute, à vous effrayer, mais que jamais je n'aurais recouru à une punition aussi barbare qu'une violence corporelle. Mais vous voir réclamer de votre plein gré cette pratique que j'apprécie particulièrement lorsque les dames sont consentantes fait de moi un homme comblé.

Il assène une nouvelle claque de sa paume immense sur ma fesse droite.

– Surtout lorsqu'elle me permet de voir rosir le plus beau cul qu'il m'ait été donné d'admirer.

Les fessées mêlées de caresses se succèdent sur la peau tendre de mes fesses puis s'arrêtent aussi soudainement qu'elles ont débuté. À ma grande honte, alors que le plaisir me gagne, je dois réprimer une supplication : celle de continuer ce qu'il a si bien commencé.

Haletante mais incapable de formuler une telle requête, je me décide à rouvrir les yeux pour affronter les prunelles saphir de Julian.

– Ne fermez plus les yeux, Madame, murmure-t-il.

Précisément alors qu'il introduit un doigt dans mon intimité. Puis un autre.

Hypnotisée et prête à me noyer dans les eaux sombres de ses magnifiques iris, je sens mes hanches danser contre ses doigts dont chaque mouvement déclenche en moi des vagues de jouissance brûlantes.

– Julian, gémis-je en me mordant la lèvre inférieure si fort que je m'étonnerais presque de ne pas percevoir le goût métallique du sang.

En réponse, Julian accélère son rythme habile tandis que je me crispe contre lui. Je sens tout mon corps se contracter alors que la sensation d'exploser pour mieux me retrouver m'assaille. Bien sûr, je ferme les yeux lorsque le plaisir, démentiel, m'emporte. Mais quand je les ouvre, c'est pour trouver le regard tellement attentif de mon époux que je ne peux accepter l'idée qu'il se refusera encore à moi.

Et pourtant, la suite me prouve à nouveau que je suis décidément bien novice en matière d'hommes.

En tout cas quand il s'agit du duc de Kingsberry.

– L'homme que vous aimerez sera un homme comblé, Madame.

Alors que je comprends que Julian, une fois de plus, s'arrêtera à ce qu'il doit considérer comme de plaisants petits jeux, mes fesses nues et probablement rougies m'apparaissent d'une impudeur absolue. Et mon intimité offerte au regard de cet homme qui me dédaigne à nouveau ne me semble plus aussi érotique.

Déjà Julian remonte ma culotte, avec délicatesse, mais sans aucune hésitation.

– Rhabillez-vous. Je dois prendre mon quart et il serait regrettable que l'on vienne me le rappeler alors que vous n'êtes pas visible.

Décidément bien redescendue de mon septième ciel, je suis tellement furieuse et humiliée par ce nouveau rejet désinvolte de mon trop bel époux que je n'ai même pas le temps de me sentir honteuse.

– Finalement j'aurais mieux fait de choisir tout de suite de retourner seule à ma cabine, n'est-ce pas, Monsieur ?

Et sans lui laisser l'opportunité de me répondre, je me

dirige vers l'escalier que j'emprunte d'un pas aussi déterminé que dépourvu de tout vacillement.

Et en exhibant à loisir chevilles et mollets, comme jamais ne le ferait la dame convenable que je n'ai aucune envie de devenir.

Au diable mon mari, ses caresses et ses fessées qui me cuisent toujours ! S'il veut à nouveau s'amuser à mes dépens, il faudra qu'il vienne me chercher et je jouerai pour gagner !

17

Julian

L'agitation des hommes à bord, à l'approche du rivage, ne parvient pas à me distraire de la vision de Georgia, accoudée au bastingage et qui dévore des yeux le paysage qui se dévoile à elle.

Je crois connaître l'excitation qu'elle doit ressentir, cette sensation incroyable qui s'empare du voyageur à la simple vue du relief côtier, après plus de cinquante jours passés en mer. Pourtant, observée d'ici, la terre que nous allons aborder n'a rien de spectaculaire. Elle ressemble même curieusement à l'endroit d'où nous sommes partis, avec des criques de sable clair creusées dans les flancs rocheux. Au-delà, les zones boisées colorent les collines au plus loin que se porte le regard de l'homme. Nous sommes encore trop éloignés pour découvrir qu'elles sont composées de forêts de cèdres blancs, typiques de la région.

Malgré la banalité apparente de ce spectacle, Georgia refuse d'en détacher son regard, comme si elle voulait tout absorber, tout immortaliser.

Le vent, particulièrement fort ce matin, ce qui complique les manœuvres d'approche, a emporté son chapeau, arraché les épingles soigneusement placées, et dénoué ses cheveux. Mais comme à son habitude, elle n'en a cure. Sa peau de rousse est bien trop hâlée après ces huit semaines de voyage, et ses joues rosies d'excitation.

Impossible de réfréner l'envie irrépressible de la rejoindre, pour redécouvrir à travers ses yeux la côte américaine. Elle tourne à peine la tête vers moi lorsque je me place à ses côtés et je suis étonné d'en ressentir une certaine déception. Un peu piqué, je me demande quelles sont les idées qui tourbillonnent sous son joli crâne. Et si elle cessera un jour de me tenir rigueur de la distance que j'ai pourtant une fois de plus instaurée entre nous.

– Où sommes-nous, Votre Grâce ? Je croyais que nous ne devions pas atteindre Halifax avant deux jours au moins ?

Je m'accoude à ses côtés, en tentant d'ignorer le délicat parfum fleuri de son savon, qui me parvient porté par un vent adouci et désormais complice.

– Vous avez raison, Madame. Ce que vous contemplez n'est point la Nouvelle-Écosse. J'ai demandé à Rooney de faire un détour, et au nom de notre amitié, il a accepté. Sans doute également car il compte remplir ses cales de whiskey de pêche, une espèce de tord-boyaux totalement imbuvable, et dont il raffole curieusement, et qui est introuvable ailleurs qu'à Boston ! plaisanté-je.

Plaisanterie qui tombe complètement à plat quand Georgia pivote vivement pour me faire face, me sondant de ses grands yeux gris perle sous ses charmants sourcils froncés.

– Boston ? Nous allons à Boston ?

Je m'efforce de ne pas bouger, et de conserver mon masque d'impassibilité.

– Ne m'aviez-vous pas dit que vous rêviez de marcher sur les traces des pèlerins qui ont embarqué sur le *Mayflower* ? Eh bien, voici les premières terres qu'ils ont aperçues, lui précisé-je en désignant un point, droit devant nous. À quelques lieues d'ici se trouve Plymouth, la ville qu'ils ont fondée, à l'endroit exact de leur débarquement. De notre côté, nous allons accoster à Boston…

Une tornade d'enthousiasme, d'énergie et de cheveux roux me saute soudain au cou, interrompant mon exposé.

A priori l'heure n'est plus à la bouderie qu'elle entretient savamment depuis qu'elle m'a tourné le dos dans la soute.

– Merci, merci, merci Julian ! Vous vous en êtes souvenu ! Julian, je n'arrive pas à croire que vous vous en soyez souvenu !

Dos au bastingage, je m'efforce de retrouver mon équilibre. Ou plutôt notre équilibre. De mes deux mains passées sous la laine du châle dont elle a enserré ses épaules, j'étreins la taille fine de Georgia pour la stabiliser.

Sans doute un peu trop fort, car je devine sous mes doigts le frémissement qui parcourt son corps, comme un frisson agiterait les flancs d'une jument trop nerveuse.

Sans doute un peu plus longtemps que ne le voudraient les circonstances, alors que de son côté, elle a vivement laissé retomber ses bras qu'elle avait familièrement noués autour de ma nuque.

Georgia tente aussitôt de reprendre ses distances et je vois ses ravissantes prunelles se troubler lorsqu'elle recule et que mes doigts refusent de relâcher ma prise.

– Comment aurais-je pu oublier, Georgia ? murmuré-je en me penchant vers elle. Vous m'en aviez parlé avec tant de fougue. J'espère au moins que cette surprise vous cause du plaisir…

Pourquoi joué-je ainsi, autant avec ses nerfs qu'avec les miens ? Je l'ignore. C'est comme si mes résolutions étaient un peu plus ébranlées à chaque fois que ma trop charmante épouse coule son mince corps contre le mien. A-t-elle ce pouvoir de me transformer en animal dicté par ses instincts et dénué de raison ?

Mes mains l'abandonnent à regret et Georgia se détourne aussitôt, non sans que j'aie le temps de capter ses pommettes rougies et l'éclat étrange qui fait briller ses prunelles.

– Hum, Monsieur… commence-t-elle en se recoiffant avec des gestes trop saccadés. Je suppose que nous allons bientôt débarquer, sans doute ? Si vous le permettez, je vais aller me préparer à descendre à terre. Il faut que je sois présentable pour poser le pied en Amérique, ne croyez-vous pas ?

– Fort bien, Madame, consens-je, déstabilisé par son ton dont je ne parviens à identifier les nuances.

Georgia fait un pas, puis s'arrête comme si elle hésitait à disparaître en direction des cabines. Finalement, elle se tourne franchement vers moi.

– J'ai cependant une question, Monsieur, avant de me retirer.

Je l'observe, sans comprendre où elle veut en venir, interloqué par cette distance bien trop policée qu'elle s'emploie à mettre entre nous. Je préfère encore quand elle est furieuse et tenaillée par cette envie de me jeter les objets au visage. Tout sauf cette indifférence dont je n'arrive à discerner si elle est réelle ou feinte.

– Je vous écoute, Georgia.

Elle plante son regard gris droit dans le mien, sans faillir.

– M'autoriserez-vous, Monsieur, à... *pénétrer*...

Elle insiste sans aucune nuance sur ce mot et je hausse un sourcil de surprise tandis que sa jolie bouche s'ourle d'une ombre de sourire narquois.

– ... dans la ville ? poursuit-elle avec aplomb. Ou allez-vous vous contenter de m'en désigner la lointaine silhouette, sans jamais me laisser m'en approcher ? Ou peut-être me permettrez-vous de marcher quelques minutes sur le bord de mer, et lorsque je commencerai à y prendre plaisir et que je souhaiterai *m'enfoncer*...

Je déglutis bruyamment.

– ... plus avant dans la cité, pour y découvrir tous ses attraits, vous allez m'obliger à remonter à bord ? Cela semble être votre façon habituelle d'appréhender les choses, non ? Car après tout, je n'ai jamais mis un pied sur cette terre... qui est en quelque sorte *vierge* pour moi...

Ni sa charmante tête penchée pour mieux me considérer et guetter mes réactions, ni son air d'innocence affectée ne me trompent. Mon épouse s'amuse énormément. À mes dépens.

Mais pourquoi pas, si cela lui permet de cesser de me toiser de ce petit air courroucé qu'elle me destine depuis que j'ai refusé, une fois de plus, de consommer notre mariage.

– Et je sais que vous avez quelque difficulté avec cela. Je ne voudrais donc pas vous mettre dans l'embarras.

Voilà que je découvre que Georgia a parfaitement compris les règles du jeu. Et qu'elle les maîtrise avec brio. Elle resserre les pans de son châle contre elle et relève haut le menton pour m'asséner le coup de grâce.

– Dans ce cas, sans doute pourrais-je demander à M. Townsend de me faire découvrir tous les charmes de cette ville ? Je suis certaine qu'il se chargera de cette tâche avec ardeur…

Je ne sais d'où provient le grondement possessif qui enfle dans ma poitrine quand j'agrippe sans violence, mais fermement, le poignet de Georgia pour l'attirer contre moi. Elle pousse un petit cri de surprise, mais ne se débat pas lorsque je la plaque contre mon torse. Ma main se coule contre sa nuque, et ses boucles libérées en chatouillent le dos.

– Je serai votre guide, Georgia. Moi et nul autre que moi.

Elle frissonne dans mes bras et je la sens se hausser sur la pointe des pieds pour me glisser à l'oreille :

– Fort bien, Votre Grâce. Guidez-moi…

D'un geste, elle se dégage avec un petit rire impertinent pour disparaître en direction du carré, me laissant douloureusement frustré par ce qu'il vient de se passer.

Un prêté pour un rendu, je suppose.

***

Fort heureusement, toute tension sexuelle est retombée lorsque nous posons pied à terre, deux heures plus tard. Fort heureusement, car traverser tout Boston avec une érection ne serait sans doute pas très bien perçu par les habitants dont le puritanisme est déjà réputé.

Enfin, sauf dans certains quartiers de la ville…

L'agitation du port contraste avec la relative tranquillité que nous avons connue durant la traversée. Même si les premières manœuvres en mer étaient impressionnantes, nous avons fini par nous habituer au va-et-vient savamment chorégraphié des matelots sur le *Terra Nova*. Mais ici, les hommes s'interpellent à grand renfort de cris et de jurons qui feraient rougir un soldat, les odeurs et les sensations nous assaillent. Tout comme il est déstabilisant de ne plus sentir le sol se mouvoir sous nos pieds.

Rapidement, je trouve une voiture pour nous conduire dans le centre de la ville. Assise à côté de moi sur la banquette de velours noir élimé, Georgia arbore la même expression que tout à l'heure, sur le bateau : elle se nourrit avec avidité de tout ce qu'elle peut observer.

Je finis également par m'absorber dans la contemplation des rues plus calmes du centre-ville, quand Georgia serre légèrement mon bras pour attirer mon attention.

– Risquons-nous quelque chose, Monsieur ? Après tout, les Britanniques ne doivent pas être les bienvenus par ici depuis la guerre d'Indépendance. De ce que j'ai lu, la ville de Boston a été le théâtre d'un siège important.

– Les affaires n'ont pas de frontières, Georgia. Les Américains sont beaucoup plus pragmatiques que nous. Ceci étant dit, évitez tout de même de parcourir les rues en brandissant un drapeau britannique…

Elle pouffe, avant de reprendre son examen attentif de ce qui nous entoure. Nous descendons plus loin, pour marcher un peu. J'aime particulièrement lorsqu'elle s'empare de mon bras comme elle le fait en cet instant, avec confiance et abandon.

Après lui avoir montré la Charles River qui n'a de rivière que le nom puisque ce fleuve n'a rien à envier à notre vieille Tamise, je l'amène admirer l'Old State House et sa façade de briques rouges. Je remarque toutefois que son attention est irrémédiablement attirée vers l'autre côté de la rue.

Je comprends aussitôt pourquoi elle n'écoute que d'un air distrait mes explications sur la Boston Tea Party de 1773 [1]. Je lui ordonne de ne pas bouger, tandis que je traverse la rue à grandes enjambées. Moins de cinq minutes plus tard, je suis de retour. Avec un sourire, je lui présente mes mains, désormais pleines.

– L'on raconte que les pommes de Boston sont les meilleures de la côte est des Amériques. Souhaitez-vous en goûter une ?

Le poids dans ma paume droite s'envole aussitôt et Georgia croque dans la peau rouge avec un soupir de contentement. Soupir qui me donne à mon tour envie de gronder. A-t-elle conscience de l'érotisme de chacun de ses gestes, depuis ses dents nacrées qui fendent le fruit, jusqu'aux petits bruits de gorge qui ponctuent chacune de ses bouchées ?

Incapable de détacher mon regard de ses lèvres dont je rêve de cueillir la saveur désormais fruitée, je dois me faire violence pour recentrer mon attention lorsqu'elle s'adresse à moi.

– Vous disiez, Madame ?

– Jamais je n'aurais cru aimer autant un simple fruit de toute ma vie… Comment avez-vous su, Monsieur ?

– Vous aviez littéralement les yeux qui vous sortaient de la tête en apercevant l'étal de cette marchande de primeurs. Et je connais cette envie de fruits et légumes frais après huit semaines de traversée à manger du poisson séché, même s'il était excellemment préparé par le cuisinier de bord.

Du doigt, je recueille doucement une goutte du jus sucré qui a coulé le long du menton de Georgia, avant de le porter à ma bouche. Aussitôt, les joues de mon épouse se colorent, mais son regard ne dévie pas du mien.

---

1. Révolte politique qui fut un événement marquant de la guerre d'indépendance américaine.

– Vous avez extraordinairement bien supporté les conditions parfois précaires de notre traversée, Georgia. Je dois vous avouer mon admiration. Beaucoup d'hommes n'en ont pas supporté autant.

Les pommettes de Georgia rosissent un peu plus.

– Vous voulez parler du moment où j'ai été si malade que j'ai passé plus de temps en tête à tête avec le fond d'une bassine en fer qu'avec mon propre mari ?

Je tends en souriant la seconde pomme à Georgia, puis lui offre mon bras pour reprendre notre marche. Elle se contente de frotter distraitement le fruit contre le tissu de sa robe avant de le fourrer dans l'une des poches de son manteau, et d'accepter mon bras.

– Le mal de mer affecte même les marins les plus aguerris. Vous vous en êtes très vite remise, si mes souvenirs sont bons…

– Les miens sont bons, en tous les cas.

Je la considère, ébahi, puis me mords l'intérieur de la joue pour ne pas éclater de rire.

Halifax,
17 septembre 1806

Ma chère Philomena,

Croyez-vous qu'à l'autre bout du monde, le temps s'écoule différemment de chez nous ? Que les journées sont plus longues, plombées par un soleil implacable alors que le sol anglais est déjà baigné des averses automnales ? Que les nuits sont interminables et étouffantes, sans un souffle d'air pour apaiser mes tourments et m'aider à trouver le sommeil qui me fuit ?

À toutes ces questions, vous pouvez répondre par l'affirmative ! Oubliez nos saisons franches et familières, lorsque la fraîcheur s'installe enfin, à l'exact moment où nous commençons à nous lasser de la chaleur et de la sécheresse. Ici, l'été semble ne jamais vouloir finir et l'on a du mal à croire qu'un hiver implacable et rude va immanquablement arriver. Cette période de l'année se nommerait « été indien », pour une raison que je n'ai pas saisie.

Comme vous l'aurez compris à mes premiers mots, et même si je ne veux me laisser gagner par l'amertume, mon séjour sur les terres américaines ne s'avère pas aussi excitant que je l'avais pensé…

Je sais que vous craigniez la vie sauvage et les dangers qu'elle pouvait représenter. Par une idée saugrenue, vous vous étiez imaginé que je me fourrerais dans les ennuis sitôt le pied posé sur le sol. Vous pouvez être rassurée…

Depuis notre arrivée, je n'ai aperçu ni ours brun à la mâchoire écumante, ni indigène menaçant, un scalp à la main. En réalité, nous, ou plutôt je n'ai pas quitté Halifax. Cette ville de taille moyenne ne présente guère plus d'attrait que nos bourgades anglaises. J'y ai retrouvé la même architecture, et la même société en plus étriquée encore.

S'y succèdent thés et bals, auxquels je suis toujours invitée, comme étant la principale attraction de la saison.

Vous souvenez-vous de lady Carmichael, qui tenait absolument à ce que sa fille nous joue « Greensleeves » à chaque fois qu'il se trouvait un spécimen mâle à proximité ? Eh bien, ici, elle se nomme Margaret Robert-Collier et ses deux filles Phyllis et Daisy massacrent joyeusement un air appelé « Amazing Grace » en espérant attirer un époux malgré les fausses notes.

En parlant d'époux… Vous remarquerez que je ne parle que de moi, comme si j'avais débarqué seule dans cette contrée inconnue ! C'est presque le cas…

Pour clore la félicité de ce récit, mon époux m'a abandonnée ! Il devait s'enfoncer dans le pays pour repérer de nouvelles aires de coupes de bois et a catégoriquement refusé que je l'accompagne. Et le comble est qu'il a également refusé que je demeure dans le manoir qu'il a fait ériger ici et dont les travaux d'aménagement sont toujours en cours. Il a prétendu qu'il ne serait pas sûr pour une femme seule de rester dans cette maison.

Vous rendez-vous compte qu'il me traite telle une petite chose sans défense ? Il a donc exigé que je loge chez le gouverneur de la province durant son absence. Et lorsque j'ai regimbé, il m'a rappelé l'épisode du bateau et a menacé de me faire subir… Non, cela est une autre histoire que je ne peux coucher sur papier… Mon humiliation est assez cuisante.

Allons, je dois me secouer et me défaire de ce manteau de mélancolie et d'ennui ! Si je laisse mon côté optimiste reprendre le dessus, je dois mentionner Harriet, la plus jeune des enfants du gouverneur Fellowes. Elle n'a que 15 ans, mais m'offre une compagnie fort appréciable, par sa fraîcheur et sa spontanéité.

Je suis certaine que vous l'adoreriez, même si je vous vois déjà secouer la tête à la pensée d'avoir deux diablesses à gérer !

Vous me manquez terriblement, ma chère cousine,

Votre amie américaine,

Georgia.

18

Georgia

Une tornade blonde débarque dans ma chambre alors que j'appose la dernière boucle à ma signature. Je décide de l'ignorer, même si je dois me mordre l'intérieur de la joue pour ne pas rire à la seule vue de la jeune fille qui sautille à côté de moi en espérant attirer mon attention. Posément, je repose la plume à la pointe trempée d'encre et place avec délicatesse le buvard sur le vélin. Puis je daigne enfin tourner le regard vers mon intruse qui a tiré un fauteuil pour s'y asseoir et s'empresse de capturer mon intérêt en débitant un flot de paroles précipitées.

– Lady Georgia, ne trouvez-vous pas que les températures sont particulièrement élevées aujourd'hui ? L'atmosphère est étouffante, j'ai l'impression de ne pouvoir reprendre ma respiration, m'assène l'adolescente en agitant ostensiblement la main devant son visage poupin.

– Certes, la chaleur est étonnante pour la saison, admets-je avec prudence, en m'interrogeant sur le projet un peu étrange qui lui trotte encore dans la tête.

– Que diriez-vous de m'accompagner à la plage ? me demande la jeune blonde, les yeux remplis d'espoir. Là-bas, il y fera plus frais, sans doute…

Elle se penche, les coudes sur les genoux, et baisse la voix.

– Nous pourrons peut-être tremper nos pieds dans l'eau ? me propose-t-elle avec une audace qui la stupéfie elle-même.

Avec Harriet, je suis passée de l'autre côté de la barrière, et j'entrevois quelque peu ce que mon père et mes gouvernantes ont pu subir durant toutes ces années. Il y a si peu de temps, j'étais justement à sa place, enthousiaste et impatiente de la moindre journée à venir. Aujourd'hui, lorsque je me vois dans son regard, j'y découvre une jeune femme devenue bien trop sérieuse. Adulte sans doute. Pourtant, je ne sais que trop que cela ne correspond pas à la réalité. L'expérience qu'Harriet me prête en ma qualité d'épouse n'est qu'une mascarade et sur bien des plans, je suis tout aussi innocente qu'elle…

Cesse de ressasser !

Je ne le dis pas à voix haute, car c'est pratiquement impossible à prononcer, mais je le pense très fort, et me lève, avec un sourire jusqu'aux oreilles, avant de glisser le bras d'Harriet sous le mien.

– Allons-y donc ! Montrez-moi cette plage dont vous m'avez tant parlé !

Nous descendons joyeusement les escaliers, jusqu'à ce qu'une voix grave nous stoppe, au moment où nous passons devant une porte ouverte.

– Où allez-vous comme cela, jeune fille ?

– Père…

Le gouverneur nous observe, avec un air sévère, trônant derrière un imposant bureau ouvragé en palissandre. Divers documents en jonchent le plateau et à ses côtés, son secrétaire particulier s'emploie à les trier et les classer.

– Approchez, jeune fille, et répondez à ma question. Lady Georgia, comment allez-vous ce matin ?

Je perçois la réticence d'Harriet, d'autant que je la partage largement, mais ni elle ni moi n'avons véritablement le choix. Impossible de désobéir au maître de maison car il n'est pas le genre d'homme à qui l'on dit non. Et si je ne suis pas sa fille, en tant que femme dont le mari est absent, je suis tout de même placée sous sa tutelle.

En traînant les pieds pour affronter le gouverneur, je maudis intérieurement Langley de m'avoir mise dans cette situation. Depuis son départ, j'ai conçu pour lui les pires châtiments, mais aujourd'hui, les tortures auxquelles je pense sont particulièrement raffinées. Et elles concernent toutes un endroit de son anatomie que je ne connais pas encore, mais mon imagination pallie largement cette carence.

Les sourcils chenus et froncés du gouverneur Fellowes n'augurent rien de bon. Les mains posées sur son énorme bedaine, il me donne l'impression d'avoir trouvé en nous une distraction à un travail ennuyeux. Le problème est que Donald Fellowes est le genre d'homme à aimer la chasse comme divertissement. Ou les combats organisés entre chien et rats.

– Ne vous laissez pas accaparer par Harriet, lady Georgia. Sans doute avez-vous d'autres devoirs que de servir de chaperon à une jeune fille qui manque bien trop souvent de retenue, à mon grand désespoir ! De la correspondance, peut-être ? De la broderie qui vous attend ? Madame Fellowes m'a indiqué que votre aiguille n'était pas très sûre. Vous ne pouvez que progresser, cependant, et votre époux n'en sera que plus indulgent sur vos… petits…

Le gouverneur prend son temps, en faisant semblant de peser ses mots, mais en réalité, il assoit son pouvoir sur moi. Il se racle la gorge et se renfonce dans son fauteuil.

– … vos petits écarts de conduite.

J'encaisse ces piques sans tressaillir. Seul le frémissement de mes narines trahit mon bouillonnement intérieur. Le premier soir qui a suivi le départ de Langley, j'ai tenté, au souper, de donner mon avis sur l'achat de la Louisiane à la France par les États-Unis. Fellowes a failli s'étouffer avec ses haricots dès que j'ai ouvert la bouche et a fini par éructer que la plus grande vertu d'une dame de mon rang était de savoir se taire.

J'ai maudit Langley. Cent fois. Et actuellement, le Langley de mon esprit gît sur le parquet, dans d'affreuses souffrances et une mare de sang.

– Nous allons seulement nous promener, Père, affirme une Harriet rougissante, les yeux rivés au sol.

Je renchéris, le front haut, et un sourire hypocrite inscrit sur mon visage.

– Effectivement, Gouverneur. J'ai demandé à votre charmante fille de m'accompagner jusqu'à la plage. Mon médecin à Londres m'a recommandé de sortir au moins une heure par jour au grand air. Vous savez, pour améliorer mes humeurs…

Fellowes affiche aussitôt un air suspicieux, mais devant mon sourire figé à m'en faire mal aux joues, il arbore très vite une mine satisfaite.

– Allez donc. Une promenade ne peut que vous faire du bien, surtout si cela est recommandé par un médecin londonien !

Harriet me saute au cou dès que nous avons franchi le perron de la maison et que nous sommes hors de vue des domestiques ou de ses parents.

– Merci lady Georgia ! Merci, merci !

Je la repousse en riant tandis qu'elle s'empare de ma main pour m'entraîner au fond du parc qui entoure le manoir, dans une direction que je ne connais pas encore.

– Venez, lady, il y a des escaliers qui descendent droit vers la plage, juste là, après les bosquets que vous apercevez ! Nous en avons à peine pour dix minutes de marche.

Marcher ne m'effraie pas, d'autant que plus nous approchons, plus le bruit de la mer enfle et fait déborder mon cœur. Pour avoir été élevée au bord de l'océan, je reconnaîtrais ce bruit où qu'il soit et il me fait instantanément me sentir chez moi.

Harriet n'a pas menti, très vite, nous découvrons de petits escaliers taillés à même la pierre, puis, derrière un bosquet resserré de pins, une magnifique crique apparaît sous mes yeux. Je résiste à l'envie de lâcher un grand cri libérateur et battre des mains, mais Harriet, elle, ne résiste pas. Elle abandonne mon bras, puis se met à tourner sur elle-même sur la mince langue de sable, avant d'entreprendre l'escalade d'un bloc rocheux.

Je n'ai guère le temps de m'attarder sur la beauté des lieux. La plage est quasiment inexistante à cause de la marée haute et de chaque côté, nous sommes entourées de rochers grisés par le sel, aux reliefs rugueux. Tout respire la nature brute, sauvage, si éloignée du monde policé que nous venons de quitter. Je comprends tout à fait pourquoi Harriet aime cet endroit.

– J'adore être ici ! clame Harriet, maintenant debout sur un affleurement rocheux, comme en écho à mes pensées. Mais Père ne me laisse pas y descendre si je suis seule. C'est uniquement grâce à vous que nous avons pu venir !

Elle s'accroupit, et je frémis de la voir osciller pour garder son équilibre. Je m'empresse de la rejoindre, non sans noter comme les rochers sont glissants à cause des algues. Harriet, inconsciente de mon inquiétude, se penche un peu plus pour effleurer du bout des doigts l'eau déposée par la marée dans un creux.

– Savez-vous, lady Georgia, qu'en France, certains prétendent que l'eau de mer peut guérir toutes les affections ?

– Oui, je le sais, Harriet, mais…

À cause de mes longues jupes que la bienséance m'enjoint de porter, loin de la mode londonienne plus libre, je peine à rejoindre l'adolescente plus simplement vêtue en raison de son âge. Deux fois, mon pied se dérobe et je me tords la cheville. Harriet, elle, bondit sur un autre rocher, approche plus près du bord, et éclate de rire.

– Il faut s'y baigner tout nu ! Et la tête en bas !

– Je ne crois pas que les deux conditions soient cumulatives, haleté-je, toujours en peine. Harriet !

Je relève la tête à l'instant où la jeune fille bascule dans l'eau avec un grand cri. Mon esprit n'a guère le temps d'analyser cette chute. En un bond, j'ai rejoint l'endroit où elle se tenait et je tends le bras pour essayer de l'attraper. En vain ! Je ne vois plus qu'une chevelure blonde tentant de se maintenir au-dessus de l'écume bouillonnante et je sais inconsciemment que je n'ai que quelques secondes pour agir.

Je crois que je n'y réfléchis même pas. Je réalise que j'ai sauté à l'instant où une gangue glacée m'étreint violemment, me coupant la respiration. Pourtant, le froid ne m'arrête pas, bien au contraire. Je n'ai qu'un seul objectif, me saisir d'Harriet. J'arrive à attraper un pan de son vêtement au moment où elle disparaît sous l'eau, la tête submergée par une vague. Elle me recouvre également et nous coulons aussitôt. Avec l'énergie du désespoir, sans lâcher Harriet, je bats vigoureusement des pieds pour retrouver la surface. Mes jambes sont entravées par mes jupes mouillées, mais je redouble d'effort et nous regagnons la surface.

– Harriet ! Harriet, cessez de vous débattre, je vous tiens ! Plus vous vous débattez, et plus j'ai du mal à nous maintenir hors de l'eau !

J'ai hurlé, je suppose, car ma voix se casse sur la dernière syllabe, mais mes mots semblent avoir atteint l'intelligence de ma compagne, à moins qu'elle ne soit en état de sidération. Elle demeure quasiment immobile, et lorsqu'une nouvelle vague arrive, je décide cette fois de l'utiliser à mon avantage. Je me sers du courant pour projeter Harriet vers le rocher le plus proche.

– Grimpez, Harriet ! Grimpez, je vous en prie !

L'adolescente n'est pas très grande et elle est leste. Malgré le choc, elle parvient étonnamment à se hisser sur le roc. Mais alors que j'attends qu'elle me cède un peu d'espace pour escalader à sa suite, la traîtrise du ressac m'attrape entre ses griffes. J'ai les doigts sur la pierre lorsque je sens une force irrépressible m'entraîner vers le large.

– Non !

La voix d'Harriet scelle ma déroute. Je lutte de toutes mes forces, même si je sais que cette bataille est totalement vaine tant je suis entravée par mes vêtements. La plage s'éloigne à vue d'œil et bientôt je ne pense qu'à maintenir ma tête hors de l'eau sans avaler des litres de liquide salé.

– Lady Georgia !

Je voudrais lui crier d'aller chercher du secours, et également d'être prudente, mais je doute qu'elle m'entende. Mes jupes alourdies s'enroulent autour de mes jambes, le courant se fait plus fort quand une nouvelle vague me submerge. Je suis ballottée par les flots comme une brindille dans un torrent.

J'ignore depuis combien de temps je me débats en vain contre les flots désormais déchaînés, mais je sais que mes forces m'abandonnent inexorablement. À force de battre des pieds dans l'eau glacée, je dois en outre affronter une crampe qui m'empêche de faire bon usage de ma jambe gauche dont le mollet est douloureusement contracté.

Le désespoir m'engloutit aussi traîtreusement que les vagues au rythme implacable.

Vais-je vraiment devoir mourir noyée à des kilomètres de chez moi, loin de cette rivière dans laquelle, comble du paradoxe, j'ai nagé sans me lasser ni faiblir des heures entières ? Si proche de ce rivage inaccessible qui semble me narguer derrière sa barrière de roches fouettées par le ressac…

La tête me tourne alors qu'une lame plus haute que les autres me recouvre et que mes poumons se gorgent d'eau.

À quoi cela sert-il de lutter alors que je suis malmenée comme un objet inerte, et bien incapable, je le sais, de retrouver la terre ferme ?

Je ferme les yeux de désespoir et de résignation et cesse de battre des bras. Quelques secondes n'y changeront rien, n'est-ce pas ?

– Oh, non ! Ce n'est pas le moment de vous laisser aller Georgia ! Pas vous qui affrontez toujours si vaillamment les obstacles en tous genres !

19

Georgia

Des bras puissants encerclent ma taille au moment où la voix déterminée de Julian s'élève à mon oreille.

Suis-je déjà en train de délirer pour qu'il se matérialise à mes côtés tel un Poséidon magnifique et furieux, ses cheveux sombres plaqués sur son visage qui affiche inquiétude et colère ?

– Ne vous débattez plus et laissez-moi vous ramener sur le rivage. Je vais vous tirer de là, je vous le promets.

Sur le dos, je sens Julian qui me tient contre son ventre et nage à contre-courant.

– Vous êtes réel ? parviens-je à demander d'une voix éteinte, alors que j'ai perdu toute notion du temps et que mon corps entier me semble engourdi par le froid glacial de l'eau.

– Oh, que oui ! je suis réel ! Et il faut croire que c'est heureux pour vous puisque vous arrivez toujours à vous mettre dans des situations impossibles dont je dois vous extirper !

Je ne peux vraiment protester ou tenter de me défendre. Déjà parce que le souffle me manque cruellement et que je me dois de l'économiser plutôt que de plaider ma cause. Et ensuite parce que, objectivement, et même si je ne l'avouerai jamais à voix haute, Julian a quelque peu raison…

– Tenez… nous y sommes.

Sans que je ne sache comment il s'y est pris, Julian a réussi à nous mener non pas aux rocs déchirés sur lesquels a imprudemment joué Harriet, mais sur la grève qui ondule un peu plus loin. Cet homme n'est peut-être pas Poséidon, mais il tient manifestement du demi-dieu ou du héros mythologique pour être parvenu à une telle prouesse, d'autant qu'il n'a cessé, durant tout ce temps, de m'encourager d'un timbre grave et posé, et de m'exhorter à maintenir la tête hors de l'eau.

Déjà je le sens qui se redresse en m'emmenant avec lui en position assise. Je n'ai guère le temps de haleter ni de reprendre mes esprits – encore moins de cracher toute l'eau avalée bien malgré moi – et me retrouve dans les bras de mon sauveur, plaquée contre son torse large.

Et mon cœur battant une chamade endiablée que ma mésaventure ne suffit pas à expliquer. Que me fait donc mon époux pour que son seul contact fasse gonfler ma poitrine d'allégresse… et se tordre mon bas-ventre de désir ?

– Mon cheval doit nous attendre un peu plus loin. Ainsi que mon manteau que j'avais jeté avant de plonger pour vous rejoindre, Georgia.

La voix de Julian est à peine essoufflée et il porte sa chemise mouillée comme s'il ne ressentait pas le froid, alors que je grelotte contre son poitrail réconfortant.

Quel diable d'homme est-ce là qui excelle dans tous les domaines ? Y compris, semble-t-il, le sauvetage héroïque de demoiselles en détresse.

Ladies en détresse, corrige machinalement ma conscience tandis qu'il m'emporte dans ses bras à grandes enjambées vers son cheval qui paît en effet tranquillement à quelques mètres du rivage.

– Puis-je vous déposer sans que vous ne chanceliez, Madame ?

J'opine du chef et serre les dents lorsque je retrouve la terre ferme. Même si la tête me tourne et que la tension que je viens de subir semble m'avoir privée désormais de toute énergie, je veux montrer à mon époux que je ne suis pas juste le fardeau qu'il pense probablement avoir épousé et m'efforce de tenir debout.

– Restez avec moi, Georgia !

Manifestement toutefois, serrer les dents ne suffit pas à m'empêcher de choir et je me retrouve une fois de plus entre les bras solides de mon époux, enroulée cette fois-ci dans l'épais manteau de cuir qu'il revêt même en cette saison estivale lorsqu'il doit galoper des lieues entières en affrontant pluies et vents si courants en Nouvelle-Écosse.

– Je vous tiens, chérie. Je vous tiens, croyez-moi. Il ne vous arrivera plus rien.

Sans doute dois-je mettre sur le compte du délire d'avoir cru entendre ces paroles murmurées d'une voix caressante et colorée d'une légère pointe d'inquiétude.

Quoi qu'il en soit, elles sont les dernières que je perçois avant de me réveiller sur le cheval de Julian, dans la cour du gouverneur, tirée de ma torpeur bienheureuse par les cris perçants d'une Harriet que je découvre elle aussi emmitouflée dans une épaisse couverture.

– Oh, Dieu soit loué, Madame ! Vous êtes saine et sauve ! Sans votre époux venu à notre rencontre, imaginez ce qui aurait pu…

– Taisez-vous, jeune idiote !

La voix sèche et cassante de Donald Fellowes interrompt les cris de joie de sa fille.

– Voilà ce qui arrive lorsque l'on se montre déraisonnable et inconvenante. Tirez-en une leçon et évitez, je vous prie, à l'avenir d'imiter en quoi que ce soit des comportements inappropriés qui plaisent peut-être à certaines Londoniennes, mais n'ont nullement leur place dans la bonne société de Halifax.

Bien qu'encore étourdie par ma mésaventure, je dois me mordre la joue pour ne pas rétorquer qu'Harriet n'avait nullement besoin de suivre un quelconque exemple pour se hasarder, comme la jeune écervelée qu'elle est encore, sur des rochers bien trop dangereux. Et que sans moi, son père n'aurait plus eu de fille à sermonner.

Cependant, si je lui en veux quelque peu de son inconséquence qui aurait pu être dramatique, je n'ai pas envie de mettre à mal la jeune fille dont les yeux suppliants de prisonnière bien élevée ne me rappellent que trop la situation qui était la mienne, lorsque j'étais à la merci de mon insupportable marâtre.

Et puis je ne tiens pas à froisser davantage le gouverneur qui m'héberge quand mon mari n'est pas occupé, entre deux tailles de bois, à plonger pour m'empêcher de me noyer.

– Sachez, Monsieur, que je consens à mettre ces propos insultants sur le compte de l'émotion que vous devez ressentir encore à l'idée d'avoir pu perdre votre fille.

À entendre la voix glaciale de mon époux, à sentir la tension de ses muscles de son torse contre lequel mon dos est appuyé, je crains qu'il ne soit pas animé par la même volonté que la mienne d'arrondir les angles.

– Je la comprends, poursuit Julian d'une voix sourde que je ne reconnais pas, puisque je l'éprouve aussi, en imaginant que ma femme aurait pu se noyer et perdre sa vie pour sauver celle de votre fille. Mais que je ne vous reprenne plus jamais à émettre ce type de jugements hâtifs et dénués de tout fondement. Je ne tolère pas que l'on parle mal des femmes ou que l'on agisse mal envers elles, Fellowes. Et vous n'aurez pas de troisième chance si je vous entends encore une fois mal parler de la mienne. Vous vous en souviendrez physiquement, sachez-le, mais je saurai aussi rapporter à mon parrain le roi d'Angleterre combien il me semble impératif de trouver un nouvel homme pour vous remplacer au poste de gouverneur.

Avec agilité, Julian saute à bas de son cheval en veillant d'une main ferme à ce que je ne chute pas maintenant qu'il n'est plus là pour me maintenir en équilibre. Avant de me faire glisser vers lui pour, une fois de plus, me réceptionner dans ses bras.

– J'espère que vous ne trouverez pas inconvenant que je porte mon épouse au bord de l'évanouissement dans la chambre qu'elle occupe au sein de cette demeure qui est avant tout, je vous le rappelle, celle de notre souverain en ces terres loyalistes qu'il dirige seul et qui appartiennent à la couronne.

Si ça, ce n'est pas moucher un interlocuteur !

Si je n'avais pas envie de ronronner contre la chemise détrempée de Julian, j'en sourirais presque.

– Comment diable avez-vous pu encore vous mettre dans pareille situation ?

Presque…

Manifestement mon époux n'est pas le même, une fois franchi le pas de la porte de ma chambre, quand il n'a plus à affronter le gouverneur.

– Comme si je l'avais fait exprès, répliqué-je d'une voix sombre alors que je grelotte sous le manteau de cuir empreint du parfum viril du grand brun qui me dévisage, mâchoire serrée. Ce n'est pas comme si vous ne vous étiez pas vous aussi jeté à l'eau pour me porter secours ! Dites-vous que j'ai agi exactement pareil pour secourir Harriet… avec moins de succès malheureusement. Mais je vous défie d'être aussi performant vêtu de mes jupes.

Je suis certaine de voir passer l'ébauche d'un sourire sur le visage fermé de mon mari, tandis qu'il s'approche de ma couche, et se penche vers moi. À bien y regarder, de près, il ne paraît pas du tout enclin à plaisanter. Sa mâchoire aux traits rudes et masculins s'est ombrée lors de son voyage durant lequel il n'avait sans doute pas accès à un miroir pour se raser. Le saphir de ses prunelles brille d'un éclat encore plus mouvant et fascinant qu'à l'habitude.

Je ne puis retenir un léger mouvement de recul quand il avance les mains vers moi pour me retirer son manteau, puis un petit cri lorsqu'il s'attaque sans tarder aux boutons de ma robe, puis me l'ôte jusqu'à ce que je me retrouve – encore – en chemise.

Je devrais le repousser – enfin je veux m'en convaincre… – mais mes membres engourdis s'y refusent.

Et mon cœur avec eux.

Ai-je la tête qui me tourne encore pour éprouver de telles émotions en présence de celui qui ne m'a épousée que pour me rendre service ?

– Peu m'importe. Ne vous avisez plus jamais de me refaire un coup pareil, Georgia ! gronde mon mari en continuant de me dévêtir avec une dextérité que j'ai déjà éprouvée.

Me revoilà avec cette impression de n'être qu'une poupée de chiffon inanimée entre ses doigts habiles. Pourtant, si le froid gèle encore ma peau et me traverse de frissons incontrôlables, le passage des mains de Julian fait naître une chaleur intérieure bien réelle.

Alors, pour ne pas avoir à comprendre ces contradictions troublantes, j'engage la bataille des mots.

– Sinon quoi ? riposté-je. Vous me punirez puis vous vous enfuirez, une fois de plus, après m'avoir fait jouir comme si j'étais un souvenir coupable et honteux ?

Aussitôt les paroles sorties de ma bouche, je les regrette. Enfin, les regretter n'est pas vraiment le terme adéquat. Disons que je découvre qu'il n'est guère approprié d'évoquer de tels sujets alors que je suis à demi nue, et incapable du moindre mouvement.

Pourtant, cette fois-ci, je crois que Julian est à court d'arguments, car il se relève brusquement et s'éloigne de moi. Je me tords le cou pour suivre sa progression dans la chambre, mais il se contente de se diriger vers une grande armoire et d'en sortir un linge sec. Aussitôt, il est de retour et me frictionne vigoureusement avec. Ses gestes rudes ne font qu'attiser mon trouble, mais à sa mine fermée et à la couleur orageuse de ses iris, je devine que Julian n'est pas mieux loti que moi.

J'en profite pour en rajouter une couche. J'en ai assez qu'il me considère comme une poupée avec laquelle il peut jouer à sa guise.

Comme en ce moment.

– Et puis ne faites pas semblant d'être soucieux ! Vous m'avez assez fait comprendre combien je n'étais pour vous qu'un amusement.

Julian cesse brusquement tout mouvement pour me considérer. Ses attentions ont eu quelques effets – autres que d'embraser mon ventre – car je retrouve des sensations dans mes membres encore quelque peu gourds.

– Ai-je l'air de m'amuser ? Je ne suis pas en train d'évoquer vos fantasmes de fillette, Georgia ! Je vous ai crue morte !

Une nouvelle fois, il se détourne brusquement de ma personne, mais cette fois, j'ai retrouvé assez d'allant pour tenir assise et droite sur ma couche. Je resserre les pans du linge qu'il a abandonné autour de mes épaules et l'observe se diriger d'un pas vif vers un meuble pour en sortir un flacon de cherry et en remplir un petit verre de cristal ouvragé. J'imagine qu'il est destiné à parfaire mon réchauffage, mais au lieu de me l'apporter, Julian en avale le contenu d'un trait, avant d'expirer un long souffle, ses paupières abaissées. Puis il se reprend, reverse le liquide ambré dans le verre et retourne à mes côtés, assis à l'extrême bord du lit.

– Buvez.

Je lui obéis et avale l'alcool à gorgées prudentes, sans le quitter des yeux. Une douce chaleur sucrée tapisse mon œsophage et renforce ma détermination. Je veux des réponses à mes questions !

– Vous éludez, une nouvelle fois, Monsieur… Vous fuyez ! Certes vous êtes capable de plonger dans une eau glacée pour me repêcher, et je vous en sais gré, mais dès que nous nous trouvons dans la même chambre, vous vous en sauvez comme si j'étais la chose la plus effrayante que vous ayez eu à affronter ! Alors, aidez-moi à me sentir vivante au lieu de me donner cette impression insupportable que je ne suis pas digne de vous et qu'à peine vous m'avez touchée, vous êtes tellement submergé par le dégoût que vous devez vous enfuir et me délaisser !

– Vous n'êtes en rien repoussante et vous ne m'inspirez aucun dégoût, soyez-en sûre !

Le léger ricanement amer de Julian stoppe net ma diatribe acide. Stupéfaite par sa déclaration, je le considère d'un œil perplexe.

– Pourtant, à chaque fois que vous m'avez dénudée… ou touchée, chuchoté-je, vous m'avez tourné le dos, comme si vous ne pouviez lutter contre votre aversion. Ne suis-je pas faite comme les autres femmes que vous fréquentez ? Ai-je donc…

– Arrêtez cela, Georgia !

La tension est maintenant palpable, si dense que j'ai cette impression que l'atmosphère s'est chargée de ce crépitement qui augure des orages les jours de grande chaleur. Même si Julian ne me regarde plus, il n'a pas bougé, mais ses traits sont si crispés que j'éprouve subitement le désir de le réconforter. Je retiens d'une main le linge qui cache ma pudeur dévoilée à cause de ma chemise trempée, et je glisse l'autre, apaisante, sur le bras nu de Julian. Je ne sais à quel moment il a retroussé le tissu humide jusqu'à ses coudes. Sous mes doigts, sa peau est vibrante, à la fois douce et d'une rugosité masculine, renforcée par les veines saillantes qui se dessinent sur ses muscles tendus.

– Expliquez-moi, Julian. Je vous en prie. Je dois savoir, je dois comprendre. Ne me laissez pas dans l'ignorance…

Le regard qu'il me jette pourrait me faire renoncer, car je crois y deviner une douleur fugace, mais cela ne dure qu'une éphémère seconde avant qu'il ne reprenne son masque d'impassibilité que je souhaite tant briser.

– Vous n'avez pas connu votre mère, je crois, Georgia ?

J'acquiesce, déstabilisée par ce changement brutal de conversation.

– J'ai perdu la mienne, ainsi que mon père, alors que je n'étais âgé que d'une dizaine d'années. Je crains de ne pas en avoir beaucoup de souvenirs. J'étais déjà en pension à cette époque et auparavant, plus souvent entre les mains d'une gouvernante qu'entre les leurs. J'ai été confié à la tutelle de mon frère aîné, Hugh. Que je ne connaissais guère mieux, je dois l'admettre, au regard de notre importante différence d'âge. Sitôt nos parents enterrés, mon frère, conscient de ses devoirs, n'a pas mis très longtemps à se marier. Une fois la période de deuil nécessaire respectée, il s'est mis en quête d'une épouse. Et a jeté son dévolu sur la fille du comte de Blairwood, Sophie…

Mon Dieu, la jeune fille du portrait !

De plus en plus intriguée, j'examine le profil tourmenté que m'offre mon époux, sans rompre la connexion physique que nous avons grâce à la main que j'ai laissée posée sur son bras.

– Je devais avoir 12 ans, à l'époque. Pour être honnête, je n'étais pas très intéressé par l'affaire. Je n'avais jamais rencontré la fiancée de mon frère qui n'avait pas jugé bon de me la présenter avant les noces. De toute façon, il n'y avait rien de romantique dans cette union, mais plutôt un accord entre le comte et mon frère. Mais cela ne me paraissait pas anormal. Jusqu'à ce que je la voie, le jour du mariage. Bien entendu, je me devais d'être présent et j'avais obtenu la permission de sortir du collège pour l'occasion. Et lorsque j'ai découvert ma future belle-sœur… Bon sang, Georgia…

Le ton de Julian se fait douloureux, attristé, alors qu'il se tourne vers moi, comme pour me prendre à témoin.

– Elle était si jeune ! Elle n'avait que 16 ans lorsqu'elle a épousé mon frère, qui en avait déjà 30.

– Seize ans ! Mais est-il permis de se marier si jeune ?

– Pour les puissants, rien n'est interdit, Georgia. Surtout lorsqu'un père vend littéralement sa fille à un homme riche qui a comme parrain le roi d'Angleterre en personne. Mon frère n'a eu aucun mal à obtenir la bénédiction des autorités religieuses. J'ai vu la peur dans les yeux de Sophie lorsqu'elle s'est retrouvée unie à mon frère, et a dû le suivre dans la chambre nuptiale. Et j'y ai discerné la douleur, le lendemain, alors que Hugh plaisantait grassement avec ses amis sur la prise de sa virginité. Ce n'était qu'une enfant jetée entre les mains d'un prédateur.

Je commence à entrevoir, enfin, les ressorts de l'attitude de Julian et il ne m'en plaît que davantage. Je lui étreins doucement le bras, pour l'inciter à poursuivre son récit jusqu'au bout.

– J'ai dû repartir au collège dans les jours suivants, mais à chaque fois que je revenais au domaine, je la trouvais plus effrayée, plus perdue, plus effacée... jusqu'à ce qu'elle s'éteigne définitivement en donnant naissance à une fille mort-née. Elle avait tout juste 18 ans... Et voilà pourquoi, Georgia, je me suis juré de ne jamais être comme mon frère, de ne jamais arracher son innocence à une jeune fille dans une union sans amour...

Julian se lève brusquement et rompt tout contact, visuel ou physique. Bouleversée par son récit, je le regarde évoluer dans la chambre, jusqu'à l'armoire qu'il fouille à nouveau à grands gestes nerveux.

– Je ne suis plus une enfant, Julian.

Les mots m'ont échappé sans que je réfléchisse vraiment à leur signification. Le dos de Julian se crispe visiblement, et ses mouvements ralentissent. Sa voix rauque me parvient.

– Je le sais, Georgia. Je ne le sais que trop. Cela ne change rien à ma conviction. Vous connaîtrez le sexe avec celui que vous aurez choisi, et non dans les liens d'un mariage arrangé.

– Je ne suis pas une fillette effrayée par vous, rétorqué-je. Je sais que vous ne me ferez jamais de mal. Je sais que notre mariage n'a pas été contracté par amour, mais j'ai été plus consentante que la plupart des jeunes filles de l'aristocratie et vous m'avez évité au contraire un abominable mariage imposé et...

Je triture le linge qui me dissimule à ses regards, hésitant à poursuivre.

– … je ressens des choses pour vous, Julian. Lorsque vous vous tenez près de moi, je voudrais que vous vous teniez encore plus près. Lorsque vous me touchez, je…

Je prends une grande inspiration pour y puiser le courage de poursuivre ma confession et fixe mes mains nouées.

– … je voudrais que vous ne cessiez jamais, avoué-je dans un souffle. Je n'avais jamais ressenti une telle chose. Je ne saurais comment nommer ces émotions, mais je sais qu'il n'y a aucune crainte, ni aucune peur de quelque sorte.

Lorsque je relève la tête, Julian s'est retourné. Il me fixe avec une intensité qui me donne l'effet de recevoir un coup de poing dans le ventre. Pourtant, sa voix demeure étrangement atone.

– Vous allez prendre froid. Vous devriez ôter votre chemise trempée et revêtir ceci.

Je m'aperçois qu'il me tend l'un de mes vêtements de nuit, que je saisis du bout des doigts, tandis que Julian se retourne pour se placer face au mur.

Je l'observe durant quelques secondes, puis fais doucement glisser le tissu mouillé le long de mes épaules. Quelques froissements plus tard, je suis toujours agenouillée au milieu du lit, lorsque Julian pivote pour me faire face.

Son expression s'assombrit à peine lorsqu'il me découvre, totalement nue.

– Je ne suis pas une enfant, Julian, répété-je. Et si je ne connais presque rien des choses de l'amour, je sais au plus profond de moi que c'est avec vous que je veux les découvrir. Vous avez mon consentement, Monsieur, plein et entier. Que vous faut-il de plus ?

20

Julian

Ma mâchoire est tellement contractée, mes poings tellement fermés pour m'interdire de la toucher que j'en souffrirais presque.

Je devrais tourner le regard, quitter cette pièce et fuir une bonne fois pour toutes la jeune tentatrice qui me fait face, agenouillée au bord du lit. Elle semblerait sage si elle n'était pas nue.

Nue et splendide. Séductrice. Désirable. Ravissante dans ce mélange, improbable, mais qui fait le bonheur de tout homme, de réelle pureté et de lubricité non calculée, presque maladroite. Interdit, je fixe, tel un homme assoiffé devant une source d'eau fraîche, ses seins superbes, ronds et haut perchés. Leurs pointes tendues me confirment qu'elle a vraiment envie de moi, avec candeur certes, innocence toujours, mais sans contestation possible. Ses mains menues dissimulent à peine le charmant renflement de son ventre, entre ses cuisses longues mais déliées et si féminines.

Ses grands yeux gris paraissent se teinter d'incertitude à mesure que le silence entre nous s'épaissit et que je ne réponds pas à sa question et ne réagis pas à sa nudité provocante. Le rose lui monte aux joues alors que, désemparée sans doute, elle mordille ses jolies lèvres ou y promène doucement sa jolie langue pour les humecter, inconsciente de l'effet toujours plus tentateur que cela produit sur moi.

Ma respiration devient difficile et il me semble que même mon cœur peine à redémarrer. Seule ma queue, bien vivante dans mes culottes, me fait réaliser qu'elle ne comprend plus mes réserves et mes atermoiements.

J'aimerais me détourner de ce regard qui me tourmente, qui me supplie de ne pas la rejeter alors qu'elle s'offre à moi avec détermination et impudeur. Mais j'en suis incapable et mon envie de la toucher, de la dévorer, de découvrir l'effet qu'aurait cette bouche tentatrice autour de ma verge douloureusement raidie – une fois de plus –, dans mon pantalon, se fait infernale.

Comment pourrais-je résister à son corps adorable, fait pour les baisers, les caresses et la sensualité ?

Et surtout : pourquoi diable devrais-je y résister, alors qu'elle est mon épouse et qu'elle me supplie de la prendre ? Alors que j'en rêve moi-même au point de ne plus trouver le sommeil et d'en être obsédé la journée quand je parcours en long et en large les côtes canadiennes pour tâcher de l'oublier.

Je songe à la porte dans mon dos que je pourrais ouvrir et claquer derrière moi pour quitter enfin la trop jolie diablesse qui me fait face.

Mais au lieu de faire demi-tour, je franchis la distance qui nous sépare en deux enjambées.

– L'amour, Madame. Il me faudrait l'amour pour vous dévorer avec sérénité.

Georgia me fixe, interdite.

– L'amour ?

– Oui, Madame. L'amour que ma belle-sœur n'éprouvait pas pour mon frère et dont l'absence l'a tuée. L'amour que vous n'éprouvez pas pour moi. Et que je n'éprouve pas pour vous, quand bien même je vous désire à en devenir fou.

Georgia tressaille à ces derniers mots. Elle semble piquée au vif un bref instant, mais elle se ressaisit tandis qu'un lent sourire illumine son visage mutin.

Cette bouche...

– Mais qui a besoin d'amour si vous me désirez et que je vous désire, Monsieur ? Si je suis consentante et que vous vous engagez à me donner le plaisir que vous n'avez cessé de me promettre, puis de me refuser ? Vous me plaisez, Monsieur, je crois vous l'avoir suffisamment fait comprendre, alors soyez aimable de m'épargner l'humiliation de devoir le répéter une fois de plus ! Votre belle-sœur, en plus d'être mariée sans le vouloir, a sans doute été violentée. Cela n'a strictement rien à voir avec ce qui nous concerne !

Elle mordille sa lèvre inférieure avant de poursuivre avec détermination :

– Je vous veux, Monsieur, de chaque centimètre de mon corps qui réclame de vous connaître enfin.

Lentement, elle fait glisser ses mains pour dévoiler les boucles rousses qu'elle cachait entre ses jambes.

– Et si j'ai bonne mémoire, Monsieur…

D'un mouvement imperceptible, elle écarte un peu plus ses cuisses, révélant à mes yeux affamés son intimité parfaite, que je devine humide de désir.

– … vous savez vous montrer déterminé, mais également doux lorsqu'il s'agit de me conduire à l'extase.

Sans me quitter des yeux, alors que je ne suis pas certain que mon cœur continue de battre, elle fait remonter ses mains à la naissance de ses seins qu'elle enveloppe avant de doucement commencer à jouer avec leurs pointes raidies.

– Montrez-moi, Monsieur, comment vous faites jouir une femme…

Ébloui et statufié, je contemple ma jeune épouse, novice, mais déjà si douce quand il s'agit de me séduire, et qui me défie du regard en caressant ses seins magnifiques. Les perles de ses prunelles étincellent de ce que je pense être une excitation et un désir similaires à ceux qui me submergent et contre lesquels j'essaie encore de lutter.

Pourtant, après quelques instants d'un érotisme presque insoutenable et qui me paraissent aussi interminables que le supplice de Tantale, elle finit par baisser brièvement sa jolie tête avant de la redresser pour me fixer avec une colère non feinte.

– Très bien, Monsieur. Je ne quémanderai pas davantage. Puisque je ne semble pas être à votre goût, je dois vous demander de me laisser seule.

Sa main droite quitte le sein qu'elle enveloppait pour descendre, lentement, mais bien trop sûrement pour le salut de mon âme, vers la toison rousse que j'essaie d'ignorer entre ses cuisses pâles.

– Après tout, on n'est jamais si bien servi que par soi-même, dit-on… À force de persévérance, je devrais trouver ce que je cherchais vainement auprès d'un époux qui me dédaigne.

Déjà ses doigts se promènent sur son intimité, écartant ce que j'aimerais écarter, révélant ce que j'aimerais dévorer. Je me mords la lèvre inférieure pour réprimer un gémissement, serrant les poings à en faire blanchir mes articulations comme jamais.

– Puisque je ne vous plais pas et que la pratique est courante dans les mariages arrangés de notre aristocratie, j'ai bon espoir qu'un gentleman londonien saura apprécier, à notre retour, ce que vous repoussez, et m'enseigner ces plaisirs que vous gardez pour vous… et vos maîtresses, conclut-elle d'une voix teintée d'ironie amère.

Cette fois-ci, c'en est trop. Il faudrait être fou ou complètement stupide pour refuser et laisser à d'autres le trésor qui m'attend au creux de la courtepointe de taffetas crème : cette femme innocente et curieuse, brillante, éveillée et belle à m'en couper le souffle.

Et surtout nue, toujours, offerte, encore. Et à moi, aux yeux de la loi, de nos pairs, de Dieu et du royaume d'Angleterre.

D'une dernière enjambée, je suis sur elle, sans la toucher encore, mais rugissant presque à son oreille finement dessinée sous les boucles folles et cuivrées.

– Cela, il n'en est pas question, *chérie*. Jamais vous ne vous offrirez au premier venu ! Vous voulez jouir ? Croyez-moi, Georgia, vous allez jouir. Mais n'attendez rien de plus que du plaisir et ne venez pas pleurer lorsque vous regretterez d'avoir donné votre virginité à un homme que vous n'aimez pas.

En guise de réponse, ma femme se décale lentement pour déplier ses jambes devant elle et glisser sur les coudes. Sans un mot et sans ciller, elle verrouille son regard au mien en écartant tranquillement les genoux et m'offrir son joyau.

Et parce qu'il n'est plus question de perdre mon temps à deviser alors que son consentement est indiscutable et que je rêve de bien d'autres activités pour ma bouche affamée que la parole, je la touche, enfin, de mes mains qui semblent immenses sur son corps de danseuse, pour écarter encore davantage ses cuisses tendres. Pendant quelques instants divins dont je savoure l'impudeur, je contemple son intimité parfaite, aussi luisante que je l'escomptais, relève la tête pour noter le rose de la gêne et de l'excitation qui teinte son doux visage.

Et plonge la bouche entre ses cuisses merveilleuses pour, enfin, la goûter.

***

Georgia

Je suis incapable de cesser de gémir alors que la bouche de Julian dévore mon sexe. Ses mains, puissantes et larges, ont enserré mes hanches pour mieux me faire glisser vers lui et décoller d'un même mouvement afin d'être totalement à sa merci.

Il me mord, m'aspire, me lèche et m'embrasse après avoir davantage ouvert les pétales de mon intimité d'un geste assuré des pouces. Et depuis je me tends, me tords, perds la tête alors que monte un plaisir encore plus fort que celui qu'il m'avait déjà offert, par les mêmes caresses audacieuses, sur le bateau.

Car, alors que cette fois-là, le moindre de ses mouvements paraissait contrôlé, nimbé d'une maîtrise presque froide, à cet instant, je devine dans chacun de ses gestes une urgence bestiale, animale. Comme s'il laissait libre cours à ses instincts les plus inavouables.

Je me sens exposée, offerte et délurée et je devrais sans doute avoir honte de cette pratique qui n'est certainement pas nécessaire à la reproduction que l'on attend entre sages époux. Mais, loin d'être gênée, j'adore cela au point d'oser agripper entre mes doigts la chevelure de Julian et de presser un peu plus fermement sa tête brune entre mes cuisses. Un rire éraillé salue mon initiative ainsi que quelques mots chuchotés contre mon sexe qui agissent comme un souffle caressant.

– Je comprends qu'il vous en faut plus, Madame.

Et sans attendre une autre réponse que ma nouvelle plainte de plaisir, Julian décolle sa bouche de mon petit bouton de nerfs pour déposer complètement mes hanches sur le lit. D'un geste sûr, il relève mes jambes pliées vers mes épaules, m'exposant toujours plus à ses regards de loup affamé.

Dieu du ciel, dans cette position, il contemple non seulement mon sexe, mais aussi…

– Jolie partout, Madame, commente-t-il sobrement avant de se pencher pour étaler mes sucs à l'entrée de mon intimité, mais également entre mes fesses.

Cette fois-ci, je frémis et essaie de déplier mes jambes pour cacher cette partie de mon corps que je ne crois pas être prête à lui donner déjà. D'une main caressante, Julian maintient mes cuisses contre mon ventre sans chercher à dissimuler ses regards admiratifs de passion.

– Faites-moi confiance, Madame… Vous allez adorer. Cet après-midi, vous serez mienne… Totalement.

Il enlève sa main et malgré la gêne qui me traverse, le feu de son regard saphir l'emporte : je laisse mes jambes comme il les a positionnées, lui offrant aussi bien le spectacle de ma virginité que de l'orifice entre mes fesses.

Julian s'agenouille devant moi et d'une main experte introduit doucement un premier doigt dans mon sexe étroit tandis qu'un second se presse fermement à l'entrée interdite.

Il faut croire que l'envie que j'ai exprimée de le voir m'initier en tout n'est pas tombée dans l'oreille d'un sourd.

– Détendez-vous, Madame. Je vois que vous êtes affamée. Et rien de mieux pour vous faire crier de ce plaisir que vous réclamiez tant…

Son deuxième doigt pousse plus fortement contre mon petit anneau plissé. Je hoquette. Me cambre comme pour rejeter cette intrusion contre nature. Et m'entends pourtant couiner un « oui » alangui quand Julian parvient à l'introduire plus profondément.

– … que de baiser vos deux orifices, achève-t-il d'une voix rauque.

Je ne peux que scander une litanie de mots incohérents, mêlant beaucoup de « oui », de « s'il vous plaît » et de « encore » alors que ses deux doigts coulissent désormais habilement et que son pouce presse avec fermeté sur ce point névralgique qui me donne tant de volupté.

Les yeux de Julian sont tellement assombris de désir alors qu'ils oscillent entre mon visage sans autre fard que la couleur indécente de mon plaisir et mon intimité exposée, qu'ils en paraissent noirs et presque effrayants de passion. Et quand sa bouche rejoint ses doigts pour s'occuper à nouveau de mon petit bouton, je ne peux plus retenir un cri étranglé de plaisir fulgurant et stupéfiant.

Et tant pis pour le gouverneur !

Cette seconde extase me laisse rompue de plaisir, alanguie comme je ne l'ai jamais été. Pourtant j'en veux plus, toujours plus, comme si Julian avait ouvert des vannes impossibles à refermer. Je ne peux le quitter des yeux alors qu'il m'abandonne pour retirer ses vêtements, avec des gestes saccadés qui trahissent, je le suppose, son impatience. Découvrir le pouvoir que je détiens sur lui me fait gémir d'anticipation.

Le regard presque noir de Julian s'arrête sur moi alors qu'il défait son pantalon.

– Touchez-vous, Madame, m'ordonne-t-il d'une voix de plus en plus rauque.

Il est trop tard pour jouer la prude, et je veux lui montrer que j'ai bien retenu ses leçons. Ma main se faufile entre mes cuisses retombées sur le lit, et je caresse malhabilement le centre désormais si sensible de mon plaisir. C'est agréable. Mais je suis trop distraite par le spectacle qui s'offre à moi, bien plus excitant que tout ce que je pourrais me faire à moi-même. Mon souffle se suspend lorsque le sexe de mon époux se dévoile à mes yeux agrandis.

Sans doute mon imagination a-t-elle souvent travaillé durant mes nuits esseulées, mais j'étais loin de la réalité, bien loin de pouvoir concevoir cet épieu de chair fièrement dressé. Et ses dimensions qui me paraissent… impressionnantes.

Julian est de retour contre moi, chaud, tentateur. De ses grandes mains exigeantes, il me ramène vivement vers lui et me fait reprendre cette position si impudique.

– Ne deviez-vous pas vous caresser en m'attendant, Madame ? Vous aurez compris que si nous continuons, j'exigerai tout de vous… Êtes-vous prête pour cela ?

Je réprime un couinement lorsque son sexe brûlant s'appose contre le mien, coulisse contre mes lèvres trempées, sans cependant me pénétrer. Comment cette épée de chair, dure et ardente, va-t-elle pouvoir entrer en moi sans me fendre en deux ? J'ai besoin de l'apprivoiser, de la découvrir, de me rassurer sans doute.

– J'ai été distraite, Monsieur, lui confessé-je. Puis-je…

Je m'interromps pour réprimer un gémissement quand Julian accentue ses mouvements. Le bout de son sexe frotte contre mon bouton sensible, étale mes fluides… partout, comme ses doigts l'ont fait tout à l'heure. C'est d'une intimité au-delà de tout ce que j'ai pu connaître, même avec lui. Pourtant je ne veux échapper ni à son regard à l'intensité presque insupportable, ni à l'intransigeance de son corps et de ses caresses.

– Pouvez-vous ? me presse-t-il de reprendre. Que dois-je vous permettre ?

– Puis-je vous toucher ?

Il réprime un sourire douloureux, avant de saisir presque rudement l'une de mes cuisses pour me disposer comme il l'entend tandis que son autre main rejoint son sexe qu'il empoigne dans un mouvement brusque de va-et-vient.

– Plus tard, tant que vous le voudrez. Je ne me priverai pas de voir jusqu'où votre jolie bouche peut me prendre. Mais pour l'instant, si vous voulez que je vous prenne, vous, je dois le faire. Sans attendre.

Comme pour joindre le geste à la parole, je sens cette fois l'extrémité de son membre se presser contre mon entrée étroite.

– Alors, je vous le demande une dernière fois, Madame : êtes-vous sûre ?

Il ne se maîtrise plus qu'avec difficulté, je le devine à sa mâchoire contractée, sa voix qui n'est plus qu'un grondement et à la teinte cobalt de ses iris. Je conçois ce que lui coûte de me poser une telle question, en cet instant. Mais je ne peux le laisser être rattrapé par ses scrupules ! Pas alors que ma faim de lui est inextinguible, que mon cœur bat plus vite qu'un cheval emballé. Je tends mes hanches, jusqu'à ce qu'une brûlure et les mains crispées de Julian qui ont rejoint ma taille ne m'arrêtent. Je mordille ma lèvre inférieure pour tenter de juguler la déferlante de sensation qui naît du point de jonction de nos deux corps. Je ne peux m'empêcher d'y jeter un regard, en me demandant comment, techniquement, une telle union va pouvoir se réaliser. Une nouvelle pression sur ma taille me fait retrouver le regard de Julian, dont je devine qu'il a suivi mes questionnements silencieux.

– Vous me tuez, Madame, m'assène-t-il entre ses dents serrées.

Je m'accroche à ses biceps tendus, relève encore mes hanches, ignorant le pincement dans mon bas-ventre.

– Si vous ne le faites pas, Monsieur, vous allez mourir, c'est sûr, de mes mains !

Il ne sourit pas à mon mot d'esprit. Il se contente de me regarder, si fixement qu'une nouvelle vague d'excitation crispe mes cuisses. Ses prunelles ombrageuses me dévorent, chaque parcelle de mon épiderme sur laquelle elles apposent leur empreinte me brûle. Puis, lorsqu'elles s'arriment à nouveau aux miennes, la flamme de désir brut qui y danse est telle que j'en perds mon souffle.

Que je ne retrouve pas lorsqu'il pousse doucement, mais implacablement en moi.

– Eh bien soit, Georgia. Soyez mienne, puisque tel est votre souhait.

21

Georgia

Alanguie de la folle nuit de passion que je viens de vivre, je roule sur le flanc pour tendre une main paresseuse vers la clochette posée sur la table de chevet qui est destinée à appeler ma femme de chambre.

Julian est parti à l'aube, pour honorer un rendez-vous avec un exploitant forestier, mais, alors que les rayons du pâle soleil automnal sont déjà hauts dans le ciel aujourd'hui uniformément bleu, les draps de soie sont encore imprégnés de son parfum si masculin qui suffit à contracter mon bas-ventre de manière délicieuse.

Je sens aussi d'autres effluves plus musqués, plus âpres, que je ne connaissais pas jusqu'alors et que j'identifie désormais en rosissant. Nos odeurs mêlées, celles de nos peaux, de nos sueurs, de mon humidité et de ce sperme d'un blanc épais qu'il a libéré sur mes seins tendus sans me quitter de ses yeux devenus noirs de désir, avant de l'étaler de manière possessive sur ma poitrine rougie de ses baisers et de ses morsures.

Je ne parviens pas à réprimer un petit rire de contentement voluptueux en songeant à la manière si experte et si dépourvue de pudeur qu'il a eue de m'initier à cette sexualité sensuelle qu'il maîtrise à la perfection. À ces quatre orgasmes intenses qui ont chassé la douleur si vive que j'ai éprouvée lorsqu'il a commencé à s'introduire en moi, malgré tout le temps qu'il avait consacré à me préparer pour le recevoir.

Je rouvre les paupières que j'avais refermées pour mieux rêver aux caresses de mon mari en m'étirant comme une chatte repue par la meilleure des crèmes.

Pile au moment où pénètre une femme de chambre dont le sourire en coin sous son masque faussement insondable de domestique rodée témoigne qu'elle a parfaitement compris à quel type de pensées je viens de me livrer.

Mais après tout, peu m'importe ! Nous nous sommes de toute façon enfermés dans cette chambre au beau milieu de l'après-midi, avons décliné le souper sous un prétexte si grossier qu'il frisait l'impolitesse… et j'ai tellement crié mon plaisir que je doute qu'une seule personne dans l'hôtel du gouverneur ignore encore ce que nous avons fait et combien cela m'a plu.

J'avise la housse claire que la jeune femme tient entre ses bras. Elle contient manifestement une tenue neuve que je ne me souviens pas avoir commandée et qui pique immédiatement ma curiosité, chassant pour quelques instants mes pensées licencieuses.

– De quoi s'agit-il, Juliet ? ne puis-je m'empêcher de questionner après avoir répondu à son salut qui me semble ce matin bien enjoué – et très entendu.

– C'est une tenue que Sa Grâce a ordonné qu'on vous fasse livrer. Il souhaite que vous la portiez afin de l'accompagner à son retour.

Je brûle de découvrir ce que Julian, qui ne m'a encore jamais rien offert, a pu trouver. Mais je suis nue et bien incapable de savoir où est passée la chemise que j'ai jetée loin du lit hier pour séduire mon si beau mari.

Sans doute que ma gêne n'échappe pas davantage à la jeune femme de chambre à propos de ce que nous avons bien pu faire cette nuit puisqu'elle ose reprendre la parole au mépris des usages.

– J'ai pensé, Votre Grâce, que vous souhaiteriez prendre un bain dès ce matin pour effacer… les courbatures de vos mésaventures récentes.

Parle-t-elle de ma chute dans l'océan ? Ou de la nuit bien plus aventureuse que je viens de passer avec un dieu sensuel ?

Ou un démon, je suis en droit de me le demander, quand je songe avec quelle facilité il est venu à bout de mes dernières pudeurs pour prendre possession de chaque parcelle de mon corps…

Je préfère ne pas interroger la domestique au regard bien trop espiègle sous son sourire policé et la remercie en essayant de paraître aussi imperturbable que mon rang l'exige lorsqu'elle me tend la chemise que je désespérais de retrouver.

Le désir de découvrir ce que le duc m'a fait apporter me brûle tant que mon bain est expédié malgré les *courbatures* bien réelles que je ressens dans des parties de mon corps auxquelles la décence m'interdit de songer au milieu de la matinée.

Notamment entre mes cuisses.

Mais surtout entre mes fesses. Preuve que le sexe au gabarit conséquent de mon époux n'est pas près d'y remplacer ses doigts.

Je chasse ces pensées déplacées alors que pèse toujours sur moi le regard entendu de la caméristе qui n'a rien dû perdre des suçons et autres traces de morsures que Julian a disséminés sur ma peau de rousse. Je me précipite devant la housse qui m'attend sur la méridienne de velours bleu paon et en dénoue les liens avec empressement.

Stupéfaite, j'y découvre une tenue d'équitation en peau de couleur fauve dont la veste est doublée d'une épaisse fourrure écrue.

Une tenue manifestement à ma taille… et surtout composée d'un pantalon tout ce qu'il y a de plus masculin !

La chose n'a pas échappé à Juliet qui se racle la gorge et arbore un air interdit.

– Peut-être que Sa Grâce s'est trompée dans sa commande.

– Ou peut-être pas ! chantonné-je, en essayant de dissimuler l'exaltation qui me gagne et ne sied sans doute pas à l'épouse d'un duc hébergée par le gouverneur lorsqu'elle découvre des culottes d'équitation au lieu d'une seyante jupe d'amazone.

Mais je suis aux anges et doublement avec ça !

D'abord parce que cette tenue signifie la fin de ces journées oisives ou superficielles auxquelles j'ai été condamnée depuis notre arrivée ici et le début de l'aventure à laquelle j'aspirais tant en entreprenant cette traversée aux côtés de Langley. Mais surtout parce qu'elle est la preuve que Julian a pensé à moi. Qu'il a voulu me faire plaisir. Qu'il me connaît plus que sa distance permanente ne le laisse croire. Que je n'ai pas rêvé ses caresses cette nuit, sa ferme douceur, son visage empreint d'une volupté torride lorsqu'il a joui en moi pour la première fois ou ses chuchotements crus ou tendres, mais toujours attentifs quand il veillait à me mener, encore et encore, au plaisir.

Peut-être est-ce même la preuve qu'il éprouve des sentiments pour moi, me murmure une petite voix emplie d'espoir que j'essaie vainement d'ignorer tant j'ai envie d'y croire. Parce qu'hier, lorsqu'il a évoqué l'absence d'amour entre nous avant de me déflorer, j'ai été piquée. Blessée en vérité. Et le découvrir, comprendre que cela me heurtait, m'a stupéfiée.

À quel moment ai-je commencé à nourrir des sentiments pour mon sublime époux ? Pour cet homme que je trouvais au départ si insupportable ?

Quand il a surgi devant les trois brigands, dominant son étalon entre ses cuisses musclées ? Lorsqu'il m'a invitée à danser telle une superbe apparition sous les lustres de lady Bomsworth ? Quand il m'a arrachée des griffes du répugnant Alistair ? Demandé ma main sans cacher son dédain pour ma belle-mère, faisant preuve d'un esprit chevaleresque insensé pour me sauver, moi, la parfaite inconnue à laquelle il a voulu éviter un mariage violent ?

Plus tard, lorsqu'il était à la manœuvre sur le pont du bateau alors que la mer était déchaînée ? Hier, quand il est apparu entre les flots pour me tirer une fois de plus d'une situation abominable ?

Ou cette nuit, quand son corps musclé, solide et puissant pénétrait impitoyablement le mien à la lumière des bougies ?

Peu importe finalement... La seule chose que je comprends en déployant devant moi les pantalons de peau qu'il a fait déposer à mon intention, c'est que moi, je l'aime.

Ne pas savoir s'il a fait chercher ces vêtements en urgence ce matin ou si la commande était déjà lancée avant même cette nuit ne change rien aux sentiments que je nourris pour Julian : dans les deux cas, cela me touche infiniment, bien plus que cela ne le devrait sans doute. Car hélas, rien dans l'attitude de mon époux, dans ses propos hier, ne me permet d'espérer qu'il veuille autre chose de moi que de la sensualité partagée...

Tout au bonheur d'enfiler mes nouveaux habits – et à celui d'imaginer la tête du gouverneur lorsqu'il me verra dedans –, je parviens à éloigner ces pensées qui me torturent. Après tout, ce qui est pris n'est plus à prendre et le moins que l'on puisse dire est que la nuit que nous venons de passer suivie de ce cadeau parfait et imprévisible sont la preuve des attentions de mon époux.

Et parfois le cœur masculin comprend avant le cerveau, n'est-ce pas ?

– Je vois que vous avez trouvé mon présent, Madame...

Dans mon dos, la voix de Julian me fait l'effet d'un puissant et surprenant aphrodisiaque. Toute à ma joie d'achever de boutonner ma jolie veste doublée, je ne l'ai pas entendu rentrer.

Le cœur battant, sourire aux lèvres, j'attrape la ravissante toque de fourrure qui accompagne la tenue, la dépose sur ma chevelure encore libre et me retourne pour le saluer.

Deux saphirs étincelants me dévisagent. Tranquillement, de la pointe de mes nouvelles bottes de cuir jusqu'à mes boucles qui dansent sous ma coiffe canadienne.

En passant, au même rythme lent, presque paresseux, le long de mes cuisses révélées par mes pantalons certes souples, mais ajustés, mon entrejambe qui palpite au souvenir des talents de l'observateur attentif, mes seins que je sais tendus du désir d'être encore dévorés, mais qui sont, heureusement, sagement dissimulés sous une camisole courte, une chemise suffisamment épaisse pour affronter les vents canadiens et ma veste déjà boutonnée.

– J'ai dit que vous étiez jolie partout, Madame. Vous l'êtes également, quelle que soit la tenue que vous portez.

Cette fois-ci, malgré ma volonté de faire bonne figure alors que Juliet est toujours présente, je suis incapable de masquer mon rougissement quand Julian reprend les mots qu'il a prononcés en découvrant mon intimité hier.

Je déglutis et essaie de conserver tant bien que mal une contenance sous le regard amusé de mon mari auquel mon désarroi n'a évidemment pas échappé.

Un demi-sourire incurve d'ailleurs ses lèvres pleines alors que je peine de mon côté à prendre la parole.

– Rien ne pouvait me faire plus plaisir – les sourcils de Julian se haussent pour traduire son scepticisme entendu et mes joues chauffent encore plus – que ce présent, Votre Grâce. Mais ne craignez-vous pas ce qu'en diront nos pairs ici à Halifax ?

Le duc balaie ma question d'un geste de la main tout en invitant Juliet à nous laisser.

– Figurez-vous que j'accorde très peu d'importance à ce que l'on peut penser ou dire de moi, ma chère. Et qu'entre deux maux, j'ai choisi, achève-t-il avec un sourire diabolique.

– C'est-à-dire ?

– J'ai compris enfin que vous vous mettriez toujours dans des situations impossibles. Je préfère prendre les devants. Plutôt que de vous voir noyer vos plus belles robes ou abîmer vos chemises, il me semble qu'une tenue appropriée à votre goût pour l'aventure n'est pas ridicule. Qu'en dites-vous ?

À part que je suis définitivement amoureuse de cet homme ? Rien !

– Et puis je préfère désormais être à vos côtés plutôt que de devoir courir à votre rencontre pour essayer de vous sauver…

Le regard de mon mari se fait espiègle alors qu'il se rapproche pour jouer avec une des boucles rousses échappées de ma toque.

– Accepteriez-vous de m'épargner de nouvelles frayeurs en m'accompagnant à cheval aujourd'hui, Madame ?

Québec,
le 15 novembre 1806

Ma très chère Philomena,

Je sais que cela fait plusieurs mois que je ne vous ai point donné de nouvelles, d'autant que je ne suis pas certaine que mes précédentes missives rédigées sur le navire et à Halifax ont pu vous parvenir. Pardonnez-moi pour ce long silence, mais il s'est passé tant de choses ces dernières semaines que je n'ai pu trouver une seule minute pour vous écrire !

Tout d'abord... Comment vous raconter cela sans vous en dévoiler plus que les convenances ne le permettent ? Peut-être êtes-vous déjà mariée et mes conseils seront bien inutiles. Dans le doute, je me dois toutefois de les dispenser... Sachez simplement que la jeune fille amère, car délaissée par un époux indifférent, n'est plus. Et je vais vous paraître bien familière, mais j'aurais aimé que l'on m'écrive de tels mots, puisque rien n'est pire que l'ignorance... Bref, si votre James adoré est au moins à moitié aussi expérimenté, exigeant, imaginatif, insatiable que Julian, ne craignez point ce qui pourra se dérouler à la nuit tombée (et même en plein jour d'ailleurs) entre vous, lorsque vous serez mariés. Je rougis en vous avouant cela, mais vous devez savoir ! Croyez-moi sur parole, ma chère cousine, ce que l'on a pu nous faire présumer sur le devoir conjugal ne ressemble en rien à ce qu'un mari passionné et aguerri aux choses de l'amour (comme le vôtre le sera, je l'espère pour vous) peut vous amener à éprouver...

Mais restons-en là, je ne peux vous en signifier plus par courrier et j'aurais adoré pouvoir vous conseiller de vive voix. Non que je le regrette vraiment, pour être honnête. Car il s'est passé ici des choses réellement merveilleuses.

Nous avons fini par quitter Halifax pour gagner l'intérieur des terres à la recherche de nouvelles coupes de bois. Je n'ai pas de mots pour qualifier ce voyage. Julian n'a vu aucun inconvénient à ce que je revête des pantalons et chevauche à ses côtés, comme son égal, à mesure que nous nous enfoncions dans ces magnifiques paysages de forêt, comme je n'en avais jamais parcouru. Je ne saurais vous les décrire tant ils sont grandioses, d'une beauté à couper le souffle. Ici, tout paraît démultiplié, accentué, depuis les couleurs vives et orangées de l'automne qui habillent les arbres, jusqu'aux vastes et nombreux lacs aux eaux irisées.

Souvent, Julian s'est arrangé pour que nous nous retrouvions seuls, à l'avant de l'équipage. Non, ce n'est pas ce à quoi vous pensez ! Enfin, pas uniquement... Nous avons discuté, débattu, échangé des points de vue durant des heures. Julian est tellement érudit, il a parcouru le monde, et pourtant, jamais il ne se montre condescendant envers mes idées, mon envie d'apprendre, ou parfois mon ignorance.

Sincèrement, j'aurais aimé que ce voyage ne se termine jamais... Mais les premières neiges nous ont obligés à faire halte dans une ville située sur les rives du Saint-Laurent, nommée Québec.

Nous nous sommes installés là dans la maison vaste et confortable que Julian a fait bâtir ici, mais je ne brûle que de reprendre la route ! La seule chose que je regrette réellement est de ne pouvoir avoir de vos nouvelles, ma très chère cousine.

Votre aventureuse Georgia.

22

Julian

Appuyé contre le chambranle de la porte de l'écurie, j'observe ma trop désirable épouse jouer au palefrenier. Les joues rougies par le froid du dehors, puis par la chaleur animale qui règne en ce lieu, elle bouchonne vigoureusement la petite jument palomino qu'elle a longuement montée cet après-midi.

– N'avez-vous pas d'autre spectacle à contempler ? me questionne-t-elle d'une voix moqueuse, alors qu'elle me tourne toujours le dos et m'offre son joli cul moulé dans son pantalon.

– Un plus délectable spectacle que celui-ci ? Non, assurément. Enfin sauf si vous vous décidez à accomplir cette activité totalement nue.

Un éclat de rire accueille ma remarque et Georgia me gratifie d'un regard canaille par-dessus son épaule avant de reprendre sa tâche.

Je ne lui ai pas vraiment menti, je suis désœuvré comme je l'ai rarement été dans ma vie. Je décline la plupart des invitations pourtant nombreuses qui nous sont lancées par les autorités britanniques. Je préférerais nouer des relations plus spontanées avec les habitants, mais ils restent méfiants. L'emprise anglaise y est récente, après des années d'occupation française.

Je n'ai jamais été un animal social, mais cet état ne s'est guère arrangé depuis le rapprochement avec mon épouse. Que ce soit sur le plan physique ou intellectuel, je ne me lasse pas de la découvrir, encore et encore. Le fait de ne pas m'en être lassé, bien au contraire, est inexplicable pour moi.

D'ailleurs, je la rejoins, en quelques enjambées, fatigué d'observer et pressé d'agir. Ma bouche retrouve sa nuque caressée par ses boucles folles, mes mains s'emparent de ses petits seins arrogants, ma queue déjà durcie se presse contre ses fesses rondes.

– Monsieur, proteste-t-elle en riant avec une indignation feinte, que faites-vous ? Imaginez que quelqu'un entre et nous surprenne, que penserait-il ?

Je ne bouge pas d'un pouce et la façon dont Georgia tend son cul contre mon sexe dément son faux excès de pudeur.

– Il penserait que je suis tout près de baiser ma jeune et jolie femme, comme tout mari se doit de le faire… chuchoté-je au creux de son oreille.

Elle frémit, puis se dégage pour pivoter entre mes bras. Ses deux mains s'agrippent à ma chemise, une lueur grivoise éclaire ses prunelles grises, puis ses bras retombent lentement jusqu'à ce que ses doigts échouent sur la ceinture de mon pantalon.

– Et si je préférais qu'il pense que *moi*, je baise mon mari ?

J'enveloppe sa joue d'une paume possessive alors qu'elle s'agenouille dans la paille fraîche, sans me quitter des yeux.

– J'aime aussi cette interprétation, Georgia.

Elle a beaucoup appris durant ces dernières semaines d'autant que c'est une élève appliquée et enthousiaste. Je l'aide à défaire mon pantalon, puis prends une grande inspiration hachée lorsque sa langue rose darde entre ses lèvres pour venir lécher bien trop doucement mon gland presque douloureux, avant qu'elle ne l'engloutisse juste au moment où ma patience allait s'évanouir.

D'une main, j'agrippe sa chevelure cuivrée et de l'autre, je cherche le montant de bois du box dans mon dos pour ne pas vaciller.

Que le diable m'emporte, ce qu'elle est douée !

Mon excitation atteint des sommets inégalés, dans le silence de l'écurie seulement ponctué par le bruit humide des attentions que Georgia prodigue complaisamment à ma queue.

Un coup frappé à la porte nous fait soudain sursauter et mes doigts se crispent dans les boucles rousses, pour inciter Georgia à conserver sa position. Après un léger temps d'arrêt, elle reprend, redoublant d'ardeur.

Les quelques domestiques que j'ai engagés ont appris à leurs dépens – et au grand dam de la pudeur de mon épouse – qu'il valait mieux frapper avant d'entrer dans quelque lieu où Georgia et moi nous trouvions.

– Qui que ce soit, lancé-je d'une voix forte, je vous conseille de ne pas ouvrir cette porte.

Un raclement de gorge me parvient et je discerne la voix timide et le mauvais anglais d'Étienne, le valet de pied que j'ai engagé lorsque nous nous sommes installés à Québec.

– Votre Grâce, il y a un message qui est arrivé pour vous !

C'est à ce moment précis que je baisse la tête pour croiser le regard lascif de ma femme, déterminée à me mener à ma perte. Elle libère mon sexe, se lèche les lèvres avec une langueur provocatrice, puis me sourit avec toute sa candeur.

– Sauf si le message vient du roi en personne, je m'en contrefous ! Fiche le camp d'ici et va m'attendre à l'intérieur de la maison !

Georgia entoure ma queue lubrifiée de sa fine main, pour me branler comme j'aime, puis elle me reprend dans sa bouche brûlante, manquant de me faire décoller.

Un nouveau frottement à la porte me ramène brutalement sur terre, et je m'apprête à maudire ce valet quand ses mots, ânonnés d'une voix chevrotante, me parviennent.

– Justement, Votre Grâce, le message vient du roi… en personne.

Terra Nova,
le 30 novembre 1806

Ma bien chère Philomena,

Je n'y crois pas moi-même, mais figurez-vous qu'alors que je me voyais jouer à la parfaite Canadienne pendant encore quelques semaines, voire quelques mois, pour profiter d'un printemps bien mérité après la rudesse de l'hiver, c'est depuis notre cabine du Terra Nova *que je vous écris, tandis que nous voguons vers la Grande-Bretagne.*

Le roi George lui-même a exigé de Julian qu'il rentre le trouver dans les meilleurs délais et sans fournir la moindre explication à cette soudaine lubie. Et comme vous ne l'ignorez pas, quand le roi veut…

Les conditions du voyage sont bien loin d'être aussi agréables qu'à l'aller et si j'avais cru subir des vents froids, je ne sais comment qualifier les flux glacials que nous supportons toute la journée et qui me laissent transie jusqu'au fond de notre cabine. Heureusement que mon époux ne manque pas une occasion de me proposer ses services pour me réchauffer à sa façon et je rougis parfois à l'idée de ce que l'équipage doit s'imaginer… ou entendre. Mais je ne m'épancherai pas plus par le papier, puisque vous n'êtes certainement toujours pas mariée. J'en ai déjà trop dit dans ma dernière missive. Il me faut vous ménager encore quelque peu avant que vous ne découvriez aussi à votre tour le plaisir… et l'amour.

Oui, l'amour… C'est un terme que j'ose désormais employer sans peur et sans fard ! Et même s'il n'a pas encore été prononcé par Julian, sachez que je l'aime à en perdre la tête, moi qui croyais la mienne pourtant solide et pas trop mal faite. Depuis que nous nous sommes trouvés dans le plaisir conjugal, je me surprends plusieurs fois par jour à sourire niaisement en songeant à lui ou à le regarder avec une admiration dévorante lorsqu'il est à proximité.

Bien sûr, vous me connaissez, moi qui suis sans filtre, je le lui ai dit alors qu'une fois de plus il me prodiguait un plaisir sans pareil. Et bien sûr, vous vous en doutez, mon ours de mari a balayé ma déclaration d'un baiser féroce avant de m'empêcher de parler en me fourrant dans la bouche son énorme… Mais je m'égare, pardonnez-moi. Nous aurons décidément une conversation intime et grivoise à mon retour et en attendant il me paraît plus prudent et bienséant de me contenter de vous décrire le paysage que j'ai sous les yeux.

De l'eau, de l'eau, de l'eau, tellement sombre qu'elle en semble noire, tellement déchaînée que c'est une chance que je n'aie plus le mal de mer et que je subisse ces conditions exécrables au retour et non à l'aller lorsque j'étais novice.

Décidément, me voici déniaisée en tout…

Et décidément je m'égare une fois de plus. Je crois que mon trop beau et trop talentueux mari est en train de faire de moi une affreuse petite dévergondée et il est bien temps que je vous laisse… pour aller le rejoindre !

Vous me manquez, ma brillante amie ! Je suis si heureuse de vous savoir aussi éprise et j'ai hâte de vous retrouver enfin à mon retour, seule… ou en sortie tous les quatre !

Avec toute mon affection marine,

Votre Georgia.

23

Georgia

Alanguie dans la merveilleuse baignoire en marbre de ma salle de bains londonienne, je crois que je ronronne comme une chatte repue en me prélassant dans l'eau tiède.

Si les chattes repues appréciaient les bains parfumés, bien entendu, mais c'est un détail.

Après une traversée éreintante dans des conditions fort peu agréables, mais qui nous ont permis de nous réfugier dans notre cabine plus souvent qu'à notre tour, Julian et moi, nous sommes enfin arrivés à Londres ce matin.

Quelque peu désemparée et harassée par les dernières journées de voyage, j'ai retrouvé cette maison qui est la nôtre, mais avec laquelle je ne suis guère familière finalement. Ainsi qu'une montagne de courriers et billets en tous genres nous conviant à différentes manifestations et festivités pour la plupart sans doute dépassées.

J'ai repoussé à plus tard la tâche peu engageante consistant à éplucher toutes ces missives sans intérêt… et surtout à y répondre, et me suis contentée d'adresser par porteur un bref billet à Philomena pour l'informer de notre arrivée et la priant de bien vouloir me rendre visite dès demain.

Et depuis, je joue les sirènes dans mon bain parfumé aux essences de rose et violette que j'affectionne particulièrement. Un bruit de bottes déterminé, fort éloigné du glissement feutré des domestiques, me tire de ma torpeur béate et je souris en reconnaissant le pas énergique de mon magnifique époux.

Les paupières toujours closes, j'entreprends de faire rouler entre mes doigts les pointes de mes seins dont la sensibilité s'est développée ces dernières semaines, bien décidée à profiter de son retour pour rattraper le temps intime perdu en raison de notre trajet depuis Liverpool puis de son départ ce matin pour honorer la demande de Sa Majesté. Et lorsque la porte s'ouvre et qu'il pénètre dans ma salle de bains, je bombe tranquillement un peu plus le buste, pour ne rien lui laisser ignorer de mes désirs de l'instant.

Je sais qu'il comprendra l'invitation.

– Vous êtes décidément de plus en plus belle, Madame.

Je frémis lorsqu'il insiste sur ce titre de civilité, car je devine ce qui va suivre. Quelque chose de bien plus décadent que cette politesse distante qu'il emploie désormais comme un jeu entre nous. D'ailleurs, une main massive, mais légère entre mes cuisses, suit ces paroles prononcées d'une voix déjà éraillée par le désir.

Sans rouvrir les yeux, je souris alors que ses doigts experts taquinent mon intimité. Je le savais… Julian est insatiable quand il s'agit de me faire l'amour. Et cela tombe très bien, je ne conçois plus ma vie sans ses caresses et le plaisir inouï qu'il me donne à chaque fois.

– Malheureusement, ma douce, nous n'avons guère le temps de jouer aujourd'hui.

La voix de Julian n'a plus rien de sensuelle et son ton, bien au contraire, me semble soudain étonnamment sérieux. Je guette la prochaine caresse de la main, mais au lieu de cela, je sens ses doigts qui s'éloignent et j'entends le clapotis de l'eau lorsqu'il retire de mon bain la main qu'il avait pourtant posée sur mon sexe demandeur.

Rouvrant les yeux, je découvre sa mine sombre et lui adresse un regard interrogateur.

– Nous allons avoir de la visite incessamment, Georgia. Et cette visite vous concerne.

L'expression tourmentée de mon mari me permet de comprendre que l'heure n'est pas au marivaudage.

– Que se passe-t-il, Julian ? Et de quelle visite s'agit-il ? J'avoue que nous avons reçu un certain nombre de missives, mais que je n'ai pas eu l'énergie de m'y consacrer pour le moment. Serait-ce une vieille tante particulièrement pressée de nous revoir ?

Un rire froid ponctue mes questions.

– Vous y êtes presque puisque nous subissons les conséquences de la mesquinerie de mon cousin.

Parfaitement tirée de ma langueur sensuelle, je fronce les sourcils en me demandant ce que cet individu que Julian semble détester a bien pu trouver pour lui nuire. Et surtout en quoi cela me concerne.

– Votre cousin vient me rendre visite ? À moi ?

Je contemple mon époux, interloquée.

– Et pourquoi pas à vous, alors que je ne l'ai jamais rencontré ? Seule sa fiancée m'a été présentée, ce que vous n'ignorez pas.

– Sa femme à présent, si j'en crois l'un des faire-part reçus durant notre absence, me corrige Julian.

Il se rapproche de la commode sur laquelle ma camériste a déposé un grand drap de bain et s'empare de celui-ci. Il prend le temps de le déplier pour le brandir devant moi, m'incitant par ce geste à quitter mon refuge encore tiède.

– Vous devriez sortir, Georgia. Vous allez attraper froid et cela me permettra de vous expliquer la situation pendant que vous vous habillez. Nos visiteurs ne devraient pas tarder.

M'appuyant sur la baignoire, je me lève à l'invitation de Julian dont le regard affamé sur mes seins frissonnants ne m'échappe pas, enjambe le bord et m'enroule dans le drap blanc pour me sécher. Malgré ma docilité apparente, la moutarde commence tout de même sérieusement à me monter au nez.

– Parlez, Monsieur, à la fin ! Vos cachotteries n'ont que trop duré !

Je sonne Martha et pivote vers mon mari, appuyé contre le mur qui me fait face. Bras croisés dans son élégante veste de velours ardoise, il est redevenu le superbe aristocrate qui faisait tourner toutes les têtes de la dernière saison, bien loin de l'aventurier en culottes de peau et toques de fourrure que j'avais pris l'habitude de côtoyer ces dernières semaines sur les rivages canadiens ou en mer.

Julian s'apprête à me répondre lorsque ma caméristé toque pour signaler sa présence, et passe le haut de son corps par l'entrebâillement de la porte.

– Merci, Martha, mais vous pouvez disposer. Lady Georgia n'aura besoin que de sa chemise lorsque nos visiteurs se présenteront. Pouvez-vous informer Jarvis qu'il conviendra de leur indiquer les appartements de Sa Grâce dans laquelle nous les attendrons.

Estomaquée, je regarde Julian congédier la jeune femme qui semble aussi étonnée que moi.

– Vous m'expliqueriez enfin ? À quel moment avez-vous cru que j'allais accueillir votre cousin et ses acolytes à demi nue dans ma chambre ? Avez-vous perdu la tête ?

C'est avec une mine de plus en plus sombre que Julian reçoit mes interrogations pressantes, avant d'y répondre d'un ton grave.

– Il ne s'agit pas de mon cousin, Madame. Mais de médecins dépêchés à la demande de notre souverain suite à une lettre envoyée par mon cousin afin de vérifier…

Julian déglutit alors que ses yeux saphir scrutent les miens.

– … que notre mariage a bien été consommé, et que vous n'avez plus d'hymen.

La stupéfaction me cloue sur place tandis que je tente d'assimiler ce que Julian vient de me révéler. Il me faut reformuler ce qu'il m'a dit, former moi-même les mots avec ma bouche pour que je commence à réaliser.

– Des médecins ? Dépêchés par le roi en personne pour vérifier… que je ne suis plus vierge ?

– C'est cela.

L'impassibilité affichée de Julian me fait sortir de mes gonds.

– Mais pourquoi ? crié-je presque. En quoi mon hymen les concerne-t-il ?

Julian encaisse ma colère sans réagir. Seuls la crispation quasiment imperceptible de sa mâchoire et le frémissement des ailes de son nez trahissent son émotion.

– Vous savez certainement que si le mariage n'a pas été consommé, il ne peut être juridiquement valide et n'importe quel tiers pourrait en solliciter l'annulation pure et simple auprès du roi.

Déconcertée, j'envisage Julian qui énonce quasi cliniquement ces informations. Je ne vois toujours pas où il veut en venir.

– Et pourquoi votre cousin souhaiterait-il faire annuler notre mariage ? Même si j'ai cru saisir que vos rapports n'étaient pas au beau fixe, pourquoi voudrait-il faire une telle chose ?

Cette fois, Julian a un temps d'hésitation avant de répondre.

– Un mariage invalidé lui garantirait de pouvoir s'approprier mes terres et mes possessions.

Tout cela n'a aucun sens !

– Je ne crois pas être une femme dénuée de cervelle, Julian, insisté-je avec une pointe d'agacement. Et pourtant, je ne comprends pas un mot des paroles que vous m'assénez. Je vous somme de vous expliquer !

Les yeux de mon mari adoptent aussitôt cette couleur si particulière, d'un bleu à l'éclat métallique, signe d'une grande émotion qui l'agite. Pourtant, sur son visage figé, pas un muscle ne bouge alors qu'il consent enfin à parler.

– Après la disparition de mes parents, mon frère n'a plus eu qu'une seule obsession, Georgia : faire perdurer le nom et la lignée des Langley. Mais il n'a pas eu lui-même d'enfant, malgré ses deux mariages. Lorsqu'il a su sa fin proche et qu'il a compris que je n'avais aucune intention de mon côté de me marier ni de fonder une famille, et que je préférais parcourir le monde, il a fait insérer une clause dans son testament. Cette clause prévoyait la dévolution de toutes les terres à mon cousin, Felton Langley, comte de Workington, si je n'étais pas marié à mes 30 ans. Il était de notoriété publique que Felton et moi n'avions jamais eu aucune affinité. Sans doute mon frère y a-t-il vu un moyen de pression supplémentaire…

J'écoute à peine la fin de ses révélations, tant mes oreilles bourdonnent et ma poitrine me serre dans un étau implacable. Celui de la vérité, enfin dévoilée. Car cette fois, j'ai compris. J'ai saisi. Tout.

C'est d'une voix blanche et d'un calme qui ne trahit pas mon cataclysme intérieur que je reprends la parole :

– Donc vous m'avez tranquillement fait croire que vous m'épousiez par pure bonté d'esprit, et pour m'arracher à un sort peu enviable, mais en réalité, vous préserviez vos terres et votre fortune ?

– Ne me faites pas offense, Madame. Si j'avais voulu me marier pour me marier, j'aurais pu épouser n'importe…

Il s'interrompt brusquement, soudain conscient de ce qu'il allait dire et de ce que cela révèle de la *véritable* considération qu'il éprouve à mon égard. Je suppose que mes prunelles ont pris une lueur assassine, car ma voix emprunte à une tonalité polaire.

– N'importe quelle femme… C'est ce que vous alliez dire, n'est-ce pas ? Une femme plus jolie, plus gracieuse. Ou une femme expérimentée comme vous les aimez tant ? Alors pourquoi moi, si vous pouviez avoir celle qui correspondait à vos désirs ?

Je ne le laisse pas répondre à cette question purement rhétorique et j'adopte un ton faussement ingénu, mais ma diction précipitée trahit ma colère.

– Oh, attendez, je crois que je connais la réponse à cette interrogation ! Vous étiez pressé par le temps, n'est-ce pas ? N'avez-vous pas fêté votre anniversaire moins d'un mois après notre mariage ? Et vous vous êtes dit que je serais une épouse bien commode pour vos projets. Une épouse qui se tiendrait loin de la haute société londonienne, qui ne vous réclamerait ni enfant ni bijou, qui ne vous empêcherait pas de continuer à vivre votre vie de débauché !

– Arrêtez cela, Georgia, vous délirez !

– Vous allez me traiter d'hystérique à présent ? Finalement vous êtes semblable à tous ceux que j'exècre ! Non, vous êtes pire que cela. Au moins, le vicomte de Beshington-and-Twickham a-t-il été honnête sur ses intentions dès le départ !

– Georgia, gronde Julian comme s'il s'agissait d'un avertissement.

Il fait un pas dans ma direction, une lueur sombre agitant ses prunelles ombrageuses, mais ma colère me fige sur place avec un air de défi. Ma colère ? Mais est-ce réellement cela qui me broie la poitrine et déchire en deux l'organe qui jusque-là y flottait dans une félicité totale ?

Je suis tombée amoureuse de cet homme. De ce qu'il avait fait pour moi. De ce que je croyais qu'il avait fait pour moi.

– Vous m'avez vanté votre ouverture d'esprit, votre volonté de m'offrir la liberté, mais tout cela n'était que poudre aux yeux, Monsieur… Pourquoi avez-vous finalement accepté de m'amener en Amérique alors que vous y étiez d'abord opposé ? Parce que vous aviez eu vent des intentions de votre cousin ?

Julian vacille légèrement comme si je lui avais porté un coup et je sais que j'ai marqué un point. Mais jamais la victoire n'a eu goût si amer.

– Vous vous êtes décidément bien joué de moi. Et pourquoi avez-vous finalement couché avec moi ? Je présume qu'ici encore vous poursuiviez un but bien précis et fort éloigné de ce que vous vouliez bien montrer… Oh, mais je saisis !

Arrondissant les lèvres en un O parfait, je feins la compréhension soudaine de manière délibérément théâtrale.

– On vous aura prévenu que lors de notre retour à Londres, votre cousin risquerait de faire vérifier que…

Ma gorge se noue et me fait aussi mal que si j'avais attrapé un refroidissement.

– … que vous aviez bien accompli votre devoir, craché-je finalement avec mépris.

Les traits de Julian demeurent indéfinissables. Marmoréens. Dénués d'émotion… Ou en tous les cas, dénués de tout remords ou regret.

– Je ne vous ai jamais menti, Madame, alors ne m'insultez pas à me comparer à votre ex-promis. Il ne s'agissait que d'un accord entre nous, dont vous connaissiez parfaitement les termes…

Il ne peut pas être aussi indifférent, pas après ce que l'on a vécu. Je ne peux être la seule à avoir ressenti ces sentiments qui sont nés entre nous, par notre rapprochement physique, mais également par nos conversations, nos rires partagés, toutes ces petites choses que nous avons apprises l'un sur l'autre…

Alors qu'il t'avait menti sur l'essentiel, m'interrompt la voix de la raison.

– Quant à votre virginité, Madame, je vous rappelle que c'est vous qui vous êtes jetée à mon cou et m'avez harcelé pour que je vous prenne… *chérie*.

Je hoquette et darde sur Julian un regard qui doit être à la fois stupéfait et blessé.

Comment peut-il se montrer aussi cruel ?

Un coup frappé à la porte me fait sursauter. Mais cette interruption ne suffit pas à abattre le mur de colère et de ressentiment qui s'est dressé entre mon mari et moi.

– Votre Grâce ? questionne Jarvis. Les médecins du roi sont ici. Dois-je les introduire ?

Je me retourne vers le majordome.

– Merci de rappeler Martha pour qu'elle m'aide à me préparer. Je vais recevoir ces messieurs puisqu'il le faut. Mon époux va leur tenir compagnie le temps que je sois prête. N'est-ce pas, Votre Grâce ?

24

Georgia

– Souhaitez-vous que Sa Grâce, votre époux, assiste à l'examen ? me demande le grand homme chenu.

Il me fixe de ses yeux noirs enchâssés dans une figure maigre qui branle sur un cou démesuré.

Mon époux... Mon époux putatif, oui ! Jusqu'à ce que vous ayez inspecté à loisir ce qui se cache entre mes jambes ! suis-je tentée de riposter, mais je contracte fortement la mâchoire, avant de desserrer à peine les lèvres, avec difficulté, pour cracher une réponse.

– Parce que ce que je souhaite vous importe vraiment ? ironisé-je. Si réellement vous vous intéressiez à ce que je souhaite, vous seriez en cuisine en train de me préparer une tarte aux pêches, plutôt que de…

Je ravale à grand-peine la formulation vulgaire qui me vient aussitôt à l'esprit et qui implique les mots « doigts » et tout un tas de fruits censés désigner le sexe féminin.

– … plutôt que de m'expliquer que vous voulez me soumettre à un examen dégradant et humiliant destiné à savoir ce que j'ai fait ou non avec mon mari dans l'intimité de notre chambre !

Et dans le salon, la petite bibliothèque, sur un banc du parc, sur la longue table de la cuisine désertée au milieu de la nuit... Oh, je ne suis plus vierge, soyez-en sûrs !

Un toussotement poli fait pivoter ma tête dans la direction de l'importun. Je croise des yeux marron étrangement bienveillants, qui illuminent un visage lisse et juvénile.

Celui-là, au moins, est resté silencieux pendant que les deux autres, notoirement plus âgés, adoptaient un ton paternaliste pour tenter de me convaincre de m'allonger et d'écarter docilement les cuisses.

– Allons, allons, mon enfant, me morigène l'autre quinquagénaire, aussi ventru que son comparse est malingre, il suffit maintenant ! Cessons ces discussions inutiles ! Commençons l'examen ordonné par le roi et dans quelques minutes, tout cela sera terminé.

Je réprime un frisson lorsque mon regard tombe sur ses doigts boudinés et poilus qui se tendent vers moi, et je resserre plus fermement les pans de ma robe de chambre de soie contre moi.

– Ce sera lady Georgia pour vous, *Monsieur*, répliqué-je vertement en omettant sciemment de le nommer par son titre. Et je vous le répète, je n'ai aucune intention de me soumettre à cet examen !

Le ventru est si choqué par mon manque de déférence qu'il en oublie de respirer durant quelques secondes. Des plaques rouges colonisent aussitôt son cou et son double menton, aussi rubis que son pourpoint de velours trop ajusté sur sa bedaine, jusqu'à gagner ses joues de hamster. Le maigrichon, lui, pâlit à l'envi.

– Cet examen n'a aucun intérêt alors que vous avez la parole d'une lady ! Je vous le confirme une nouvelle fois : le mariage a été consommé. Remettriez-vous en cause ma parole ? tenté-je, dans un ultime et désespéré recours, en me drapant dans le tissu bien trop élimé de ce qu'il demeure de ma dignité.

– La seule parole que l'on doit suivre est celle de notre roi, assène le médecin efflanqué, clôturant ainsi – brillamment, je ne peux que le reconnaître – le débat. Aussi, ou vous vous soumettez, ou nous irons rapporter à notre souverain votre désobéissance, et il en tirera les conséquences.

Sa tête dodeline de colère et ses petits yeux brillants me donnent l'impression de me trouver face à un oiseau de proie prêt à fondre sur moi.

Pour planter profondément ses serres en moi.

Je ne peux lutter, mais je ne peux non plus admettre ma défaite. Je ne sais pas réellement ce qui me blesse le plus : l'idée de me contraindre à cet examen dégradant, le fait que cela me renvoie brutalement à ma condition de femme sans aucun pouvoir ni droit… ou que Julian m'ait menti, depuis le début, et que ces médecins rassemblés dans ma chambre ne soient que l'incarnation de sa félonie…

En réalité, si, je le sais !

Et comble des combles, c'est le corps scientifique, auquel je voue une admiration sans bornes depuis ma prime jeunesse, qui s'est réuni en conclave pour m'infliger la pire des humiliations !

Dans une ultime tentative d'échapper à mon destin, je cherche l'aide du dernier larron, le plus jeune, qui n'a pas ouvert la bouche depuis le début de mon combat avec ses pairs. Je dois sans doute lui lancer un regard implorant, car enfin, il s'avance au milieu de l'arène.

– Lady Georgia, si vous le permettez…

Au moins ne m'a-t-il pas appelée mon enfant, celui-là ! Sa voix est posée, ses manières d'un calme et d'une assurance qui tranchent avec l'agacement évident de Long Cou et Grosse Bedaine. Quel âge peut-il avoir ? 35 ans tout au plus.

Je hoche la tête pour consentir à quelque chose, pour la première fois depuis que je suis en présence de ces éminents scientifiques. Un doux sourire traverse son visage pourtant peu attrayant, et lui confère un charme tranquille. Il est de ces médecins rassurants, bien loin de ceux de son espèce qui sont pétris de certitudes et de condescendance.

– Vous savez, lady Georgia, que vous n'aurez d'autre choix que de vous soumettre à l'examen qui a été demandé par notre bon roi George III en personne. Mais il s'agit d'un acte purement médical, et vous ne devez pas le considérer autrement. Il ne doit pas se transformer en humiliation envers vous…

Ses paroles me découragent et me réconfortent tout à la fois. Il vient brusquement de fermer une porte en énonçant clairement ce que je ne peux plus feindre d'ignorer : je n'ai aucun choix face à la volonté du roi en personne. Mais en même temps, il a ouvert une toute petite lucarne en me montrant de la considération, et je m'empresse de m'y glisser.

– Je vous écoute, docteur… Docteur ?

– Chambers, Madame. Henry Matthew Chambers pour vous servir.

– Je vous écoute, donc, docteur Chambers. Que proposez-vous ?

– Un seul médecin pourrait se charger de l'examen. Il n'est nul besoin que nous soyons si nombreux, à mon avis.

Il englobe ses confrères d'un large geste de la main.

– Et, reprend-il d'une voix plus forte pour couvrir les protestations de Long Cou et Grosse Bedaine, mes confrères ne sauraient, je suppose, remettre en cause les conclusions de celui qui y procédera. Après tout, il s'agit d'un examen des plus banals et comme je crois lady Georgia lorsqu'elle nous confirme que le mariage a été consommé, dont le résultat ne souffrira aucune discussion médicale.

Un seul médecin plutôt que trois paires d'yeux braquées sur mon entrejambe ? Mon estomac se noue à l'approche de l'inéluctable mais je ne peux refuser une telle proposition.

– Votre femme de chambre sera présente et nous pouvons même demander à votre époux d'y assister si tel est votre désir…

– Non !

Cette idée m'est proprement insupportable et mon emportement en témoigne. Le Dr Chambers, cependant, ne me presse pas, et attend que j'accepte l'inévitable.

– Non, répété-je plus doucement. Martha pourra rester. Et je veux que ce soit vous qui vous chargiez de… de l'examen.

Le praticien m'adresse à nouveau l'un de ses sourires réconfortants et même si mon cœur bat à mille à l'heure dans ma poitrine, à s'en briser encore et encore contre les parois de ma cage thoracique, l'appréhension reflue quelque peu.

Les deux autres médecins ne sont pas si faciles à convaincre mais après un long conciliabule dont je saisis l'essentiel – qu'ils ne sont absolument pas d'accord –, ils finissent par quitter la pièce.

Je me retrouve seule avec le Dr Chambers qui se dirige vers la mallette en cuir qu'il avait abandonnée au pied de mon lit, et en sort divers instruments qu'il dispose sur la petite table en marqueterie qui me sert de chevet. Je crois que je blêmis au fur et à mesure que l'inventaire se poursuit.

– N'ayez crainte, Madame, tente-t-il de me rassurer car il n'a pu manquer mon désarroi visible. L'examen peut être inconfortable, il est vrai, mais il est indolore, je vous le promets. Je vais vous expliquer à chaque geste ce que je ferai.

Il s'approche de la console sur laquelle repose la bassine en porcelaine de Limoges qui me sert à mes ablutions. Je l'observe remonter posément ses manches de chemise, puis demander à Martha de lui verser de l'eau tandis qu'il se lave les mains. Enfin, il se tourne vers moi.

– Souhaitez-vous que je me retire le temps que vous vous mettiez en chemise et que vous vous allongiez ? me demande-t-il avec bienveillance.

Je secoue lentement la tête, et de mes doigts tremblants, je dénoue la ceinture de ma robe de chambre. Le vêtement tombe à mes pieds dans un froufroutement.

Ce qui me semble être une éternité plus tard, je fixe le plafond richement orné de ma chambre, lèvres serrées et yeux humides. Il n'a pas menti, m'a parlé, s'est montré doux et prévenant. Mais la douleur de l'humiliation est venue s'ajouter aux plaies béantes infligées par Julian et ses mensonges.

– C'est fini, Madame, vous pouvez vous rhabiller.

Discrètement, il me tourne le dos, et prend un moment exagéré pour se laver à nouveau les mains, le temps pour moi de retrouver un minimum de décence. Je rirais presque de tant de précautions, au vu de ce qu'il vient de voir de moi, mais cela serait un rire amer et douloureux.

– Vous n'êtes plus vierge, Madame, assurément. Le mariage a été consommé, et c'est la conclusion que je vais de ce pas transmettre à mes confrères.

Il me quitte en me saluant, et je congédie aussitôt Martha.

Même si rien ne transparaît sur mon visage ou dans mes gestes, un observateur attentif ne pourrait qu'entendre mon cœur qui bat follement dans ma cage thoracique, si fort que ma poitrine se serre comme pour l'empêcher de s'en échapper. Sans doute en a-t-il assez d'être malmené, et aspire-t-il à quelque repos. J'ai encore une mission à mener et je pourrai lui offrir la paix dont nous avons maintenant désespérément besoin, lui et moi, pour surmonter cette épreuve.

Il est temps pour moi d'aller retrouver mon mari.

25

Julian

Installé dans un large fauteuil de la bibliothèque, je feins, depuis que les médecins sont montés rejoindre Georgia, d'y être absorbé par la lecture d'un ouvrage. En vérité, je serais bien incapable d'en donner le titre ni d'en détailler le contenu tellement m'obsède la pensée que ces hommes sont en train d'examiner Georgia contre sa volonté.

Georgia.

MA femme.

La seule idée que les praticiens sont en train de toucher ce que je suis le seul à avoir touché, de regarder ce que seul j'ai le droit de voir, au détriment de sa pudeur et de son libre arbitre, me fait une fois de plus serrer la mâchoire.

De rage et d'impuissance, je pose mon livre et me lève pour chasser mes pensées par quelques mouvements vains, avant de rejoindre la fenêtre la plus proche.

Certes, les émissaires dépêchés par mon parrain sont médecins et j'ai bon espoir qu'ils se contenteront de répondre aux ordres de notre roi sans vice ni arrière-pensées malsaines. Néanmoins, Georgia n'est pas malade, cet examen n'est pas nécessité par son état de santé et l'idée de lui imposer sans l'avoir préalablement ménagée me révolte.

L'envie d'étrangler mon cousin à mains nues après lui avoir asséné une patate conséquente dans sa face satisfaite me traverse.

Pourtant c'est plus contre toi que tu devrais être fâché... Toi qui lui as dissimulé la vérité et ce qui pouvait l'attendre en conséquence...

La lourde porte de la bibliothèque s'ouvre avec fracas, malgré son poids.

Je n'ai même pas besoin de me retourner pour savoir qu'il s'agit de Georgia, venue me manifester sa colère ou son humiliation.

– C'est ici que vous vous cachez pendant que je suis obligée de m'exhiber devant toute l'Académie de médecine pour vous permettre de protéger votre fortune et votre petit confort ?

Je pince les lèvres pour ne pas objecter que désigner par un terme aussi pompeux trois médecins – dont deux quasi grabataires – semble un tantinet exagéré. Je sens aux seules inflexions de sa voix plus haut perchée que d'habitude que la jeune femme fulmine et qu'il vaudrait mieux que je m'abstienne de tout commentaire superflu.

Je me retourne pour tenter au moins de rectifier ce qui paraît utile de l'être.

– Il n'est question ni de ma fortune ni de mon petit confort, Madame. Mais d'exécuter une demande royale. Et croyez que j'aurais souhaité vous épargner ces désagréments.

– Une demande royale dont le but est de vérifier que vous avez bien consommé votre mariage et que vous êtes donc légitime à conserver votre titre et vos possessions ! J'imagine que ces messieurs sont venus vous informer des résultats de l'examen ?

À vrai dire, non, ce qui n'est guère étonnant étant donné la froideur, voire la franche hostilité avec laquelle je les ai reçus tout à l'heure. De toute façon, Georgia n'attend pas vraiment de réponse.

– N'ayez crainte, Monsieur, le résultat est conforme à ce que vous pouvez espérer puisque, en vérité, le mariage a bien été consommé. Vos terres sont sauves.

– Je me moque des conclusions de ces médecins, Georgia.

– À qui voudriez-vous faire croire que cela vous indiffère alors que vous m'avez épousée fort opportunément quelques jours avant vos 30 ans !

Je m'efforce d'inspirer pour ne pas m'emporter.

Et ne pas franchir en trois enjambées la distance qui me sépare d'elle afin de la prendre dans mes bras pour la faire taire par mes baisers.

Ce-n'est-pas-le-moment.

– J'aurais sans doute pu vous expliquer la situation, Georgia. Mais je vous aurais épousée indépendamment de cette obligation familiale pour vous éviter la brutalité du vicomte de Beshington-and-Twickham.

Un rire froid me répond.

– Facile à dire, Votre Grâce, alors que je ne pourrai jamais le vérifier et que cela vous permet de rester duc et très riche.

– Je me fiche d'être duc. Je me fiche tout autant d'être riche même s'il s'avère que ma fortune personnelle, résultant de mon labeur et de mes investissements, suffirait pour plusieurs générations, indépendamment des biens attachés au duché ! Je voulais simplement éviter que mon cousin récupère le titre et puisse laisser libre cours à sa malveillance cruelle. Notamment avec les paysans et domestiques qui travaillent pour ma famille depuis toujours.

Interdite, Georgia me fixe quelques secondes qui me laissent espérer qu'elle a saisi mes motivations et qu'elle pourrait pardonner et passer outre mon silence.

– Décidément, vous auriez dû naître plus tôt, Monsieur. Quel preux chevalier, n'est-ce pas ! se moque-t-elle. Dommage que vous soyez aussi un dissimulateur qui cache derrière une apparente noblesse une bassesse véritable.

Je serre les poings à défaut de trouver quoi répliquer.

Après tout…

– Mais ceci dit, Monsieur, vous ne m'aviez rien promis d'autre que de m'éviter un mariage auquel je me refusais, de me faire découvrir les Amériques lorsque vous en auriez l'occasion et de me laisser libre de décider de ma vie. Vous avez parfaitement honoré les deux premiers points et je me dois de vous exprimer ma reconnaissance. Pour le dernier…

Elle suspend sa phrase, baisse la tête quelques instants et je jurerais, lorsqu'elle la redresse, voir ses yeux briller comme si elle contenait ses larmes. Je ne supporte pas de la voir dans cet état. Encore moins de savoir que je suis effectivement le responsable de cette colère et de son ressentiment. Mais aussi de sa tristesse.

– Ce que j'ai subi tout à l'heure me donne assez peu envie de demeurer à vos côtés. Vous m'avez donné, aujourd'hui plus qu'avec quiconque, l'impression d'être du simple bétail ballotté au gré des transactions, des décisions et des négociations toutes masculines. Mais j'imagine que j'aurais dû m'y attendre, venant d'un duc collectionneur de femmes… Vous l'aviez justement observé à Halifax : vous ne m'aimez pas, je ne vous aime pas…

Ces mots prononcés avec détachement me font l'effet insoupçonné d'un coup dans le plexus.

– Et rien ne nous oblige donc à demeurer côte à côte, alors que vous pourriez profiter de la vie londonienne qui a fait votre réputation et que je pourrais reprendre mes études sans être dérangée par la vie mondaine que j'abhorre, au contraire. J'ai honoré ma part du contrat puisque j'ai écarté les cuisses devant ces messieurs comme vous l'exigiez et votre héritage est sauf. Soyez assez aimable pour honorer le dernier point de votre engagement en me rendant ma liberté et finissons-en.

Je chasse l'image de Georgia ouverte devant ces hommes.

Puis celle de ma femme, ouverte et offerte devant moi.

Pour moi.

« Finissons-en »…

Les émotions qui me traversent me perturbent et je ne parviens pas à les expliquer pendant que la jeune femme poursuit avec une indifférence qui me tue.

– Rendez-moi ma liberté loin de votre monde frelaté ! Et puisque vous êtes duc un peu grâce à moi désormais, laissez-moi retourner sur les possessions qui sont le cœur de votre héritage, dans votre château de Bancraft, près des terres de mon enfance.

Elle semble fixer un point que je ne vois pas puis redresse le menton avec défi.

– En somme, ce sera chez vous mais loin de vous, Votre Grâce. Aussi loin que possible ! Je veux vous quitter, Monsieur.

Je ne bouge pas de mon siège tandis qu'elle sort précipitamment de la pièce. Je ne sais ce qui me cloue à mon fauteuil, mes sentiments bouillonnant dans ma poitrine comme dans un chaudron infernal, alors que je devrais lui parler, la retenir…

Foutu orgueil !

Depuis que je la connais, je me sens écorché vif. Les émotions me blessent comme si je ne portais plus aucune cuirasse. Comme si elle m'en avait dépouillé, avec ses armes redoutables : ses grands yeux gris, sa témérité et sa franchise. Et je ne peux gérer ce sentiment de vulnérabilité qu'elle a fait naître chez moi.

Alors je ne bouge pas plus lorsqu'un laquais vient raviver le feu de la cheminée, ce qui me semble être des heures plus tard, alors que le soleil a décliné derrière les fenêtres et que la température a chuté dans la pièce assombrie.

Je n'esquisse pas un mouvement lorsque Jarvis vient m'indiquer que le dîner peut être servi. Mais j'accepte le verre de cognac qu'il me propose ensuite, et lui arrache la bouteille en le congédiant, un peu brusquement, si bien que quelques gouttes ambrées tachent le parquet. J'avale mon troisième verre quand je crois entendre le raclement des malles sur le plancher, au-dessus de ma tête, puis dans les escaliers. J'en prends rapidement un quatrième, pour m'anesthésier.

Et c'est au sixième verre, ingurgité presque cul sec, l'alcool me brûlant l'œsophage, que je me décide enfin à me lever. Le liquide a beau creuser des trous acides dans mon estomac vide, l'eau-de-vie ne suffit pas à éteindre le feu qui se consume dans ma poitrine.

C'est en titubant quelque peu que je gagne la chambre conjugale. Sur le palier, je dois prendre une grande inspiration, car je n'ignore pas que je ne retrouverai plus aucune trace de Georgia dans cette chambre qui est redevenue la mienne. Et qui ne sera plus jamais la nôtre.

Et alors ? N'est-ce pas ce que j'avais envisagé, dès le départ ?

Tout cela devrait m'indifférer ! Un instant, je songe à refermer la porte, faire demi-tour, et aller cuver ma gueule de bois dans une autre pièce. Le manoir n'en manque pas. Pourtant, je ne le fais pas, comme si j'avais besoin de boire la coupe de ma culpabilité jusqu'à la lie. Je passe une main lasse sur mon visage pour chasser les brumes de l'ivresse avant de pousser le battant. Lorsque je rouvre les yeux pour les poser sur le lit, je crois rêver.

Étalée sur le couvre-lit céladon de la couche conjugale, bien en évidence, je découvre une tenue d'équitation : une veste doublée d'une épaisse fourrure écrue et un pantalon en peau de couleur fauve.

L'on pourrait les croire taillés pour un jeune garçon, mais je sais qu'il n'en est rien, puisque c'est moi-même qui en ai ordonné la confection. Au Canada, pour Georgia.

Elle me rend le seul cadeau que je lui ai jamais fait.

La douleur qui m'étreint soudain est si traître que je dois m'appuyer au dossier du fauteuil le plus proche. Je m'étais senti vulnérable ? En réalité, je suis déjà à terre, ma poitrine ouverte en deux, mon cœur piétiné par le départ de Georgia.

Château de Bancraft,
le 28 février 1807

Ma bien chère Philomena,

Pardonnez mon départ précipité de Londres sans même avoir pu vous revoir, et ce petit mot bien trop bref que je vous ai fait porter sans plus d'explications.

Sachez que j'ai dû annuler notre rendez-vous pour une raison malheureusement très valable : vous éviter de devoir consoler mes larmes alors que vous méritez de profiter pleinement de l'amour que vous porte James !

Je ne sais par où commencer tant les émotions affluent alors que je songe à ces dernières heures passées à Londres.

Figurez-vous que mon si séduisant mari ne m'a épousée que parce qu'il le devait et pas du tout par noblesse ni grandeur d'âme comme je m'étais plu à le penser, sotte que je suis.

Il devait être marié avant ses 30 ans pour conserver son titre et ses propriétés et a dû trouver très opportun de tomber sur une oie blanche dans mon genre, suffisamment acculée pour ne pas créer de problèmes, suffisamment idiote pour tomber amoureuse de lui en lui prêtant un amour réciproque !

Que je suis bête, Philomena, moi qui me piquais d'être si intelligente ! Oh, j'en sais des choses mais croyez-moi, je ne suis pas près de faire avancer la science en ce qui concerne le cerveau masculin.

Loin de moi l'idée de vous dégoûter de votre mariage qui approche à grands pas et pour lequel je me réjouis sincèrement. Votre James vous aime et vous l'a assez répété désormais. Nul doute qu'il saura vous chérir comme le trésor que vous êtes et vous aimer sans simplement vous prendre comme un simple objet de plaisir.

Bien sûr, je ne vais pas me plaindre d'avoir été initiée à la sensualité par mon débauché de mari. Mais y aurais-je pris autant de plaisir si je n'avais pas tant aimé le duc et si je n'avais pas cru détecter dans chacun de ses regards que je surprenais, chacune de ses caresses qu'il me volait, chacune de ses attentions quotidiennes dans les dernières semaines un amour… qui n'en était pas un ?

Sans doute ne le saurai-je jamais et ce qui me rend le plus enragée, alors que je voudrais être redevenue lucide et indifférente, c'est que je l'aime toujours et que son souvenir m'obsède.

Imaginez-vous que mes seins me paraissent même douloureux de ne pas avoir été assez caressés, mon entrejambe pesant de ne plus l'accueillir ?

Oh, je sais que je ne devrais pas vous livrer de telles pensées et il est fort probable que je ne vous envoie pas ce texte qui finira sans doute dans ma corbeille, comme cette missive que j'avais commencée hier, après avoir abandonné mon télescope, pour lui demander de revenir me chercher.

Heureusement, je garde un peu de jugeote et je sais que désormais ma préservation suppose de ne plus nourrir un amour inconsidéré pour un homme qui finalement ne m'a pas menti : il n'a jamais prétendu m'aimer et ne m'aime toujours pas. Je suis seule fautive d'avoir pu croire qu'un libertin débauché – et homme à femmes notoire – évoluerait pour une jeune provinciale bien naïve. Le savoir ne me rend pas plus heureuse mais je le supporterai mieux en ne devant plus y songer à ses côtés, alors que sa présence m'enivre et que le seul souvenir de ses caresses me grise.

Avec ça, j'en oublie mes chères études car je suis juste bonne à galoper, comme une âme en peine, dans les bois d'ailleurs magnifiques du domaine de Bancraft !

Et surtout, j'en oublie l'essentiel en mauvaise amie bien narcissique et bien égocentrique que j'ai conscience d'être devenue : parlez-moi de votre robe, de votre mariage et de James !

J'ai grande hâte de vous lire et de vivre à travers vos mots le véritable amour que vous avez le bonheur de partager avec votre fiancé !

Surtout écrivez-moi Philo !

Je vous embrasse, ma chère cousine,

Votre amie Georgia.

26

Julian

– Qu'en penses-tu ? Crème ou grège ? me demande James, menton levé devant le miroir, en présentant sur sa poitrine deux cravates de soie qui me paraissent rigoureusement identiques.

De mon fauteuil installé dans la boutique du tailleur situé sur Savile Row, au sein du quartier de Mayfair, dans laquelle James m'a traîné, je baragouine une vague réponse qui doit ressembler à :

– Mmmmpfffffff…

Ce qui retranscrit parfaitement mon état d'esprit à la dernière bizarrerie de James qui s'est mis en tête de visiter tous les tailleurs de Londres plutôt que de les faire venir dans son manoir, comme tout gentilhomme en a l'habitude. Il a prétendu que c'était plus « moderne », même si je ne sais pas réellement ce que recouvre ce terme pour lui. Je suppose que c'est sa future femme qui a placé ce mot dans sa bouche.

Et que c'est sans doute la mienne qui l'a soufflé à Philomena…

Au pied d'Egerton, le tailleur et son commis tentent patiemment de marquer l'ourlet de ses pantalons, tout en suivant ses mouvements incessants.

– Tu fais vraiment un témoin admirable, Langley, ironise James en se retournant pour me considérer. Ton aide m'est précieuse. Ton avis éclairé me guide et m'ouvre un chemin tout tracé sur la voie du mariage.

– Et depuis quand un témoin doit-il se transformer en couturière, conseiller le marié sur les qualités des tissus et connaître la différence entre… beige et beige ?! grommelé-je pour ma défense.

– Moi qui t'avais principalement choisi car il n'y a pas si longtemps, tu montrais justement des accointances avec cette profession… À propos, comment va Miss Bloomsbury ?

Touché.

Je jette à mon meilleur ami un regard noir à l'évocation de mon ancienne maîtresse que je n'ai pas cherché à revoir depuis mon retour en Angleterre, tandis qu'il retient difficilement un rire moqueur.

– Et depuis quand penses-tu que je suis un spécialiste du mariage ? riposté-je en changeant prudemment de sujet. Regarde ce qu'est devenu le mien !

James abandonne entre les mains du tailleur les deux morceaux de soie et vient me rejoindre à grandes enjambées pour s'asseoir dans le fauteuil qui confronte le mien. Son regard franc me considère sans indulgence.

– Je ne te suis pas, mon ami.

Je hausse les épaules sans répondre et me contente d'avaler une nouvelle gorgée du sherry bien trop doucereux qu'on a cru bon de me servir au milieu de la matinée.

– Si je me souviens d'une précédente conversation, tu n'aspirais qu'à satisfaire les volontés de ton royal parrain tout en te réjouissant d'épouser une femme qui regagnerait son indépendance sitôt le mariage célébré. Tu la rêvais indifférente et loin de toi. N'as-tu donc pas rempli parfaitement tous tes objectifs ?

Touché, coulé.

James a si bien ajusté son boulet de canon que je gis par le fond à dix mille lieues sous la surface.

– Tout cela n'est pas si simple, et tu le découvriras bien plus tôt que tu ne le penses, toi qui as quasiment la corde au cou, consens-je à reconnaître, sans dissimuler à mon meilleur ami la pointe d'amertume qui colore ma sentence.

James s'enfonce dans son fauteuil, sans se départir de sa bonne humeur et sans cesser de m'examiner de son œil critique bien que fraternel.

– Je crois surtout que c'est toi qui compliques la situation. Il suffit de te regarder errer, l'âme en peine, et comme si tu portais toute la souffrance de la terre sur tes épaules, pour comprendre ! Elle te manque et tu en crèves, Langley ! Il t'arrive la pire des choses qui pouvait t'arriver à toi, Julian Langley, le libertin sans attaches : tu es tombé amoureux de ta femme. Pour un duc, c'est d'un bourgeois… Maintenant, tu n'as plus qu'une chose à faire : trouver le moyen qu'elle te pardonne.

Toutes ces phrases sont assénées sur le ton de l'évidence, et bizarrement, je n'ai rien à y répondre. La lucidité mâtinée d'ironie de James m'exaspère au plus haut point, et je le montre en me renfrognant un peu plus. Pourtant, plutôt que de me lever, de quitter cette boutique poussiéreuse et son mauvais sherry, je reste là à écouter mon meilleur ami – le plus piètre des amoureux – me prodiguer des conseils sur ma vie sentimentale.

– Venant d'un garçon que j'ai vu avoir le cœur brisé un million de fois lors de nos études, cela se pose là, tenté-je dans un dernier baroud d'honneur. Te souviens-tu de la fois où tu m'as obligé à te rejoindre à Florence car tu avais entendu qu'Angela Winter-Fox y séjournait durant l'hiver ? La même Angela avec laquelle tu avais échangé des serments d'amour fou à Bath au cours de l'été précédent. Elle était bien à Florence, remarque. Avec son fiancé italien. Comment s'appelait-il déjà ?

James ne fait aucun cas de ma vaine tentative de l'agacer en évoquant ses chagrins passés. C'est un amoureux de l'amour, mais je crois qu'en Philomena, il a enfin trouvé celle qui a réparé son cœur et ne lui brisera plus jamais.

– Angela, soupire-t-il avec nostalgie, avant d'étendre ses longues jambes devant lui, bras croisés sur son jabot. Le croiras-tu ou non, je n'ai pas ressenti avec elle une once du bonheur infini qui me traverse quand Philo se tient dans la même pièce que moi.

Je crains de comprendre parfaitement ce à quoi il fait allusion.

– Et je sais que si je devais me trouver séparé de Philomena, si elle devait m'en vouloir au point de placer des lieues entre nous à cause de quelque chose que je lui aurais fait, je serais déjà à plat ventre en train de ramper pour implorer son pardon.

– Ton mariage risque décidément d'être une longue partie de plaisir si tu dois t'aplatir à chaque fois que ton épouse te cherchera querelle, soupiré-je exagérément devant la théâtralité de James. En outre, même si je voulais ramper aux pieds de Georgia, comme tu le proposes, encore faudrait-il qu'elle accepte de me voir. Ce qui n'est pas le cas aujourd'hui dans la mesure où elle m'a au contraire expressément demandé de ne pas chercher à la rejoindre. Et tu sais qu'il est hors de question que je force sa porte, quand bien même elle est aussi la mienne puisque Georgia a trouvé refuge à Bancraft.

James se redresse avec vivacité, en abattant ses mains sur les accoudoirs recouverts de cuir brun patiné.

– Si c'est là ton seul problème, la solution est toute trouvée, mon ami…

Il s'interrompt, ménage le suspense en arborant un air mystérieux qui m'exaspère aussitôt.

– Viens-en au fait, James !

– Il y a un endroit où vous serez forcément tous les deux.

Son visage s'illumine d'un large sourire de gamin tandis qu'il fourrage dans ses cheveux blonds d'une main impatiente.

– Mon mariage ! Georgia est la plus proche amie de Philomena et tu seras mon témoin. Et quoi de plus romantique que la célébration de l'amour pour tenter de reconquérir ta bien-aimée ? Alors oublie ta fierté, Julian, et prépare-toi à supplier ta femme de te pardonner tes mensonges.

27

Georgia

– Philo, vous êtes superbe ! soupiré-je avec admiration en laissant doucement courir mes doigts sur le voile quasi aérien qui floute délicatement les traits de mon amie et cousine.

Ma réflexion est on ne peut plus sincère. La robe de Philomena est d'une simplicité exquise et mettra parfaitement en valeur sa silhouette gracile. Sa coiffure déjà achevée qui paraît tout aussi simple mais dont je sais qu'elle a nécessité des heures de travail, est sophistiquée juste comme il le faut et accentue sa blondeur et son charme celte.

Philomena laisse échapper un rire un peu trop fort et même derrière la mince barrière de tissu, je peux voir ses joues rosir d'excitation et de plaisir.

– Quand je pense que dans quelques heures à peine, je serai mariée à James…

Elle relève son voile et l'ôte pour le poser sur un petit meuble tout proche, duquel sa mère l'enlève aussitôt pour le remiser et éviter qu'il soit froissé quand Philomena le revêtira vraiment. Car nous n'en sommes qu'aux ultimes essayages de sa toilette et je ne regrette guère de m'être terrée à Bancraft ces dernières semaines et de n'être revenue à Londres qu'au dernier moment. Même si je n'ai sans doute pas été l'amie idéale, j'ai au moins échappé aux cent quarante-six essayages précédant celui-ci. Et puis après tout, Philomena n'a même pas assisté à mon mariage, elle !

Ou à mon naufrage, si je dois réellement qualifier la désunion dans laquelle je me suis engagée à vie avec un mari coureur et menteur.

Mon regard se perd vers les grandes fenêtres desquelles tombent les rayons d'un soleil matinal resplendissant qui éclaboussent le parquet d'éclats dorés. Il est étonnant qu'il fasse un tel temps à Londres en cette saison. À croire que je suis la seule à ne pas être au diapason d'une journée dédiée à la célébration de l'amour.

Non, pardon. De l'Amour. Avec une majuscule géante.

– Georgia, vous êtes avec moi ?

Je hoche la tête en me forçant à sourire. Hors de question de gâcher cet événement si joyeux avec la morosité qui ne me quitte guère depuis que j'ai découvert la duperie de Langley. Mais je ne trompe pas mon amie qui me connaît depuis toujours. Sa mine se froisse quelque peu et je m'en veux aussitôt de lui avoir laissé voir une once de ma mélancolie.

– Descendons aux jardins, me somme-t-elle en se levant avec vivacité et en m'attrapant le bras. Il fait un temps splendide et je crois que j'ai besoin de marcher un peu pour me détendre !

Elle ignore les protestations de sa mère qui la morigène de peur qu'elle ne défasse sa coiffure. Heureusement, elle n'avait essayé que son voile. Sa robe l'attend dans son vestiaire, soigneusement gardé par la femme de chambre.

Ma tante m'a accueillie avec beaucoup de chaleur dans leur demeure londonienne. Et surtout, elle n'a posé aucune question quant au fait que je ne réside pas dans celle de mon mari… La cérémonie, elle, aura lieu dans une chapelle proche du manoir des Egerton.

À l'extérieur, l'air est frais mais vivifiant. Philo m'entraîne vers le fond du petit parc, à grands pas pressés que je n'ai cependant aucun mal à suivre. Nous arpentons les allées sablonneuses et brillantes de rosée.

– Vous ne vous êtes toujours pas réconciliée avec le duc, n'est-ce pas ?

– Je ne suis pas fâchée avec lui, Philo, je vous l'ai déjà expliqué, affirmé-je avec conviction.

– Justement, de ce que vous m'avez relaté, cela ressemblait fortement à une fâcherie, tente-t-elle après un silence circonspect.

– Du tout. Nous avions passé un accord, avant de nous marier. Et nous nous efforçons chacun de le respecter du mieux que nous pouvons.

Je ne sais pas qui j'espère convaincre avec mon jargon d'homme de loi, comme si j'évoquais un litige lié à l'achat d'une vache laitière à un maquignon.

– Georgia, puis-je être honnête avec vous ?

– Si vous l'avez décidé, puis-je vraiment vous en empêcher ? répliqué-je, car je connais trop Philomena pour deviner qu'elle ne s'en privera pas.

Privilège de plus vieille et seule amie doublée d'unique cousine.

– Certainement pas le jour de mon mariage, non ! rit-elle, avant de poursuivre, un peu plus sérieusement. Je sais que vous m'avez expliqué comment le duc et vous avez repris chacun votre liberté. Je sais aussi que vous avez tenté de me convaincre, ou plutôt de vous convaincre que la situation vous convenait parfaitement. Mais permettez-moi de vous dire que votre mine dément vos propos : elle est épouvantable. Vous avez l'air terriblement malheureuse. Et cela ne m'étonne guère vu la teneur des courriers que j'ai reçus lorsque vous étiez aux Amériques. Le contrat entre vous me paraissait alors légèrement différent…

La pointe de moquerie ne m'échappe pas.

– Justement, me défends-je avec véhémence. Ce… rapprochement… était une erreur manifeste. Je l'ai compris depuis. Alors j'en reviens à nos accords initiaux.

Philomena me considère, guère convaincue, puis m'indique un petit banc avant de s'y asseoir, sans prêter attention à l'humidité qui colore la pierre. Je fais de même, sans façon.

– Donc vous allez vivre ainsi, avec le duc ? Lui à Londres, vous à Bancraft ? Et vous ne ferez bonne figure que les jours comme aujourd'hui, lorsque vous serez réunis par la force des choses ?

La pensée que j'essaie de refouler depuis le début de la matinée tord mon estomac. Une légère nausée contracte ma gorge.

Je vais voir Julian. Aujourd'hui. Tout à l'heure.

– Nous vivrons ainsi, admets-je, sans réussir à cacher mon amertume. Enfin du moins tant qu'il me le permettra. Car après tout, je suis complètement à sa merci. Je n'ai aucune existence légale hors de ce mariage. Dans ce pays, les femmes sont entièrement dépendantes de leurs maris. En m'unissant à Langley, j'ai perdu le peu de droits que je possédais encore ! Je ne peux plus acquérir de biens à mon nom, ou conclure un contrat, intenter une action en justice. Je ne peux même pas faire mon testament. Et pour donner quoi, d'ailleurs ? Tout appartient à mon mari. Absolument tout [1]. Donc, oui, mon existence ne dépend que de son bon vouloir…

Emportée par ma colère, je ne m'aperçois que trop tard de l'effet qu'ont mes propos sur ma cousine.

Qui se marie aujourd'hui, donc.

Et à qui je viens de livrer une vision positivement affreuse de cette vénérable institution.

Elle fronce ostensiblement les sourcils en m'écoutant sans mot dire.

Bon sang, mais quelle idiote je suis !

– Philo, je suis réellement désolée, m'excusé-je avec empressement. Oubliez mon humeur morose, ma situation

1. Doctrine de la *coverture* : en Angleterre, au XIXe siècle, une femme célibataire ou une veuve bénéficiaient d'un droit de propriété mais en se mariant, la femme perdait sa personnalité juridique qui était fondue avec celle de son mari.

n'a rien à voir avec la vôtre et celle de James. Personne ne peut vous observer plus de cinq minutes quand vous êtes tous les deux sans s'apercevoir de l'étonnante alchimie qui existe entre vous…

– J'allais justement dire la même chose de Julian et vous, me coupe ma cousine avec ironie, me laissant sans voix. Mais vous vous méprenez sur mes réactions. Je ne doute absolument pas que nous serons aussi heureux que possible avec James, mais surtout, je ne doute absolument pas non plus du fait que le duc, quels que soient ses mensonges, ne profitera jamais de la supériorité que lui donne la loi. Cela serait en contradiction totale avec ses œuvres.

Ses... quoi ?

– Je vois que vous en ignorez tout, constate Philomena devant ma mine perplexe. Ne savez-vous donc pas que votre époux a fait bâtir à Londres même une demeure dans laquelle des femmes souhaitant quitter le joug d'un mari abusif ou violent peuvent trouver refuge ?

Mon cœur part en ruade dans ma poitrine, alors que mon cerveau, lui, peine à y croire.

– C'est votre fiancé qui vous a rapporté cela ? parviens-je à balbutier.

Philomena acquiesce.

– L'adresse est gardée secrète et l'on raconte qu'il existerait plusieurs de ces maisons dans la ville. Mais ce que je sais, c'est que votre époux, de manière désintéressée, apporte abri, aide financière et juridique à ces femmes, bravant le courroux des maris. Il serait donc étonnant qu'il traite moins bien sa propre épouse que des inconnues.

Abasourdie par cette révélation, je m'adosse au banc de pierre, tandis que ma tante surgit au détour de l'allée, nous sommant dès qu'elle nous aperçoit de rentrer immédiatement, car une petite pluie fine, typiquement londonienne, se décide finalement à tomber.

Je suis Philomena qui bondit avec légèreté en riant aux éclats. Mon cœur, lui, est aussi lourd que mon pas est alerte.

– Allez, ma cousine ! s'exclame Philo sans dissimuler sa joie débordante. Il paraît que je dois me marier ce matin ! Alors il faut impérativement que vous alliez essayer la robe absolument divine que votre couturière a fait livrer hier pour vous.

Elle baisse le ton pour que sa mère ne nous entende pas.

– Et puis… même si vous ne voulez pas reconquérir votre duc et si vous souhaitez seulement lui rendre la monnaie de sa pièce, soyez si belle et sensuelle qu'il se traînera à vos pieds pour avoir ne serait-ce que l'espoir de vous toucher à nouveau…

28

Georgia

JE NE REGARDERAI PAS JULIAN LANGLEY, DUC DE KINGSBERRY.

JE NE REGARDERAI PAS JULIAN LANGLEY, DUC DE KINGSBERRY.

JE NE…

À force de m'admonester en pensée depuis que je suis montée dans la calèche qui vient de m'amener à la chapelle dans laquelle se marient enfin Philomena et James, cela aurait dû finir par rentrer.

Aurait…

Toutefois, la première chose que je fais en pénétrant dans la salle de réception attenante qui accueille les convives avant que ne débute la cérémonie religieuse est de balayer l'assemblée du regard, discrètement dissimulée derrière mon nouvel éventail.

Pour tomber immédiatement sur le regard bleu marine le plus saisissant qu'il m'ait été donné de croiser à ce jour.

Celui de ce diable de Julian Langley, Sa Détestable Grâce le duc de Kingsberry.

Mon mari.

Pour la discrétion, on repassera. Merci l'éventail.

Je m'efforce d'afficher un visage serein, aux antipodes de celui que j'ai contemplé dans le miroir ces dernières semaines : morose et bouffi par les larmes. Agitant mon éventail avec une notion toute personnelle de la grâce et de l'élégance, je souris à la première douairière que je rencontre. Elle semble se demander pour quelle raison je suis si heureuse de la croiser à nouveau – alors que j'étais si pressée de la mettre dehors lors de sa visite aux premiers temps de mon mariage –, mais échange rapidement quelques banalités d'usage avec moi.

Après tout, je suis la duchesse de Kingsberry, il y a pire que d'être vu à mes côtés.

Ma stratégie ne semble pas suffire à écarter celui auquel JE NE PARLERAI PAS puisqu'il devise désormais à quelques mètres de nous avec le père de James, de l'autre côté d'un superbe oranger en pot, sans jamais me quitter de son regard intense.

À quoi cela sert-il de ne pas lui parler si je ne cesse de le regarder ? De le fuir si je ne cesse de me tourner dans sa direction ? Surtout s'il s'en aperçoit puisque chaque fois que je jette subrepticement un œil vers lui, Julian est *déjà* en train de m'observer. Son éternel demi-sourire au coin des lèvres, il continue sa conversation entre deux gorgées d'un liquide doré et je ne peux m'empêcher de penser que c'est moi – et mes tentatives pathétiques de faire bonne figure – qui l'amuse.

Dois-je reconnaître que les révélations de Philomena m'ont quelque peu troublée ? Jamais.

Bientôt la duchesse avec laquelle j'avais pourtant un échange particulièrement exaltant sur le demi-point de croix prend congé pour retrouver une de ses vieilles amies. J'essaie de conserver une contenance en me demandant vers qui me tourner alors que Philomena ne sera pas visible avant la célébration du mariage.

– Vous êtes très en beauté, Madame.

Je m'efforce de dissimuler mon tressaillement quand la voix basse et caressante de mon mari s'élève dans mon dos. Ma nuque fourmille de le sentir si proche, mes boucles semblent se dresser sous le poids de son regard que je devine scrutateur.

Et bien sûr mon idiot de cœur, honte pour mon cerveau si certain que la femme devrait être l'égale de l'homme, se met à faire des pirouettes joyeuses et pathétiques, dignes de ce petit singe qu'un saltimbanque exhibait à Hyde Park au début de l'été dernier. Je parviens néanmoins à formuler une réponse de circonstance qui devrait prouver à Langley que j'ai facilement surmonté sa dissimulation et son manque d'amour.

– Je vous remercie, Votre Grâce.

Oui. Nul besoin de le souligner. C'est succinct, je vous le concède.

– Je vais être obligé de vous accompagner dans le temple, Madame, et j'espère que vous arriverez à le supporter : comme vous le savez, nous sommes toujours mari et femme en plus d'être les amis les plus proches des mariés… Nos places seront côte à côte et l'on attendra de nous que nous pénétrions ensemble dans la nef.

« Obligé »… Voilà qui a le mérite d'être clair.

Je suis soudain prise d'une nausée inhabituelle. Manifestement, la présence magnétique du duc m'affecte toujours autant.

À moins que cela ne soit son indifférence désormais réelle, malgré notre entente sexuelle passée et ce que j'avais pris pour de la complicité…

– Puisqu'il le faut alors… répliqué-je sans que Julian ne perde de son assurance ni de sa nonchalance. J'espère que cette corvée ne vous pèsera pas trop, Votre Grâce, ne puis-je m'empêcher d'ajouter, passablement cinglante.

Un instant, je jurerais que l'aplomb des yeux azuréens vacille quelque peu, mais cela ne doit être qu'un effet de mon imagination fertile, car aussitôt, Langley retrouve sa hauteur habituelle.

– Je m'accommoderai fort bien de pouvoir contempler vos charmes, Madame. Il semblerait que vous vous soyez beaucoup épanouie durant notre séparation. Et même si cela devrait me chagriner, croyez bien qu'aujourd'hui cela me ravit.

De son regard saphir, Julian caresse tranquillement mon décolleté plutôt avantageux en effet – preuve s'il en est que la couturière irlandaise qu'il m'avait tant recommandée pour prendre les mesures de mon trousseau n'est pas infaillible puisqu'elle a manifestement vu trop juste.

Et évidemment… je frissonne.

Le sourire en coin si agaçant réapparaît.

– Je ne vous savais pas si frileuse, Georgia.

Mains dans les poches de sa redingote, Julian mordille sa lèvre inférieure en fixant à nouveau les deux globes – palpitant bien malgré moi – qui me tiennent lieu de poitrine ce soir. Il faut dire que Miss Bloomsbury a vraiment été chiche sur la soie au point que je crains à tout instant que mes seins ne finissent par s'échapper de leur prison soyeuse.

Leurs traîtresses pointes durcies tendues vers Julian.

Nausées, frissons, bouffées de chaleur, pensées lubriques et entrejambe bien trop pesant. Voilà le résultat de ces pensées…

Soit Julian continue de me faire un effet que je me dois de combattre si je ne veux pas perdre mon âme en cédant aux charmes d'un libertin menteur et indifférent, aussi séduisant et expérimenté soit-il, soit je suis en train de tomber vraiment malade. Et même si mon esprit s'en porterait sans doute mieux, je doute que cette alternative soit une bonne nouvelle.

Quoique je suis persuadée que pensées lubriques et entrejambe pesant ne sont des symptômes d'aucune maladie connue et répertoriée par l'Académie britannique de médecine…

Une nausée incoercible me saisit pourtant alors que Julian me parle.

– Georgia ? Est-ce bon pour vous ? questionne-t-il patiemment tandis que mes entrailles se contractent. J'ai définitivement bien trop envie de vomir pour rester au milieu de tous ces convives en prenant le risque de souiller ma robe et ma réputation si je ne parviens pas à réprimer mon malaise.

Sans compter que j'ai oublié la pâte dentifrice dont je suis devenue une inconditionnelle à Bancraft.

Tout occupée à juguler mon malaise, je peine à assimiler le sens des paroles de Langley qui s'adresse à nouveau à moi. Je ne saisis que la fin de sa phrase.

– … vous parler une fois la cérémonie célébrée. Je crois que nous avons des choses à nous dire. Enfin, en tout cas, je souhaite vous dire des choses…

– Excusez-moi, Votre Grâce, j'étais distraite.

Je sens que, bien involontairement, j'ai cette fois piqué l'amour-propre de Julian. Il me regarde toutefois presque tendrement et tend une main vers une des boucles qui comme toujours s'est échappée des épingles couvertes d'éclats de diamants servant à discipliner un peu ma chevelure indomptable.

– Vous n'avez pas changé, heureusement. Je tente de vous ouvrir mon cœur et vous jouez les indifférentes. Toujours la même adorable petite peste.

Certes. Mais la petite peste a vraiment envie de rendre l'intégralité de la collation prise comme il se doit ce matin afin d'éviter de se jeter sur les petits fours durant ce buffet, attitude évidemment indigne d'une honorable duchesse.

Je déglutis en songeant à la brioche dont j'ai sans doute abusé et recule brusquement sans que la main de Julian ait eu le temps d'atteindre ma boucle de cheveux.

Et qu'a-t-il dit en parlant de son cœur ?

Les traits de son visage se durcissent et les étincelles taquines de son regard disparaissent.

– Soit, Madame. Je ne comptais pas vous toucher, n'ayez crainte. Comme je vous le disais alors que vous étiez « distraite », je dois m'entretenir avec James avant qu'il ne se marie mais je vous propose que nous nous retrouvions ici même d'ici une demi-heure. Nous pourrons nous rendre ensemble au temple.

Je ne comptais pas vous toucher…

J'ai beau avoir eu l'initiative de notre séparation de fait, entendre Julian confirmer que non seulement il ne m'a jamais aimée mais que son attirance physique a déjà disparu me bouleverse plus que je le pensais.

Cette fois-ci, c'est certain : je vais vomir.

Je *dois* vomir.

Et fuir cet homme qui est bien trop séduisant et bien trop troublant pour la paix de ma jeune âme naïve.

J'acquiesce et le regarde s'éloigner avant de rejoindre à petits pas précautionneux le vestiaire destiné aux dames de l'assemblée.

Je soupire d'aise en humectant mon visage d'un linge de lin trempé dans la bassine de courtoisie disposée sur une jolie commode en bois de rose, retrouvant une respiration plus apaisée à mesure que les gouttelettes imprégnées d'essence de bergamote glissent le long de ma nuque.

– Ma chère cousine ! Quel plaisir de vous revoir ici après toutes ces mésaventures…

Visage fermé, je contemple à travers le miroir le reflet de la jeune femme brune qui se tient désormais dans mon dos et dont l'expression faussement juvénile ne me dupe plus.

– Lady Workington… me contenté-je de répondre sans cesser de me rafraîchir avec mon linge humide.

– Comment allez-vous, lady Georgia ? J'ai appris que vous aviez fait l'objet d'un examen quelque peu délicat… Cela a dû être terrible pour vous, ma chère…

– Votre Grâce, corrigé-je tranquillement.

Je me sens pour une fois extrêmement protocolaire alors que je sais que l'hypocrite qui babille dans mon dos est certainement à l'origine de mon humiliation.

– Votre Grâce, rectifie-t-elle sans parvenir à dissimuler sa contrariété. Il est vrai que vous voilà désormais assurée d'être duchesse sans contestation. Et si j'en crois votre tenue, vous vous accordez parfaitement tous les deux. Vous êtes aussi libérale et ouverte d'esprit que votre époux.

J'avoue que je suis quelque peu décontenancée et ne comprends guère à quoi lady Workington fait allusion. Je contemple brièvement mon décolleté plutôt osé dans le miroir. Serait-ce à cela que songe la comtesse ?

Sans doute a-t-elle perçu ma perplexité car elle poursuit avec un sourire qui s'élargit à mesure qu'elle m'achève.

– Peu de jeunes femmes auraient accepté de confier la responsabilité de leur trousseau à la maîtresse officielle de leur mari ! Mais il est vrai que Langley a toujours eu la réputation de pouvoir satisfaire plusieurs femmes en même temps et que Miss Bloomsbury a su vous mettre magnifiquement en valeur tout en continuant de profiter des… largesses de votre époux ! Belle preuve de votre ouverture d'esprit… (la peste fixe son regard envieux sur moi dans le miroir) Votre Grâce.

Ma couturière, tant recommandée par mon mari, qui m'a vue nue et me priait à chaque fois de saluer Langley, aurait été sa maîtresse ? Est-ce possible ? Sans doute… Avant… Mais tout de même pas depuis notre mariage… Pas même quand Julian passait ses soirées à fuir notre domicile…

Oh, mais si, tout est possible avec cet homme trop beau, trop riche, trop puissant, si gourmand, si expert et tellement habile de ses mains quand il s'agit de s'occuper d'un corps de femme !

Cette fois-ci, c'en est trop pour mon estomac nauséeux et l'essence de bergamote ne peut plus rien contre cette nouvelle preuve de la duplicité intrinsèque de Langley.

Un haut-le-cœur me saisit et j'ai à peine le temps de me retourner pour trouver un récipient disponible que je commence à vomir tripes et boyaux sur les jolies chaussures en chevreau d'une Pamela Workington horrifiée.

Et si médusée qu'elle a enfin cessé de me dispenser ses perfidies.

Malheureusement, quelques instants plus tard, face au miroir qui reflète mon visage blême, je suis toujours aussi nauséeuse. Même l'expression sidérée de ma peste de cousine ne me donne pas la force de sourire alors que ma réponse aussi involontaire que dégoûtante à sa méchanceté nous aurait fait mourir de rire en temps normal, Philomena et moi.

Je devrais me sentir soulagée mais les crampes qui me torturent sont encore là.

Ainsi que la douleur de savoir Julian encore plus menteur que je ne le pensais déjà.

La tête me tourne de plus en plus et je n'ai désormais qu'une seule envie : m'allonger et faire passer cette abominable sensation à coups de petits crackers anglais.

J'ai beau détester encore plus Julian de m'avoir donné le goût à l'amour alors qu'il s'agit d'un amour impossible et mensonger, je sais que je ne suis pas dans cet état simplement parce que je ne supporte plus sa présence ou d'apprendre combien il m'a trompée. Je suis *vraiment* physiquement malade et il serait en réalité parfaitement déraisonnable que j'assiste à la cérémonie, au risque de m'évanouir et de saborder le mariage de ma meilleure amie.

Avisant une domestique sans doute préposée à la propreté des vestiaires qui vient de surgir en entendant glapir la comtesse de Workington – laquelle sautille toujours sans savoir quoi faire de ses escarpins maculés de vomissures –, je lui glisse quelques mots à transmettre dans les meilleurs délais à Philomena puis, d'ici une demi-heure environ, au duc de Kingsberry.

Et sans revenir vers la salle de réception, mains jointes sur mon estomac, je quitte vestiaires puis corridor d'un pas aussi rapide que le permet mon état pour m'empresser d'aller trouver mon équipage.

Me soigner le corps mais également mon cœur et mon âme… en fuyant une fois de plus mon trop séduisant mari.

29

Julian

Debout à côté de Marcus, en retrait de James qui affiche un sourire béat, j'essaie de dissimuler à l'assemblée qui ne nous quitte pas des yeux combien je fulmine.

Je serre une fois de plus les dents sous l'effet de la colère. *Comment cette petite diablesse a-t-elle pu oser me jouer un tour pareil ?*

Qu'elle ait semblé tellement écœurée en ma présence était déjà assez difficile à admettre. Mais qu'elle soit allée jusqu'à oser s'enfuir, au vu et au su de toute la noblesse anglaise, préférant laisser un siège vide à côté du mien plutôt que de devoir accéder à mon bras dans l'église me rend fou de rage.

Totalement. Fou. De. Rage.

J'ai soudain une idée très précise de la punition à laquelle je rêverais de soumettre la trop jolie peste qui me tient lieu d'épouse et je dois fermer les yeux pour chasser la vision de ses adorables fesses se tortillant à mesure que mes grandes mains les marquent de zébrures roses.

– *Qu'en dites-vous, Madame ? Méritez-vous d'être châtiée ?*

– *Je le mérite, Monsieur.*

J'ai beau user de toute ma concentration pour cesser de songer au corps souple et sensuel de Georgia, je suis sans doute un bien mauvais ami car la cérémonie passe sans que je ne sois capable d'en évoquer un détail.

À se demander comment j'ai pu remettre les alliances au bon moment.

Le fait est que je tempête toujours intérieurement tandis que je donne le change durant la somptueuse réception qui se tient dans les salons de la famille Egerton. Affichant une mine concernée de circonstance, j'explique à qui veut l'entendre combien Georgia se sentait mal au point de ne pas pouvoir demeurer à mes côtés, y compris pour assister au mariage de sa cousine et meilleure amie.

Et j'essaie de ne pas prêter attention aux regards bien trop appuyés que les vieilles biques présentes se jettent entre elles lorsque j'évoque la santé de ma femme. Manifestement elles n'en croient pas un mot et doivent s'imaginer que comme tout mariage aristocratique, notre union n'est que de façade. Mais qu'en plus de cela, je suis incapable de contrôler mon impétueuse épouse.

Ce qui est la stricte vérité. À part de dégoût à mon égard, je reste convaincu que Georgia ne souffrait aucunement. Et je sais bien qu'elle n'est pas contrôlable hormis dans ces moments exquis où je la menais au plaisir et où elle acceptait en gémissant, en suppliant même, que j'use de son corps délectable à ma guise.

Je chasse une nouvelle vision, celle de mon sexe en train de pénétrer pour la première fois le petit anneau si serré entre ses merveilleuses fesses et vide une nouvelle coupe de champagne.

– Tu devrais te calmer, Langley. J'ai beau être accaparé par nos invités, ne crois pas un seul instant que je ne vois pas avec quelle détermination tu as entrepris de vider les caves familiales.

James a posé une main ferme sur mon avant-bras alors que je m'apprêtais à porter à mes lèvres la coupe pleine qui vient miraculeusement de succéder à celle que je viens de boire.

– Bien que je sois extrêmement serein en ce qui concerne notre stock de vin de Champagne, permets-moi de m'inquiéter de ton état. J'imagine que l'absence subite de ton épouse n'est pas sans lien avec la colère qui t'anime ?

J'hésite à nier et à trouver le premier motif venu pour faire diversion mais James est mon meilleur ami et j'en ai assez de dissimuler mes sentiments ou de me conformer à ce que la société me dicte.

Je n'ai pas envie d'épouser une femme seulement parce qu'on me l'a imposée pour préserver mon héritage. Pas envie de devoir m'accommoder d'existences séparées et distantes en continuant d'errer de courtisane experte en concubine inassouvie de notre aristocratie.

Je ne veux qu'une seule femme.

Celle qui m'a plu au premier regard alors que j'ignorais qui elle était. Celle dont la repartie stimule chaque jour la mienne.

Une. Seule. Femme.

La mienne.

Maintenant.

– En effet, mon ami. Je suis quelque peu… contrarié. Il semblerait que le plan dont tu semblais si certain pour reconquérir facilement le cœur de Georgia ait passablement échoué. Me voici planté là comme un idiot par celle qui éprouve visiblement un dégoût tellement insurmontable en ma présence qu'elle n'a pas pu tenir plus d'une heure à mes côtés.

J'ai un sourire qui doit s'apparenter à une grimace de douleur.

– Et par manque de chance, figure-toi que cette femme qui me déteste tant est la seule que je veux dans ma vie.

– Georgia ne vous déteste pas, Votre Grâce.

Je lève les yeux vers la blonde radieuse qui m'observe avec compassion.

– Philomena… Permettez-moi de vous complimenter pour votre beauté. Le bonheur du mariage vous va merveilleusement au teint.

Plus qu'à certaines, semble-t-il…

– Je vous remercie de ce compliment, lord Langley.

Philomena s'appuie un peu plus que ne l'autorise l'étiquette sur l'avant-bras de son mari auquel elle adresse un sourire aimant.

– Je suis infiniment heureuse, en effet. Mais ne croyez pas que vous ne pourriez pas l'être à nouveau avec Georgia…

– Malgré le fait qu'elle se soit enfuie sans prendre même la peine de m'en informer pour m'éviter le ridicule de devoir l'attendre sur le parvis de l'église ? Je doute fort que le dégoût et la répulsion soient des manifestations fortes du désir de me côtoyer.

– Elle est malade, Votre Grâce. Voilà pourquoi elle s'est enfuie.

Je tique en entendant l'explication formulée d'une voix aussi mélodieuse que patiente. Philomena ne m'a pas quitté des yeux et je n'y lis que la plus parfaite sincérité.

Serait-ce possible que… Mais alors…

– Malade ?

Ma voix se fait alarmée.

– Malade à quel point ? Et quelle maladie précisément ? Comment diable…

– Rien de grave néanmoins, soyez rassuré ! Nauséeuse cependant à ne plus être capable de faire bonne figure durant toute une longue cérémonie. Au point de préférer fuir celui qui l'a tant blessée mais auquel, j'en suis absolument convaincue, même si elle n'est pas encore prête à l'admettre, elle est plus que prête à pardonner s'il lui donne les preuves qu'elle attend.

Qu'elle attend…

– Rassurez-vous, Votre Grâce. Je sais que vous avez après-demain une audience avec Sa Majesté et que vous ne pouvez pas rejoindre immédiatement ma cousine. Ma mère a donc pris la liberté de dépêcher aussitôt notre médecin de famille à la suite de Georgia pour qu'il trouve un remède à son état.

James m'adresse un sourire narquois.

– Cela te laissera le temps de faire passer le mal de crâne inévitable qui t'attend demain. Que dirais-tu d'un gobelet d'eau fraîche, Julian ?

30

Georgia

– Votre décoction de gingembre fait des miracles, docteur ! Je me sens déjà mieux et je n'ai même pas fini ma tasse !

En souriant, je bois une gorgée supplémentaire de l'infusion qui semble, en effet, déjà agir sur mes nausées.

Si j'avais su combien le gingembre était efficace contre les troubles de la digestion, j'aurais cherché à en planter ou en stocker par le passé. Il faudra que j'y songe pour ma pharmacopée…

– Oh, je n'y suis pour rien, Votre Grâce, répond le Dr Thomson avec bonhomie. Les vertus du gingembre contre les nausées de grossesse sont bien connues.

Je recrache instantanément le liquide épicé.

Aurais-je des hallucinations auditives en plus d'avoir des nausées ?

– Que dites-vous, docteur ? Avez-vous vraiment parlé de grossesse ?

Mes yeux s'arrondissent tant que je les soupçonne d'avoir dévoré mes pommettes au point de me faire ressembler à une chouette hulotte, comme celle qui nichait dans le grenier lorsque j'étais enfant

– Je vous le confirme, Votre Grâce. Vous êtes enceinte, probablement d'un peu plus de trois mois, si j'en crois mon examen et les nausées typiques du premier trimestre de grossesse que vous avez subies. Si cela peut vous rassurer…

Oui ? Qu'est-ce qui peut me rassurer alors que la nouvelle me fait l'effet d'un coup de massue ? Je suis si assommée que je peine à la comprendre et surtout à en mesurer l'importance.

Enceinte ? Un bébé ?

Mon bébé ?!

Notre bébé, plus exactement, celui que je porte mais dont le père était supposé devenir un lointain (mauvais) souvenir.

– … gingembre ou pas, ces désagréments devraient vite n'être qu'un mauvais souvenir, achève le praticien comme s'il venait d'entendre ma dernière pensée.

Moi qui trouvais que la seule présence du Dr Thomson agissait tel un remède, je crois que je me sens à nouveau mal. Ma gorge se contracte lorsque je tente d'avaler une salive épaisse.

– Gingembre ou pas, je vais vomir, docteur, annoncé-je d'une voix sépulcrale.

Le praticien aux joues couperosées sourit avec bienveillance alors que je déglutis avec difficulté pour épargner à ses bottes le sort peu ragoûtant qu'ont connu les escarpins de bal de cette pimbêche de lady Workington.

– Ne vous inquiétez pas, lady Georgia. Comme je viens de vous le préciser, tout ceci disparaîtra bien vite.

Si l'on considère que mon enfant va continuer de grandir à mesure de la disparition des nausées et de l'avancement de ma grossesse, le détachement du médecin me ferait presque rire. Jaune bien entendu.

– Pardonnez-moi, docteur, mais je suis absolument certaine qu'aucune infusion ne pourra venir à bout de ce nouveau type de malaise. Ce n'est plus la grossesse qui me rend malade, voyez-vous, mais c'est l'idée même d'apprendre cette grossesse qui me terrorise. Et je crains bien de ne jamais m'y faire !

Et pourtant il va bien falloir… Voilà pourquoi je me sentais si mal. Enfin physiquement mal. Et voilà pourquoi mes seins semblaient sur le point d'exploser dans le décolleté finalement pas si imparfaitement taillé par la chère maîtresse de mon détestable mari.

Mon Dieu ! Mais que vais-je faire ?

Je n'ai jamais envisagé que je pourrais devenir mère si facilement ni si rapidement ! Et ce n'était certainement pas un projet que je rêvais de réaliser alors que je n'ai pas fini ma quête scientifique. Comment cela a-t-il pu nous arriver à nous ?

Oh, pas la peine de ricaner. Je vous entends ! Et je n'ai pas besoin de vos dessins pour me souvenir de tous les travaux pratiques que j'ai pu accomplir avec mon mari.

Au fond, je crois que j'étais persuadée qu'avec Julian tout était si sensuel et si érotique que la procréation ne pouvait résulter de nos rapprochements débridés.

Quelle idiote ! j'aurais mieux fait de m'intéresser davantage à la biologie qu'aux étoiles…

Soudain, une pensée amère me traverse. Mon cher mari, lui, ne pouvait être aussi ignorant ou insouciant que moi. Bien sûr que Julian doit savoir comment les êtres humains se reproduisent, et surtout comment empêcher cette procréation, puisque si j'en crois sa réputation et son expérience, il a pratiqué *les choses de l'amour* à de très nombreuses reprises et depuis des années, sans jamais concevoir d'héritier. M'a-t-il à dessein engrossée pour couper court à toute spéculation de son cousin, à une époque où il n'imaginait pas ce dernier capable de convoquer les représentants de la royale Académie ? Ma grossesse scellerait à tout jamais le sort de ses possessions…

De toutes ses possessions, moi y compris !

Rien que l'idée me fait enrager mais plus j'y pense et plus je suppose que je vois juste et ma colère envers celui dont je suis stupidement tombée amoureuse ne s'en accroît que davantage.

Eh bien, tant pis pour lui ! Cet enfant, je l'aimerai et m'en occuperai loin de mon mari et de sa vie de duplicité, de turpitudes et de débauches londoniennes. Après tout, j'ai eu une enfance merveilleuse à quelques lieues de ce domaine, et mon père a su me transmettre la plupart de ses connaissances.

Si l'on réserve manifestement celles qu'il a préféré garder pour lui en matière de reproduction du vivant…

***

Que le duc de Kingsberry aille au diable, lui, son sourire affamé, ses mains expertes et son corps ferme ! Voilà la pensée qui me traverse une fois de plus l'esprit quelques jours plus tard, alors que je chemine à travers les prés qui bordent la forêt de Bancraft.

Le bon Dr Thomson avait raison : les nausées s'amenuisent en général passé les trois premiers mois de grossesse que j'ai selon lui dépassés, a fortiori si l'on consomme du gingembre pour les soigner.

Mais si les nausées ont certes disparu, la rage qui m'anime, elle, reste vive. Heureux soit Julian de se terrer comme un lâche à Londres car je n'aurais probablement pas résisté au plaisir de l'assommer s'il s'était trouvé en ma présence !

Un bruit de feuillage froissé attire soudain mon attention en direction des bois tout proches, que ma promenade longe, sans y pénétrer. Je ne chasse habituellement pas, mais suis toujours vigilante à ne pas couper la route d'un sanglier ou d'une laie protégeant ses marcassins, et susceptible de me charger.

Les sens aux aguets, je me dissimule sous le couvert des arbres, quand les bruits se rapprochent. Incrédule, je découvre un genre de cochon sauvage quelque peu différent de celui que je pensais croiser, et fixe la silhouette du cavalier qui trotte en lisière du petit bois.

Comment ose-t-il ?

***

Julian

J'arpente à cheval les terres de mes ancêtres, devenues l'antre d'une nymphe bien peu bienveillante à mon égard si j'en crois les renseignements que je viens de recueillir auprès des domestiques du château de Bancraft.

Château que j'ai découvert vide à mon arrivée, ce qui m'a aussitôt apporté un sentiment de soulagement, tant je craignais y trouver une Georgia alitée ou affaiblie par un mal mystérieux.

Le soulagement a ensuite laissé place à la frustration, alors que je parcourais les endroits préférés de mon épouse, poussant ma monture jusqu'à la rivière, sans la croiser. Une frustration déjà largement alimentée par les quelques jours durant lesquels j'ai dû demeurer à Londres après la cérémonie unissant mon meilleur ami à la cousine de Georgia. Il m'a fallu patienter jusqu'à l'audience accordée par le roi, et m'entretenir avec lui des basses et immondes manœuvres de mon cousin. Au moins ai-je eu la satisfaction de trouver notre souverain aussi furieux que moi. Il n'a guère goûté d'être ainsi utilisé et instrumentalisé par Felton et il s'écoulera sans doute plusieurs générations avant de voir reparaître un Workington à la cour d'Angleterre.

En attendant, malgré mon expérience dans la Royal Navy, j'ai l'impression tenace d'être engagé dans la campagne de reconquête la plus ardue de ma vie. En tout cas si j'en crois la nervosité que je m'efforce de ne pas transmettre à Thunder, déjà très excité de parcourir à nouveau les prairies anglaises.

L'étalon fait soudain un pas de côté, manquant de me désarçonner, alors qu'un son étrange siffle à mon oreille, accompagné d'un souffle d'air tout aussi cinglant.

– Halte-là, Monsieur !

D'une main ferme sur les rênes, je maîtrise à grand-peine ma monture, dont le quasi-demi-tour piaffant me permet de découvrir, encore vibrante, la flèche de bois profondément fichée dans le tronc de l'orme le plus proche de moi.

Mon cœur s'emballe à l'aune de celui de mon cheval lorsque mon regard peut enfin croiser celui de la singulière et charmante personne qui se tient plantée sur le sentier devant moi, m'en barrant le passage. Quasiment à l'endroit exact de notre première rencontre, ai-je aussi le temps de m'apercevoir, tout en détaillant la délicieuse menace qui me fait face.

Ma monture finalement maîtrisée, je m'attelle à tenter d'apprivoiser une créature autrement plus indomptable. Solidement campée sur ses deux pieds, ses boucles folles et soyeuses voletant sous l'effet de la légère brise, ses joues rougies par le grand air, elle m'affronte et c'est mon cœur qui devient un champ de bataille émotionnel : j'ai envie de l'embrasser à n'en plus finir alors que la revoir me fait comprendre combien elle m'a cruellement manqué. Je pourrais la fesser aussi, et pas seulement pour la mener au plaisir, tellement je lui en veux de m'avoir abandonné sans me donner la moindre chance, après tous ces instants que nous avons pourtant tant aimé partager.

Le cœur battant de la retrouver enfin sous mon masque faussement impassible, je la dévore des yeux. Le théâtre de verdure qui nous entoure lui offre une scène idéale. Je ne m'étonne guère de la trouver vêtue d'une culotte de coutil sombre qui souligne ses cuisses que je sais à la fois fuselées et d'une rondeur toute féminine.

Des cuisses que je rêve de maintenir à nouveau grandes ouvertes pour moi.

Une chemise à col lavallière bleu ciel et un gilet de la même teinte plus foncée complètent sa tenue, faisant ressortir le gris intense de ses yeux. Et l'arrogance de ses petits seins fièrement dressés.

Quoique… petits ? Ils l'étaient, dans mon souvenir. À la taille idéale pour remplir ma main pendant que je les maltraitais ou les cajolais jusqu'à faire gémir ma ravissante épouse, mais aujourd'hui, ils me semblent… beaucoup plus gros.

– Est-ce que Sa Grâce pourrait au moins avoir l'obligeance de me regarder dans les yeux ? m'interrompt une voix féminine à la fureur difficilement contenue.

Ai-je parlé de l'arc à présent passé dans son dos et dont la corde tendue en travers de son buste souligne un peu plus ses formes pleines ? Et ai-je évoqué une nymphe ? C'est en réalité une amazone que je dois maintenant charmer.

Je prends mon temps pour remonter le long du corps gracile et fougueux de mon épouse et m'appuie des deux mains sur le pommeau de la selle sans pouvoir empêcher un sourire légèrement moqueur d'arquer mes lèvres. J'ai goûté de son impétuosité, souvent, même si certaines fois j'y ai pris plus de plaisir que d'autres.

– Eh bien, Madame, je dois sans doute me réjouir de ne pas vous trouver à cheval, sinon vous auriez fondu sur moi pour trancher à l'épée les jarrets de ma monture.

Ma femme ne goûte guère la plaisanterie, si j'en crois le pincement de ses lèvres et le mignon petit plissement de contrariété qui marque le dessus de son nez.

– Cela n'est guère recommandé dans mon état, marmonne-t-elle.

– Pardon, Madame ? l'interrogé-je, guère certain d'avoir compris le sens de ses mots.

Ou plutôt tout à fait sûr de n'en avoir rien compris.

– Laissons cela, Votre Grâce, reprend Georgia sans dissimuler le sarcasme appuyé qu'elle met dans mon titre. Que faites-vous en ces lieux ? Avez-vous l'intention de ne pas respecter, une nouvelle fois, une promesse faite ? Vous vous étiez pourtant engagé à me laisser ma liberté et le droit de disposer de cette propriété à ma guise, sans que vous veniez m'y déranger.

Diantre, ça pique… Au moins cette fois-ci n'ai-je pas l'impression qu'elle va me vomir dessus. Mais plutôt m'arracher les yeux.

Ou une autre partie de mon anatomie.

Je n'entends pas me jeter dans cette bataille sans fourbir mes armes.

– N'aviez-vous pas promis, de votre côté, de m'accorder audience après le mariage de James et de Philomena ?

Aussitôt, les jolies joues piquetées de taches de rousseur rosissent d'indignation.

– Que Sa Grâce veuille bien accepter mes excuses, cingle-t-elle derechef. J'étais malade et guère en état de m'entretenir avec qui que ce soit. Surtout pas avec vous !

– Vous oubliez que je vous ai déjà vue rendre tout ce que vous pouviez rendre, Madame. C'est un spectacle auquel je crois être maintenant aguerri… Mais, enchaîné-je d'un ton tranquille, en retenant mon sourire devant les yeux de Georgia qui me foudroient littéralement, c'est aussi pour cela que je suis ici aujourd'hui, *chérie*. Pour m'assurer que vous vous portez bien, car Philomena m'a rapporté le malaise que vous avez éprouvé le jour de son mariage.

– Sans doute suis-je devenue trop sensible à cette vénérable institution qui me rend manifestement malade, réplique Georgia. Ou à ceux qui l'incarnent à mes yeux… Vous savez, nous avons eu une cuisinière dont la peau se couvrait de plaques rouges dès qu'elle mangeait des fraises. Le médecin lui avait conseillé de désormais se passer de fraises, et elle s'en est portée comme un charme. Il lui suffisait d'identifier la source de son malaise, puis de s'en éloigner. D'ailleurs, depuis que j'ai appliqué ce précepte à mon propre mal en mettant suffisamment de distance avec mon mari, je vais beaucoup mieux. Sa Grâce peut être rassurée.

Point besoin d'arc pour faire saigner mon cœur. Décidément, l'art compliqué de la guerre n'est en rien inconnu à ma charmante épouse.

– Sachez que je me réjouis de vous trouver remise, Madame. Mais sachez également que je n'entends pas m'en aller tant que je ne vous aurai pas parlé. Et que vous ne m'aurez pas écouté.

Elle ne semble même pas entendre ma proposition d'armistice. Ou alors elle ne l'a que trop bien entendue, et elle n'en a que faire. L'arc reparaît soudain entre les mains de Georgia et je plisse quelque peu les paupières, attentif à ses gestes. Elle ne va tout de même pas…

– Je ne suis certes plus malade, Monsieur, soyez rassuré. Mais je suis toujours en colère !

La trajectoire de la flèche qu'elle décoche frôle si près mon oreille que je jurerais sentir le souffle du bois fendant l'air. Thunder piaffe de nervosité et manque de me désarçonner.

– Je suis fâchée !

Cette fois, le trait passe juste à côté de mon épaule droite. Bon sang ! Si Thunder avait fait un pas de côté à cet instant précis…

– Très fâchée !

La corde de l'arc se tend et claque dans l'atmosphère.

– Furieuse, même !

C'en est trop ! La dernière flèche fend l'air dans un chuintement et je dois me baisser pour l'éviter. Dissimulant un amusement qui ne manquerait pas de l'exaspérer encore davantage, j'éperonne Thunder, puis bondis de cheval pour neutraliser ma dangereuse adversaire. Même si elle est vive, elle ne peut échapper à la précision de mon mouvement. J'arrive à l'attraper sans que nous chutions de concert.

– Julian !

Je la tiens, mon amazone frémissant de rage. Mes bras l'enserrent fermement. Sa poitrine palpitante se soulève contre mon torse tandis qu'elle essaie de se dégager, en vain. Son parfum frais et fleuri me parvient par bouffées odorantes, et je rêve de caresser de mes lèvres la naissance de sa nuque. Son corps chaud et tentateur pressé contre le mien suffit à réveiller mon sexe. Je ne cherche pas à le cacher à Georgia, qui ne peut que s'apercevoir combien j'ai envie d'elle. Combien nous sommes faits pour être ensemble !

– Lâchez-moi, Julian !

– Certainement pas. Aviez-vous décidé de me tuer, Georgia ? Vous entendiez me ficher une flèche en plein cœur telle une sorte de Cupidon au féminin ? grondé-je, amusé.

– Comme s'il était possible de transpercer votre cœur, Monsieur. Vous n'en avez pas !

Un rire bas et grave me secoue à nouveau, et je ne fais pas

mine de relâcher ma trop délicieuse proie.

– Votre jugement est bien sévère, Georgia, soufflé-je au creux de son oreille. Pourquoi serais-je ici, si je n'étais pas guidé par mon cœur qui m'a enjoint de ne pas vous laisser en paix et d'aller vous trouver, car seule votre présence en calme les tourments ?

Je la sens se raidir entre mes bras, puis elle s'agite à nouveau et enfin, je consens à desserrer quelque peu ma prise, ce qui lui permet de planter ses prunelles d'argent droit dans les miennes, sans faillir.

– Je ne crois pas que cela soit votre cœur qui vous guide en cet instant, Votre Grâce. Car si je ne l'entends pas battre, je sens *autre chose*, m'assène-t-elle en se dégageant tout à fait.

J'éclate de rire encore une fois, soufflé par cette impertinence qui m'excite plus que tout.

– Ces tourments-là, je propose à Sa Grâce d'aller les soulager avec celle qui occupait vos nuits durant notre mariage. Et celle qui grâce à cette union a non seulement conservé un amant, mais y a gagné une nouvelle cliente dont la naïveté a dû bien la faire rire sous cape !

La peste soit des mauvaises langues qui sont allées rapporter cela à Georgia !

– Qui vous a raconté cela, Georgia ?

– Peu importe, Monsieur. Car vous ne démentez pas, n'est-ce pas ?

J'ai très envie de reprendre Georgia dans mes bras et de chasser d'un baiser la colère que je lis dans le gris transparent de ses yeux. Et aussi, et cela tord mon estomac lorsque je m'en aperçois, la peine qui y siège et qui se laisse voir à tout observateur attentif, l'espace d'un clignement de cils.

Je ne peux cependant empêcher mes doigts de repousser doucement une boucle rousse qui caresse la naissance de son cou comme ma bouche rêve de le faire à nouveau. Un frisson éclôt sur sa peau, à l'endroit que mes doigts effleurent.

– Miss Bloomsbury, avec tout le respect que vous ne m'empêcherez pas de conserver pour elle, n'était qu'un pis-aller lorsque je vous fuyais dans les premiers temps de notre union et que vous m'attendiez chez moi, tentatrice malgré vous. Sachez que du moment où vous vous êtes offerte à moi, je n'ai plus jamais touché aucune femme. Miss Bloomsbury ou toute autre. Car il m'était impossible de désirer une autre femme, Georgia. Mais je reconnais volontiers qu'il était sans doute bien maladroit de souhaiter que la meilleure couturière de Londres vous embellisse alors que je l'avais fréquentée. Pour cela, veuillez accepter mes excuses. Pour le reste, mes sentiments sont on ne peut plus clairs et je ne crois pas avoir jamais ressenti une telle évidence : je vous veux, Georgia.

Je marque un temps pour appuyer ce que je veux lui confirmer.

– Vous et nulle autre.

Un instant, la résolution de Georgia vacille, laissant entrevoir sa vulnérabilité. Une vulnérabilité que je me reproche aussitôt d'avoir créée avec mes mensonges.

– Je veux que vous sachiez une chose, *petit faune* : j'aurais pu épouser qui je souhaitais. Mais c'est vous et vous seule que j'ai instinctivement et immédiatement choisie. Parce que vous étiez si vivante, lumineuse, brillante. Belle parmi toutes, peu important la tenue que vous aviez choisi de revêtir. Et sitôt la cérémonie passée, j'ai compris combien il était dangereux d'être uni à vous. Car s'il m'était tout à fait facile de me débarrasser de vous en théorie, je savais au fond de moi que jamais je ne le voudrais.

Je n'ai jamais été aussi sincère de ma vie entière alors que justement je sais combien je suis en train de la jouer, cette vie, en essayant de la convaincre. Ainsi que mon avenir que j'espère commun avec le sien. Pourtant Georgia reste étonnamment stoïque, d'un calme presque surréel après le numéro auquel elle s'est livrée un peu plus tôt.

– Vous me voulez, Julian, lâche-t-elle d'une voix neutre. Fort bien. Et mes sentiments, ma volonté, qu'en faites-vous ?

– Quitte à vous paraître présomptueux, je crois les connaître. Je crois que vous me les avez révélés… et que je n'ai pas voulu les entendre.

Elle ne le nie pas. Cependant elle ne se jette pas à mon cou comme je rêverais qu'elle le fasse. Serais-je si impardonnable ?

– Les choses ont changé, Julian.

Désarçonné, je la sonde du regard.

– Je suis enceinte.

Enceinte ? Mais comment…

De désarçonné, je passe à totalement sidéré.

Mon esprit s'éclaire de la lumière de l'évidence.

Je peine encore à assimiler cette nouvelle et pourtant déjà une joie sauvage dilate mon cœur.

Tous les signes étaient là, de sa poitrine épanouie à ses nausées si fréquemment décrites chez les jeunes épousées que j'ai pu côtoyer. Et force est de constater que je n'ai jamais pris la moindre précaution lorsque je lui ai fait l'amour. Que je n'ai même jamais envisagé de le faire. Comme si, inconsciemment…

– J'imagine que vous m'avez engrossée à dessein ? assène Georgia, mettant fin à mes réflexions. Pour couper court à toute contestation de la consommation de notre union ?

Comme je ne réplique pas, encore abasourdi par cette nouvelle qui déjà me bouleverse au plus profond de ma chair et de mon âme, elle poursuit avec des intonations de plus en plus cyniques.

– À moins que cela ne soit vraiment un accident, auquel cas j'imagine que votre prétendu désir pour moi devrait rapidement vous passer ?

Cette fois, c'en est trop !

– Auriez-vous l'amabilité de cesser de proférer de telles inepties, Georgia ? grondé-je, en réduisant l'espace qui nous sépare.

Je me penche vers elle pour qu'elle saisisse sans ambiguïté ce que j'ai à lui dire.

– Au cas où cela vous aurait échappé, ma chérie, je connais relativement bien le plaisir féminin.

La rougeur qui envahit à nouveau les joues de ma ravissante épouse me fait esquisser un sourire un peu narquois.

– Sachez qu'approfondir mes connaissances (j'accentue mon sourire) impliquait de comprendre également l'anatomie féminine, si je voulais éviter certaines mauvaises surprises ou jeunes femmes prêtes à tout. Étrangement, j'ai fort bien réussi jusqu'à présent à éviter les héritiers non désirés, sans pour autant me priver de me délecter des trésors féminins.

Certes, évoquer mes précédentes conquêtes manque sans doute d'élégance et de délicatesse. Mais je le referais, juste pour observer à nouveau Georgia se mordiller les lèvres avec nervosité sans parvenir à me dissimuler son émoi.

Manifestement, je ne suis pas le seul à avoir conservé le souvenir de nos étreintes.

– Venez-en au fait, Votre Grâce !

– J'y arrive, mon ange, j'y arrive, rétorqué-je calmement. Ne doutez jamais que je vous désire comme un fou. Pas plus que je désire vous voir porter mon enfant. Certes, je ne l'avais pas mesuré avant aujourd'hui, quand vous m'avez annoncé cette nouvelle qui me comble de joie. Mais si je n'ai jamais pris la précaution avec vous d'utiliser pessaires ou autres capotes anglaises, c'est bien parce que, au fond de moi, sans me l'avouer, je ne le souhaitais pas.

Ma main vient de s'enrouler autour de la nuque souple de ma jolie rouquine. Tranquillement, je l'incline en arrière pour relever son visage vers le mien, laissant mon regard se perdre dans le torrent impétueux de ses prunelles orageuses.

– Et cessez d'échafauder des plans délirants dignes de mon abominable cousin. Sachez qu'il est le seul Machiavel de ma famille ! Pour ma part, mon seul tort est sans doute d'avoir aimé trouver admiration et reconnaissance dans votre regard, sans plus jamais oser prendre le risque de les voir disparaître lorsque vous auriez compris que je n'étais pas tout à fait le preux chevalier que vous pensiez avoir épousé…

Même si je peux lire le trouble qui s'affiche dans les iris de Georgia, elle cille à peine et ne baisse pas les yeux.

– Un peu facile à prétendre désormais, Votre Grâce !

Décidément, mon épouse est dure à convaincre…

– Georgia, sachez que j'aurais pu me contenter de ce que nous nous étions promis. Un mariage arrangé pour retrouver chacun ensuite nos libertés. Vos chères études et votre passion pour le tir à l'arc…

Je ne peux m'empêcher de sourire en songeant aux dernières flèches tirées par mon adorable Cupidon.

– Je pourrais vous laisser penser que vous n'aviez pas d'autre intérêt pour moi que de me permettre de conclure rapidement une union souhaitée par notre roi et nécessaire, surtout, à écarter mon cousin sans scrupule. Je pourrais me contrefoutre de ce que vous pensez de moi et retourner à une vie londonienne stérile entre deux voyages solitaires vers les Amériques. Comme dans tant d'autres mariages, nous serions deux étrangers qui se croiseraient une fois par an pour l'ouverture de la saison. Ou pour remplir un devoir conjugal qui porterait bien son nom.

Je marque une pause et au frémissement qui agite les épaules de Georgia, je devine qu'elle est exactement en train de se figurer l'image que je viens de lui décrire.

– Mais ce serait faux, réducteur et surtout absolument contraire à ce que je désire ardemment depuis que j'y ai goûté : partager mes jours avec vous, si courageuse, si déterminée, jusque dans mes voyages qui me paraîtront désormais désespérants sans vos boucles folles qui dansent au-dessus du bastingage.

Si ma main droite continue d'entourer le cou de Georgia,

la gauche vient désormais de se poser sur sa taille toujours fine pour la rapprocher de moi, comme je brûle de le faire depuis que je l'ai retrouvée.

– Georgia, je ne vous mentirai plus et soyez assez aimable de me croire cette fois-ci sur la foi de ces moments intimes que nous avons partagés et lors desquels nos cœurs et nos corps ne pouvaient pas mentir ! Vous m'avez plu au premier regard et je suis irrémédiablement tombé amoureux de vous, davantage à chaque seconde que je passais à vos côtés. Consentez, je vous en prie, à demeurer mon épouse. Non pas parce que Dieu ou les hommes l'exigent mais parce que vous accepterez que je vous aime, vous et notre enfant à naître, et que peut-être un jour, à nouveau vous pourriez envisager de m'aimer en retour. Laissez-moi vous prouver chaque jour à quel point je vous chéris et vous désire, combien…

– Julian ?

La voix rieuse quoique rauque d'émotion de Georgia vient de mettre un terme à mes ferventes envolées lyriques.

Soit. Je n'ai jamais prétendu être un poète.

Je retrouve le gris transparent des iris de Georgia et cette fois, ce que je crois y lire fait bondir mon cœur contre mes côtes. Ses pulsations s'accélèrent, perceptiblement, à mesure que l'espoir emplit ma poitrine.

– Que diriez-vous de cesser de pérorer pour commencer dès à présent à me montrer combien vous me chérissez et me désirez ?

J'observe ses prunelles désormais assombries par le désir au point d'avoir pris la couleur du mercure. Sa bouche sensuelle dont les lèvres pleines semblent me narguer. Les mouvements erratiques de sa poitrine sous sa veste masculine.

Le désir… Mais pas que cela. Tellement plus que cela…

Ma prise sur sa taille se raffermit tandis que je la rapproche jusqu'à ce qu'elle ne puisse plus douter combien je la désire.

Combien elle est à moi, autant que je lui appartiens. Combien je refuse, désormais, qu'elle s'éloigne de moi.

Mon sourire fait écho au sien avant que je ne lui réponde :

– Je suis à vos ordres, mon ange.

31

Georgia

À mes ordres ? Je ne suis pas certaine que Julian sache vraiment être aux ordres de quiconque.

Enfin, surtout pas aux miens… Je m'accroche à son cou et tente de m'extraire de la ferme prison de ses bras, sans aucun succès.

– Reposez-moi, Julian ! J'exige que vous me reposiez !

Je mets toute la conviction du monde dans cette injonction, mais cela ne doit pas suffire, car pour toute réaction, il rit doucement à mon oreille, alors qu'il gravit les marches du perron du château

– Et la tradition, ma chérie ? N'oubliez pas qu'un mari se doit de faire franchir le seuil de la demeure conjugale à sa jeune épouse en la portant dans ses bras.

– Mais nous sommes mariés depuis des mois, Julian ! La preuve en est l'être qui grandit à l'intérieur de moi, dont la création est entièrement votre faute et qui, si vous continuez à me bringuebaler de la sorte, va me faire rendre tout mon déjeuner sur vos chaussures ! Donc reposez-moi, enfin !

Je me tords le cou pour apercevoir la bonne que nous croisons et qui étouffe un petit rire dans sa paume, mais elle disparaît quand Julian s'engage d'un pas vif sur les premiers degrés du grand escalier.

– Certes, Georgia, certes. Nous sommes effectivement mariés depuis plusieurs mois, aux yeux du roi et de la loi. Alors disons que je considère ce jour comme un renouveau pour notre mariage. Un nouveau départ, si vous voulez.

L'occasion pour moi d'effacer mes erreurs, ou à tout le moins de me les faire pardonner…

Je m'accroche plus fort à lui et niche ma tête dans son cou, jusqu'à être enveloppée de son odeur si masculine et rassurante.

– Je vous ai déjà pardonné, Julian.

Il m'étreint, puis me dépose délicatement sur le couvre-lit brodé de la chambre dans laquelle il a pénétré. D'un geste du menton, il m'incite à reculer jusqu'à la tête de lit, avant de se glisser entre mes jambes ouvertes d'une caresse. À genoux, il se débarrasse de sa veste puis commence posément à défaire les boutons de sa chemise. Pourtant, si ses gestes paraissent maîtrisés, je peux sentir l'impatience qui fourmille dans ses doigts, et aussitôt une vague d'excitation ondoie dans mon ventre.

– Disons par ailleurs que je considère les heures à venir comme notre nuit de noces. Celle que nous n'avons jamais véritablement vécue. Celle durant laquelle je devrais m'employer à découvrir ce que vous aimez… Et ce qui vous fera jouir jusqu'à oublier tout ce qui se trouve autour de vous, sauf mon sexe profondément enfoui en vous.

Je ne peux m'empêcher de mordiller un coin de ma lèvre inférieure à mesure que Julian m'annonce le programme à venir et me dévoile un torse parfait, puis s'attaque à ses pantalons, sans me quitter des yeux, sans qu'aucune de mes émotions ne lui échappe.

L'intensité de son regard saphir suffit à rallumer en moi tous les feux qu'il y a implantés, depuis le premier jour.

– Mais ce n'est même pas la nuit, rétorqué-je par pur jeu.

Les prunelles bleues s'allument d'une lueur de désir passionné tandis que ses doigts s'attellent maintenant à déboutonner *ma* chemise. Ma poitrine se soulève plus vite à mesure qu'elle s'offre à l'avidité de mon mari.

– Vous vous attachez décidément bien trop aux détails, ma chérie. Restons-en à l'essentiel, voulez-vous ?

Son grand corps se presse contre le mien et je parcours de mes mains impatientes le dos musculeux de mon époux, tandis qu'il souffle à mon oreille :

– Et l'essentiel est que je vous aime, Georgia, et que je vais donc vous faire l'amour. Tout de suite, c'est un fait. Cette nuit encore, sans aucun doute. Et toutes celles qui suivront, pour les cinquante prochaines années au moins. Y consentez-vous ?

Pour toute réponse, je tourne la tête pour trouver sa bouche, je capture chacun de ses souffles dans un baiser furieux et passionné.

***

Dirigiste, déterminé, exigeant, Julian l'est jusqu'au creux de nos draps.

Et s'il est prévenant, doux et attentif comme toujours, il est trop fort et trop habile pour cesser de diriger nos ébats.

Bras croisés derrière sa nuque, biceps puissants contractés, il m'observe entre ses paupières mi-closes, tel un félin repu déjà prêt à repartir chasser.

– Ma jolie petite innocente prendrait des initiatives ?

Je décide de ne pas répliquer mais de lui prouver en paroles qu'il ne croit pas si bien dire.

Tranquillement, un demi-sourire aux lèvres, je m'installe à califourchon sur son torse nu.

Et recule doucement en me penchant.

Jusqu'à ce que mes seins frôlent la légère pilosité qui ombre ses pectoraux. Et que mes fesses touchent…

– Vous me rendez fou, mon amour.

– Dites-le encore, ronronné-je en esquissant un sourire.

C'est moi qui suis folle amoureuse de cet homme exceptionnel.

Folle. A-mou-reu-se.

– Vous me rendez fou.

Je décolle mon bassin, me décale pour m'emparer de sa verge que je place juste à l'entrée de mon intimité.

Un grondement sourd me répond.

Le fauve est décidément tout à fait aux aguets.

Je souris sans poursuivre ce que j'ai commencé d'entreprendre.

– La suite, Julian ?

D'un léger mouvement de balancier, je glisse d'avant en arrière contre son gland épais, brûlant de l'accueillir à nouveau en moi, avide de retrouver ce plaisir que je n'imaginais pas pouvoir être meilleur et qui pourtant l'est, maintenant que Julian me fait jouir en me chuchotant qu'il m'aime.

Mon magnifique mari se mord la lèvre inférieure, ferme les yeux pour les rouvrir en dardant vers moi son regard saphir.

– Vous me rendez fou… mon amour. Ma femme. Ma vie…

Et comme je continue de le narguer alors que les limites de son désir sont manifestement atteintes, il se redresse légèrement, plaçant deux grandes mains fermes sur mes hanches.

Et d'une lente poussée qui met un terme à mes taquineries, il introduit son sexe en moi en s'emparant de ma bouche pour m'embrasser comme si sa vie en dépendait.

Encore.

Enfin.

Je l'accueille en me contractant autour de lui. Comme pour l'emprisonner.

Parce que je ne veux jamais que cela cesse.

Je ne veux jamais le libérer.

Parce que je sais combien le plaisir qui va naître de la passion que nous partageons, de l'amour que nous nous sommes enfin avoué, va être puissant.

Une fois de plus.

Encore.

Enfin.

Et demain aussi…

Nouvelle-Écosse,
le 14 août 1816,

Ma très chère madame Egerton,

J'espère que vous aurez remarqué combien je suis désormais assidue à notre correspondance. C'est sans aucun doute que vous me manquez trop, et que je me languis de vous revoir très bientôt. Je suis d'autant plus jalouse de Julian qui, lui, a eu l'occasion de vous voir ces dernières semaines alors qu'il se trouvait à Londres pour ses affaires.

Je sais que vous désirez que Maud, James Jr et Abigaël soient un peu plus âgés pour entreprendre la traversée jusqu'aux Amériques et venir nous rendre visite dans notre propriété canadienne. Je ne peux que vous comprendre puisque je partage les mêmes préoccupations, mais considérant votre ardeur à James et vous, je crains que chaque année vous n'ayez un nouveau motif de retarder votre voyage !

À propos de Maud, souhaite-t-elle toujours épouser James quand elle sera grande ? Car j'en connais un qui risque d'être fort désillusionné. Il me parle encore de votre fille alors que cela fait des mois qu'ils ne se sont vus et je crois qu'il a confié à Julian un présent qu'il avait lui-même confectionné, pour lui remettre. Pouvez-vous vous assurer que la mission a été bien accomplie ?

Si vous n'entendez pas venir jusqu'à moi, alors j'espère tenter de regagner l'Europe dans quelques mois, pour y régler certaines affaires de famille. Vous ai-je raconté que j'ai reçu une missive d'Hortense dont le deuil a enfin pris fin ? Je pense que non, alors je répare mon omission. J'ai été plus qu'étonnée du ton de sa lettre. Elle m'y avouait avoir dû repousser à deux reprises la demande en mariage du vicomte de Beshington-and-Twickham… Je ne peux croire que ma belle-mère persiste dans cette voie maintenant que le malheureux John est décédé et me réjouis qu'Hortense ait gagné en bon sens avec les années. Ceci dit, la situation est plus délicate qu'elle n'y paraît… Hortense est apparemment tombée amoureuse d'un homme dont elle n'ignore pas que sa mère désapprouverait leur union sans coup férir. Elle n'a pas souhaité m'en révéler plus mais j'ai bien perçu son désarroi, ce qui n'a fait qu'accroître le mien car je ne peux intervenir à des milliers de lieues ! Aussi ai-je pris l'initiative de lui écrire de trouver refuge chez vous en cas de besoin. Je sais que vous me pardonnerez cette initiative et que vous l'accueillerez comme si elle était votre propre sœur si elle vient frapper à votre porte.

En attendant, renvoyez-moi vite mon mari et souhaitons que l'année qui arrive soit celle de nos retrouvailles tant espérées !

Votre toujours très fidèle Georgia.

Épilogue

Julian

– Julian, cessez vos folies immédiatement ! On pourrait nous voir.

La voix rieuse de Georgia démontre à l'évidence que son admonestation n'a rien de sérieux.

Comme toujours.

– Et quand bien même, mon amour ! Depuis quand est-ce un problème ?

D'un mouvement fluide, j'invite ma magnifique épouse à se tourner pour faire face aux terres qui s'étendent à l'infini sous nos fenêtres tandis que je trousse sa jupe aérienne.

Georgia...

– Auriez-vous oublié quelque chose, ma chérie ?

Un rire déjà rauque tient lieu de première réponse.

– Vous croyez, Julian ? Je pense plutôt pour ma part que je vais définitivement oublier les sous-vêtements tant que vous ne serez pas reparti pour l'Europe ! À quoi bon en porter alors que vous êtes encore plus insatiable que lorsque nous nous sommes rencontrés !

Ma main trouve son intimité si familière et qui m'a tant manqué ces derniers mois, alors que je commerçais sur le vieux continent et supervisais nos propriétés britanniques. Cette fois, Georgia ne m'a pas accompagné, même si la naissance de notre famille n'a pas stoppé ses envies d'aventure et que j'ai tout mis en œuvre pour que sa curiosité n'en soit pas freinée.

Et Dieu, qu'elle m'a manqué ! Qu'*ils* m'ont manqué.

– Comme si mon envie de vous vous posait problème, ma douce… N'est-ce pas vous qui m'avez réveillé pas plus tard que cette nuit pour…

Sssssssssssssssstttttt ! Médusé, j'observe une flèche fuser à travers la fenêtre grande ouverte, celle à côté de laquelle je viens de pousser Georgia.

– Que diable est-ce…

Sssssssssssssssstttttt !

Le passage d'une deuxième flèche dans une même arabesque gracieuse m'empêche une fois de plus de terminer ma phrase. Les yeux écarquillés, j'observe les deux intruses désormais fichées dans le velours grenat de la méridienne sur laquelle Georgia aime s'allonger lorsqu'elle vient dans notre bibliothèque, pleine de tous ces ouvrages savants qu'elle ne cesse jamais de lire, voyageant par l'esprit quand elle ne peut le faire physiquement.

Sauf lorsque je la détourne desdits ouvrages.

Ou que des flèches viennent nous détourner de mon détournement…

– Je t'avais dit que tu ne savais pas viser, Chase ! Regarde le résultat ! Mère sera fâchée si je ne parviens pas à me faufiler dans la bibliothèque avant qu'elle ne découvre que nous avons pris son arc !

Un gloussement ponctue le commentaire émis d'une petite voix déterminée, manifestement irritée… et qui ne m'a que trop manqué ces derniers mois, elle aussi.

Gloussement qui n'a définitivement rien à voir avec les gémissements de plaisir que je comptais faire naître dans la si jolie bouche de Georgia.

D'ores et déjà vaincu parce que je ne connais que trop bien les deux auteurs de cette interruption fort malvenue, je soupire sans parvenir à dissimuler mon sourire. Avant de claquer pour la forme la fesse ronde de ma femme sur laquelle je rabats ses jupes.

– Je crains que le devoir ne m'appelle, ma chérie…

Une fois réajusté mon pantalon d'équitation, je me décale afin de me rendre désormais parfaitement visible des deux archers qui viennent de contrecarrer le plan échafaudé pour séduire leur mère.

– Chase ! Victoria ! Combien de fois faudra-t-il vous répéter de cesser de jouer avec l'arc de votre mère ?

La plus jolie brunette de l'univers lève un regard des plus innocents vers moi depuis le parterre d'hortensias qu'elle foule sans aucun égard pour le jardinier, et sans afficher la moindre gêne, alors qu'elle vient une fois de plus d'être surprise avec son jumeau en train de nous désobéir.

– Vous savez très bien, Père, que si j'avais visé moi-même, nous ne nous serions jamais fait prendre ! Je ne cesse de lui répéter qu'il doit mieux calculer ses trajectoires !

Certes…

Je ne le sais que trop bien, même si je ne doute pas que le rouquin aux grands yeux verts qui me dévisage avec un large sourire candide ne manque pas lui non plus de… cordes à son arc. Face à tant de vivacité jumelle, je me félicite une fois de plus de l'efficacité des pessaires que nous avons en conscience décidé d'utiliser après leur naissance. Nos enfants sont notre plus grand bonheur et notre plus grande fierté. Mais même le Canada tout entier ne suffira pas à éteindre leur énergie et je me demande chaque jour ce qu'ils seront encore capables d'inventer.

– Sans doute, Victoria. Aussi je vous suggère très fortement d'aller enseigner tout votre talent à votre frère avec vos propres arcs et sur les cibles prévues à cet effet.

– Mais, Père…

– Et vous aurez bien entendu compris ainsi que votre frère que lorsque je vous suggère quelque chose, il s'agit d'une formulation pleine d'amour paternel pour vous ordonner de m'obéir et de déguerpir immédiatement avant que je ne me fâche…

Riant sous mon masque faussement sévère, j'observe nos deux monstres s'enfuir en direction de la partie de notre propriété destinée à leurs jeux.

Et qui n'a aucun lien, de près ou de loin, avec la cour de notre demeure pas plus que notre bibliothèque ni encore moins la méridienne qui s'y trouve et dont il faudra désormais songer à changer la tapisserie.

Un joli rire salue mon intervention avant qu'une bouche familière mais toujours irrésistible ne parsème mon cou puis ma mâchoire de baisers légers.

– Maintenant que vous avez renvoyé nos mini-Cupidons, pourriez-vous me rappeler où nous en étions, mon amour ?

Fin

Extrait

The Campus Teacher

Marjorie Burbaud

1

Ava

Il ne faut pas sous-estimer la chaleur du Texas. Aux premières lueurs du jour, elle paraît inoffensive, puis les heures s'écoulent et elle vous prend par surprise. Elle parvient à vous étouffer lorsque vous vous y attendez le moins. La chaleur du Sud est redoutable.

Comme à cet instant précis.

Pourtant, j'y suis née. Je connais cette chaleur étouffante, la force du soleil et la sensation de soif quasiment constante en plein été. Mais tout ça, c'était avant de me retrouver dans ce champ à l'herbe brûlée par le soleil au milieu de nulle part.

Je suis certaine que cette journée marquera une rupture dans ma relation avec ma terre natale. Le Texas ne m'a jamais paru si sec. Ce traître.

Les cris des étudiants autour de moi sont presque effrayants. L'odeur de terre, d'humidité et d'alcool me monte à la tête à chaque inspiration. Je sens la sueur couler dans mon dos et entre mes seins. Mon short en jean et mon haut de bikini sont encore trop épais pour cette chaleur. Dire que je me sens moite est un bel euphémisme – digne de figurer dans les manuels littéraires des collégiens. Mon état est tel que je suis prête à abandonner ma fierté derrière moi pour aller me trémousser sur des voitures ruisselantes d'eau savonneuse, comme certaines filles le font déjà. Je les aperçois, depuis le terrain boueux sur lequel je viens de m'aventurer sans réfléchir. Car il ne faut pas réfléchir pour mettre les pieds dans cet endroit.

– Tu observes les failles de l'ennemi ? s'enquiert Baylee.

Je lance un regard en coin à mon amie d'enfance qui fait rouler ses épaules, comme si nous nous apprêtions à entrer sur un ring de boxe. Mon Dieu, faites que ça ne soit pas aussi violent… Je ne suis pas en sucre, mais mon mètre soixante m'empêche d'encaisser les chocs avec dignité. Je suis plutôt du genre à chuter comme une fillette de 4 ans.

L'ennemi, il se trouve face à nous, de l'autre côté du filet de volley-ball, alors même que ce n'est pas le jeu auquel nous allons jouer. Non, c'est plutôt un mélange étrange et redoutable entre du football américain, du rugby et du volley. Tous les coups sont permis…

Le tout sur un terrain rempli de boue.

Les hommes peuvent s'avérer maléfiques lorsqu'il s'agit de trouver des idées pour salir les filles. Littéralement.

– Quelles failles ? raillé-je, les mains sur les hanches. Ils n'en ont aucune, excepté leurs mèches rebelles et leur ego.

– Tout le monde a des failles, répond Bay, comme si nous étions en pleine réunion stratégique. Ceux-là surtout. Ils viennent d'être diplômés, ils se sentent prêts à conquérir le monde. On va leur rappeler qu'un diplôme n'est qu'un bout de papier.

– Tu sens à plein nez l'étudiante qui redoute fébrilement d'entrer en dernière année, lui fais-je remarquer.

Bay lève les yeux au ciel, puis met sa main en visière pour observer les alentours. La marée d'étudiants bronzés s'étend à perte de vue. Tous sont vêtus le plus légèrement possible. Je ne vois quasiment aucun tee-shirt à l'horizon, seulement une multitude de shorts, de maillots de bain et de boxers.

L'été touche à sa fin et l'université d'Austin a organisé ses traditionnels jeux de rentrée. Cela permet aux nouveaux étudiants de faire connaissance et aux anciens de terroriser les plus jeunes. Avec Bay, nous faisons partie de la deuxième catégorie. Nous allons entrer en dernière année, mais nous avons décidé d'intégrer l'université de Savannah, en Géorgie. C'est la première fois que nous allons quitter la ville dans laquelle nous avons grandi, si bien que nous avons jugé préférable de choisir une nouvelle université qui se trouve toujours dans le sud du pays. Le choc culturel est moins fort. Et personne ne se plaindra de notre accent.

L'université d'Austin adore maltraiter les nouveaux arrivés et j'ai dans l'idée que c'est pour cela qu'elle convie toujours ses anciens étudiants à participer à ses jeux de fin d'été. De fait, cette journée sera pour moi la dernière au Texas.

– Tu peux me dire pourquoi tu as voulu de moi dans ton équipe ? lancé-je à Kenneth, le frère jumeau de Bay.

Le grand blond au corps sec et musclé se tourne vers moi, un ballon sous le bras. Il vient de fusiller du regard un type de l'équipe adverse qui a fait une blague sur le short de sa sœur. Celui-là ne sait pas ce qui l'attend, car je connais la force de frappe de Kenneth.

– Parce que tu es si mauvaise perdante que je sais que tu feras tout pour massacrer les beaux gosses d'en face.

J'esquisse un rictus. Mes amis me connaissent.

– Et je n'ai rien contre tirer quelques tignasses, ajouté-je en désignant les filles de l'équipe adverse.

– Traîne-les dans la boue, grogne Kenneth en se campant sur ses jambes, prêt à commettre un massacre.

Je l'imite, même si la boue est loin d'être le terrain le plus stable. Il ne faut pas sous-estimer l'effet de la chaleur sur des étudiants texans qui vivent leur dernier jour de liberté avant le début des cours… Car un jeu dans la boue est forcément l'idée de quelqu'un qui a attrapé une insolation.

Les gens commencent à se regrouper autour de nous, prêts à assister à notre combat – autant appeler un chat un chat.

Un étudiant de l'équipe adverse s'avance soudain jusqu'au filet.

– Mesdames et messieurs, il est temps de vous rappeler les règles du jeu.

Il lève la main et commence à énumérer les règles les plus absurdes que je n'aie jamais entendues :

– Obligation de plaquer l'adversaire. Éviter de viser la tête. Interdiction de mettre de la boue dans des orifices qui ne sont pas à vue d'œil. Toutes les manœuvres déloyales et subversives pour déstabiliser l'adversaire sont autorisées. (Il marque une pause, se concentre pour s'assurer qu'il n'a rien oublié, puis reprend :) Ah ! Et l'équipe qui gagne est celle qui aura envoyé le plus de fois la balle dans les défenses du camp adverse.

– C'est quoi, ce foutu jeu ? grommelé-je.

– Un combat de filles déguisé ? propose Bay.

– Ça en a tout l'air.

Tandis que la balle fuse déjà de notre côté du filet et que Kenneth pousse des rugissements intimidants, quelqu'un décide de monter le son et de mettre la musique phare de *Magic Mike XXL*.

J'ai un rire nerveux.

– Putain, Ava ! s'écrie Kenneth en renvoyant si violemment la balle chez l'adversaire que je crois un bref instant qu'une bombe va exploser. Bouge-toi !

Je lui lance un regard noir, mais je n'ai pas le temps de lui expliquer le fond de ma pensée, car une fille du camp ennemi me plaque soudain si fort que mes poumons se vident brutalement. Je hoquette et la foule rugit autour de nous. Les étudiants lèvent leurs cannettes de bière et leurs gobelets rouges pour nous encourager.

Je repousse la fille d'un coup de genou et roule pour lui échapper. Je suis à présent essoufflée et couverte de boue. Il fut un temps où mes cheveux étaient châtain clair.

– Mais pourquoi t'as fait ça ? grogné-je à la fille.

– La balle arrivait, répond-elle en se relevant à temps pour reprendre ladite balle et l'envoyer dans nos défenses.

1-0. Kenneth va me tuer.

– Reprends-toi, ma belle, me lance Bay. Pense au diplôme qu'ils ont déjà, contrairement à nous.

Il ne m'en faut pas plus.

À mon tour, je fais rouler mes épaules et me lance au cœur de la mêlée, sans savoir où se trouve cette fichue balle. Je sais que ce n'est pas ma force d'insecte qui va nous faire gagner, je préfère déstabiliser l'ennemi en plaquant tout ce qui bouge et qui ne fait pas le double de ma taille. Je dois lutter pour conserver mon haut de bikini en place, cracher pour ne pas m'étouffer avec la boue et je perds au moins trois ongles en voulant saisir des vêtements un peu trop bien accrochés à leur propriétaire. La foule continue de hurler pour nous encourager et je dois bien avouer que ce jeu aux règles infernales est diablement amusant. Se défouler avant la rentrée, ça a du bon.

Contre toute attente, c'est notre équipe qui l'emporte. Nous crions trop fort pour narguer les perdants, Bay me saute dans les bras et Kenneth me donne un coup dans l'épaule qui manque me faire basculer. Finalement, toutes ces accolades de victoires me couvrent plus de boue que le jeu lui-même. Seuls mon visage et une partie de ma jambe gauche ont été épargnés.

L'équipe d'en face, tout aussi dégoûtante que nous, semble mal le vivre. Ils nous fusillent du regard.

– Ce qui est dingue, c'est d'avoir gagné sans que je n'aie rien compris aux règles du jeu, avoué-je.

Kenneth est trop occupé à se moquer des gars d'en face pour me répondre, et l'un d'eux est d'ailleurs sur le point de craquer. Il fulmine tellement que j'ai l'impression que même la boue glisse sur son corps pour le fuir au plus vite.

Kenneth lui lance une nouvelle pique et l'autre s'empare soudain d'une balle qu'il lance dans sa direction. Si Kenneth l'évite sans effort, ce n'est pas mon cas.

La balle me percute si fort que l'expression « faire un vol plané » pourrait dorénavant être mon nom de famille.

La colère se faufile dans mes veines et fait s'accélérer les battements de mon cœur. Je me redresse, m'empare de la balle et la renvoie violemment sur le crétin diplômé. Ce dernier ne pensait vraisemblablement pas que j'allais réagir, car il rit encore de ma chute avec ses comparses.

La balle le heurte en pleine tête.

Les mains sur les hanches, savourant ma victoire, je l'observe secouer la tête pour se remettre les idées en place. Il fixe un instant la balle à ses pieds, puis ses yeux sombres se braquent sur moi.

J'esquisse un sourire narquois qui fait craqueler la boue séchée sur mon menton.

Toutefois, mon sourire disparaît lorsque je vois le type foncer droit sur moi. Son regard est la première chose qui me percute, avant qu'il ne s'arrête face à moi, si près que son torse effleure mon bikini chaque fois qu'il expire comme un taureau poussé à bout. Si j'avais été un homme de sa taille, il aurait sûrement collé son front au mien pour m'intimider.

Derrière l'odeur de boue qui nous recouvre tous les deux, je sens une odeur de cèdre et de savon. Comment ce crétin parvient-il à sentir autre chose que l'étudiant boueux et alcoolisé ?

Je soutiens son regard courroucé sans faillir. Ses iris sont d'un gris profond, dans lequel des paillettes noires se détachent. Ses cheveux, que je devine sombres malgré la saleté, se dressent sur sa tête dans des sens qui ne le mettent pas à son avantage. La boue qui recouvre tout son visage lui donne un air de militaire sur le point de conquérir un territoire.

Et je suis le territoire en question.

– Pour qui tu te prends ? grogne-t-il d'une voix grave et vibrante. Tu es sûrement une première année inconsciente du danger !

Je le repousse mais il bouge à peine. Me prenant par surprise, il décide soudain de faire de même, et je me retrouve les fesses dans la boue pour la centième fois de la journée. Je pousse un juron qui lui fait esquisser un sourire arrogant, puis me redresse vivement et encercle ses jambes pour le faire chuter. Il jure à son tour, avant de m'attraper soudainement par la taille et de me jeter par-dessus son épaule comme un sac de farine sale et puant.

Le choc me coupe le souffle. Des rires fusent tout autour de nous et je reconnais ceux de Baylee. Elle ne paie rien pour attendre.

– Lâche-moi ! crié-je en tirant sur tout ce que j'ai à portée de main – son caleçon, ses cheveux.

L'enfoiré sort du terrain boueux et marche d'un pas de conquérant jusqu'au ponton de bois qui s'avance sur l'étang envahi de roseaux secs. Les muscles de son dos et de ses épaules roulent contre ma peau.

J'ai beau ruer dans tous les sens, il me tient fermement. Je prends alors une poignée de boue accumulée sur mon short en jean et me contorsionne pour l'écraser sur ses yeux.

– Putain ! lâche-t-il en s'essuyant avec son avant-bras. Mais t'es vraiment infernale !

– Surtout quand un mauvais joueur brutal et irrespectueux me balance par-dessus son épaule ! réponds-je en sentant mon sang se diriger petit à petit dans ma tête. Sérieusement, lâche-moi !

– Mauvais joueur ? répète-t-il comme si je venais de l'insulter.

Il traverse le ponton et je sais très précisément ce qu'il a en tête. Je fais alors la seule chose qui me paraît avoir du sens : je m'enroule tout autour de lui lorsqu'il décide de me balancer dans l'étang – tout en ignorant son corps parfaitement emboîté avec le mien et le frisson qui part soudain de ma nuque et descend se perdre plus bas.

Nous chutons et percutons l'eau dans une gerbe d'éclaboussures.

Sous l'eau troublée par la boue dont nous étions recouverts, je tente de me dégager, mais il s'empare du bouton de mon short en jean pour m'empêcher de lui échapper. Je rue en donnant des coups de pied, mais il referme ses doigts sur le devant de mon short. Et la sensation de ses doigts recourbés près de mon bas de maillot de bain me fait brutalement cesser de me débattre.

L'enfoiré.

Nous rejoignons la surface dans un sale état d'énervement. Mais propres.

Celui auquel je fais face n'a rien à avoir avec le type couvert de boue, hideux et imbuvable que j'ai entraperçu avant qu'il ne nous jette à l'eau.

Son visage tanné par le soleil est fin, ses sourcils épais assombrissent son regard et lui donnent un air arrogant. Un début de barbe sombre recouvre sa mâchoire et sa lèvre supérieure. Il est beau, bien trop pour mon bien. À tel point que je préférerais m'arracher une dent plutôt que de l'avouer à voix haute.

Braqués sur moi, ses yeux gris sont étrécis par quelque chose entre la colère et le trouble.

– Calmée ? lance-t-il.

Sous l'eau, je pose mes doigts sur les siens pour lui faire lâcher prise sur mon short. Il ne faut pas abuser. Lentement, un doigt après l'autre, il me libère.

Je hausse un sourcil narquois quand il garde ses doigts enroulés autour des miens.

– Tu me violentes, puis tu me tiens la main, fais-je remarquer. Tu ne serais pas bipolaire ?

Il me lâche soudain comme si je venais de le brûler. Il se tient si près que je peux voir les restes de boue qui s'agrippent à sa barbe. L'eau lui arrive au niveau des pectoraux, qui sont légèrement dessinés. Je n'ai jamais aimé les hommes qui passent leur temps à tenter de faire gonfler le moindre de leurs muscles. À part pour flatter leur ego et plaire aux filles, à quoi ça sert ? Ce n'est pas comme si les hommes avaient toujours besoin d'abattre des arbres, de nos jours.

– Calmé ? demandé-je pour l'agacer parce qu'il n'a pas répondu à ma dernière pique.

Il me fusille du regard.

– J'aimerais bien savoir pourquoi tu te crois si maligne, dit-il en me scrutant. Première année, hein ?

– Dernière.

Il arque un sourcil et son regard me parcourt des pieds à la tête. Sa mâchoire n'est pas carrée comme la plupart des mecs, son menton est même légèrement pointu, mais Dieu qu'il est beau.

– Je t'aurais donné à peine 17 ans.

Ce genre de remarques, j'ai l'habitude.

– Pas de poitrine, pas de fesses, renchérit-il, je serais étonné que…

Avant qu'il n'ait le temps de finir sa phrase, je m'empare de ses cheveux et tente de lui faire boire la tasse. Cependant, comme je l'ai déjà expliqué plus tôt, je ne peux pas compter sur mes muscles pour quoi que ce soit… Si je n'arrive pas à ouvrir un bocal toute seule, je ne risque pas de couler quatre-vingts kilos.

Mais c'est l'attention qui compte. Pas vrai ?

addictives

Romans déjà parus

Rose Becker
Le Bébé, mon milliardaire et moi (aussi en poche)
Torride, sexy & dangereux
Forever You – saisons 1 et 2
Dangerous

Aimée Bianca
B.O.S.S. Beau, Odieux, Sexy, Snob

Phoebe Campbell
Lui résister… ou pas – l'intégrale
You Again
Single Daddy. Try Me if You Can

Mia Carre
Bad for You
Teach Me Everything
Charmant connard !

Mélodie Chavin
Campus Rules
Fucking Wedding

Alexia Clemens
Red Python. Save Me

Sonia Eska
Ne me tente pas

Emma Green
Toi + Moi : L'un contre l'autre (aussi en poche sous le titre *L'un contre l'autre*)
Toi + Moi : Envers et contre tout (aussi en poche sous le titre *Envers et contre tout*)
Toi + Moi : Seuls contre tous (aussi en poche sous le titre *Seuls contre tous*)
Call Me Baby – volumes 1 et 2
Call Me Bitch
Love Me if You Can
Kiss Me if You Can
Bliss. Le faux journal d'une vraie romantique – volumes 1 et 2
Jeux interdits
Jeux insolents
Jeux imprudents
Une toute dernière fois

Fallait pas me chercher! – volumes 1 et 2
Corps impatients
Cœurs insoumis
Âmes indociles
Cent facettes de Mr Diamonds – l'intégrale
Bliss. Le faux journal d'une vraie romantique – l'intégrale
(Im)parfait
Love Me if You Can – l'intégrale
Kiss Me if You Can – l'intégrale
It's Raining Love!
The Boy Next Room
Call Me Baby – l'intégrale
Call Me Bitch – l'intégrale
PS: Oublie-moi!
Fallait pas me chercher! – l'intégrale
Recherche coloc: emmerdeurs, râleurs, lovers… s'abstenir!
10 bonnes raisons de te détester!
Just 17
Love & Lies on Campus
Bien plus forte que toi!
If You Wanna Be My Lover…
The Boy on Fire

Megan Harold
Breaking the Rules
Initiation with My Boss

Ludivine Hart
Arrogant & Tattooed

Amy Hopper
Gone Boy
Le Coloc

Julie Huleux
Alpha Player

Charlie Lazlo
Mon insupportable boss

Sienna Lloyd
Mords-moi!

Caroline Mongas
Mariage forcé. Un contrat indécent

June Moore
Étreinte – volumes 1 à 3

Zoé Murat
Stepbrother Love
Boss Me Around

Clara Oz
Arrogant

Gaëlle Sage
Kiss, Kill & Ride
Lost Rider

Ana Scott
Dark Ride
Last Ride
Vicious Ride
The Dominant
Evil Ride
Sensual Stepbrother
Un enfoiré mais un coup d'enfer!
Say Yes to the Boss

Camilla Simon
Le voisin parfait est un enfoiré
Initiation with My Enemy
Le mec parfait est un inconnu… ou presque !

Ève Souliac
Sexy Mistake

Liv Stone
Love Lessons

Lisa Swann
Adore-moi ! – l'intégrale

Louise Valmont
Toi & moi, c'est compliqué !
Campus Initiation
Mon insupportable voisin !

Chloe Wilkox
Extreme Lover – l'intégrale
Immoral
Dominant Boss. Apprends-moi
The Virgin's Price

Luv

Romans déjà parus

Ana K. Anderson
Indompté
Scottish Bastard

Sophie Auger
Be with Me

Sonia Birdy
L'Initiation
Touchdown. Campus Star

Laura Black
Dark Initiation
Games of Desire
H.A.R.D. Hot, Arrogant, Rebelle, Déterminé
Sulfurous Bad Boy

Margot D. Bortoli
Too Young

Juliette Brunel
Delicious

Anne Cantore
Promets-moi. Louise et Marco

Sarina Cassint
Avec toi… peut-être
Insolent Boss

Romy Cole
Never Kiss a Soldier

Mary Ann Davis
Coach Me Love

Gwen Dolmas
Noël, toi & moi
Sex Friends. Pas de contraintes, que du plaisir !

Sarah Dheilm
Hot Reward

Eugénie Dielens
Imprévisible Boss

Cléa Dorian & Ninon Vars
Dark Love

Laurie Eschard
Love Naked

Lil Evans
Savage Rider
Crash & Burn
Boss Affair

Lou Garance
Can You Keep a Secret ?
Foutu coloc !

Alexandra Gonzalez
Shades of You

Erin Graham
Teach Me Love
The Boss
Secret Stepbrother
Strong Addiction
Coloc avec mon boss
The Initiation

Joh Harper
Crazy Love
Broken but Alive

Marie Hayle
Under Control
Lover Next Door

Ellie Jade
About Last Night

Emma S. James
Under the Rain

Lucie F. June
Fight with Darkness

Sara June
Rider in the Dark
Sexy Wild Rider

Emily Jurius
Love to Hate You

Antinea Kane
In Love with My Enemy

Allie Krown
High School Challenge

Marion Laurent
Mr Alpha
I Want You in My Bed !

Pauline Libersart
Tiger. Entre ses griffes

Nina Loren
Breaking the Ice
Teach Me Again. Impossible Desire

Ella Lores
Mariée par accident à un connard arrogant rencontré la veille…
My Best Enemy

Jessica Lumbroso
Emma X. Secrète et insoumise

Lili Malone
Coloc avec un inconnu

Mila Marelli
Dark Man in Love
Crazy Wedding

Mag Maury
My Hipster Christmas

Billy Morgan
Free Fighter

Alix Parks
Never Kiss the Boss

Jeanne Pears
Insupportable coloc
Colocs & Sex Friends
H.O.T. Hypnotique, Obstiné, Ténébreux
The Most Insolent Man

Alexia Perkins
Arrogant Fake Lover

Sophie S. Pierucci
L'Inconnu de l'ascenseur & Moi (aussi en poche)
My Stepbrother. L'initiation

Silvia Reed
Darkest. La dernière heure
Too Close

Anita Rigins
No Rules
My Rules

Avril Rose
Coffee, Sex & Law

Jana Rouze
Effet de vague – saisons 1, 2 et 3

Isla A. Rowley
Le coloc de mon frère

Wendy Roy
Une seule fois (ou presque)

Ana Scott
À corps brisés

Adora Sky
Decadent Lover

Léana Soal
Fight & Hope

Cara Solak
Perfect Obsession

Izia Soley
Fauve
Initiation on My Skin

Liv Stone
Initie-moi. Mes jours contre tes nuits

Lena K. Summers
Perfect Bad Boy
Donovan, roi des connards

Kaly Swann
Austin. Breathe with Me

Lily Tortay
Dance for Me

Flore Valier
Ta peau contre la mienne

Anna Wendell
Arrogant Bad Boy

Apprends-moi le désir
Colosse. Le maître du jeu
Break Your Chains

Mina Zadig
Just Sex & Tattoos
Arrogant Highlander

New adult addictives

Romans déjà parus

Sonia Birdy
California High School

Mélodie Chavin
Stepbro' Next Door

Sianna Milano
High School Initiation

Isla A. Rowley
Toxic Games

addictives POCHE

Romans déjà parus

Rose Becker
Le Bébé, mon milliardaire et moi (aussi en grand format)
Désirs & Désastres

Marjorie Burbaud
The Campus Teacher

Phoebe Campbell
Tes ordres sont mes désirs

Olivia Dean
À lui, corps et âme – volumes 1 et 2

Lou Everly
Bad Boy Crush

Erin Graham
Nos amours contraires

Emma Green
Seul contre tous (aussi en grand format sous le titre *Toi + Moi : Seuls contre tous*)
L'un contre l'autre (aussi en grand format sous le titre *Toi + Moi : L'un contre l'autre*)
Envers et contre tout (aussi en grand format sous le titre *Toi + Moi : Envers et contre tout*)
Corps impatients
Cœurs insoumis
Âmes indociles

Megan Harold
Sublime-moi !

Charlie Lazlo
Kiss Me I'm Famous
The Duke

Jeanne Pears
Jamais avec mon coloc !

Sophie S. Pierucci
L'Inconnu de l'ascenseur & Moi (aussi en grand format)
Deep & Dark

Lise Robin
Forbidden Stepbrother

Alexane Tolley
The Boss Rules

Chloe Wilkox
Your Game, My Rules

Envers et contre tout
(« Toi + Moi », seconde partie)
Emma Green

Tous l'ont sous-estimé. Sauf elle.
Attaqué de toute part, Vadim est sur le point de perdre ce qu'il a de plus cher, l'amour d'Alma. Mais est-elle vraiment la femme de sa vie ? N'a-t-il pas plutôt passé les douze ans de leur séparation à fomenter sa vengeance ? C'est en tout cas ce qu'Alma croit à présent et, quand bien même elle aurait tort, le poison insidieux du mensonge s'est glissé entre les deux amants.
Mais Vadim King n'a pas dit son dernier mot. Le mauvais garçon de la fac de LA n'est pas devenu le big boss redouté d'un empire du cinéma pour renoncer aussi facilement. Alors, quoi qu'il ait pu faire ou quel que soit le piège qu'on essaie de lui tendre, il ne lâchera rien. Et surtout pas Alma.

Auteure : Charlie Lazlo

Edisource
100, rue Petit, 75019 Paris
Imprimé par Dupliprint, 733, rue Saint Léonard
53101 Mayenne cedex France
Dépôt légal : juin 2022 – Achevé d'imprimer : mars 2022
ISBN : 978-2-37126-500-4
Réf. contrat : ZGOR_001